Diogenes Taschenbuch 21089

detebe

Muriel Spark

Die Tröster

Roman

Aus dem Englischen von
Peter Naujack

Diogenes

Titel der 1957
bei Macmillan, London,
erschienenen Originalausgabe:
›The Comforters‹

Die deutsche Erstausgabe
erschien 1963 im Diogenes Verlag
Umschlagillustration von
Edward Gorey

Veröffentlicht als Diogenes Taschenbuch, 1983

40/93/36/2
ISBN 3 257 21089 2

ERSTER TEIL

ERSTES KAPITEL

Als Laurence Manders am ersten Tag seines Urlaubs aufwachte, hörte er von unten die Stimme seiner Großmutter durch das Fenster dringen.

«Ich brauche ein großes Vollkornbrot. Mein Enkel, der bei der B.B.C. arbeitet, bleibt eine Woche bei mir. Er ist der Junge meiner Tochter, Lady Manders. Weißbrot ißt er nämlich nicht, das ist eine seiner Marotten.»

Laurence steckte den Kopf aus dem Fenster und rief: «Großmutter, ich esse nichts lieber als Weißbrot, und Marotten habe ich keine!»

Sie schürzte die Lippen und blickte lächelnd zu ihm hoch.

«Er ruft aus dem Fenster», meinte sie zu dem Bäcker.

«Du hast mich geweckt», sagte Laurence.

«Mein Enkel», erklärte sie dem Bäcker. «Ein großes Vollkornbrot, und vergessen Sie nicht, am Mittwoch wiederzukommen.»

Laurence sah in den Spiegel. «Ich muß aufstehen», sagte er und legte sich wieder ins Bett. Er genehmigte sich sieben Minuten.

Nach den Geräuschen, die deutlich durch die abgetretenen Dielen des kleinen Häuschens nach oben drangen, folgte er den Bewegungen seiner Großmutter. Mit achtundsiebzig verrichtete Louisa Jepp alles sehr langsam, doch mit äußerster Konzentration, wie manche Leute es tun, wenn sie leicht angetrunken sind. Laurence hörte ein Klirren – dann eine Pause – ein leises Klingen: sie deckte den Frühstückstisch. Ihre Schritte klickten wie eine langsam auslaufende Uhr, während sie zwischen Herd und Ausguß hin und her ging; sie erlaubte sich nicht, zu schlurfen.

Als er halb angezogen war, öffnete Laurence eine winzige Schublade im Oberteil der altmodischen Kommode. Sie enthielt einige persönliche Dinge seiner Großmutter, denn sie hatte ihm ihr Zimmer abgetreten. Er zählte drei Haarnadeln und acht Mottenkugeln; er fand ein kleines Stück schwarzen, mit Gagatperlen eingefaßten Samt; die Perlen hatten sich stellenweise mitsamt der Schnur gelöst und hingen nur noch lose an dem Stoff, den er auf etwa sechseinhalb mal vier Zentimeter schätzte. In einer anderen Schublade fand er einen Kamm mit ein paar Haaren seiner Großmutter darin und registrierte, daß er nicht sehr appetitlich aussah. Es bereitete ihm ein gewisses Vergnügen, diese Dinge vor sich ausgebreitet zu sehen: drei Haarnadeln, acht Mottenkugeln, ein nicht sehr appetitlicher Kamm – das Eigentum seiner Großmutter, hier in ihrem Heim in Sussex und im gegenwärtigen Zeitpunkt. So war Laurence.

«Das ist ungesund», hatte seine Mutter ihm kürzlich gesagt. «Es ist das einzig Ungesunde an dir, wie du die unsinnigsten Dinge bemerkst; das ist direkt abgeschmackt.»

«So bin ich nun einmal», hatte Laurence erwidert.

Sie wußte, daß sie damit wieder einmal auf einem toten Punkt angelangt war, fuhr aber trotzdem fort: «Jedenfalls ist es unnatürlich; denn manchmal siehst du Dinge, die du nicht sehen solltest.»

«Zum Beispiel?»

Sie sagte nichts, aber sie wußte, daß er in ihrem Zimmer gewesen war und in der unordentlichen Schublade ihres Toilettentisches herumspioniert, die kleinen Fläschchen spielerisch wie eine Katze betätschelt und die Aufschriften studiert hatte. Sie konnte ihn nie überzeugen, daß so etwas nicht recht sei. Schließlich handelte es sich um eine Verletzung der Privatsphäre.

Laurence hatte sehr oft gesagt: «Für dich wäre es nicht recht, aber für mich gilt das nicht.»

Und Helena Manders, seine Mutter, pflegte stets zu erwidern: «Das sehe ich nicht ein» oder «da bin ich anderer Meinung», obgleich sie ihm in Wirklichkeit in gewissem Sinne zustimmte.

In seiner Kindheit hatte er die Familie mit seinen ungeschminkten kleinen Wahrheiten schockiert. «Onkel Ernest benutzt Hautnährcreme; er reibt sich damit jeden Abend die Ellbogen ein, damit sie zart bleiben» ... «Eileen hat ihre Tage» ... «Georgina Hogg hat drei Haare an ihrem Kinn, wenn sie sie nicht auszieht. Georgina hat einen Brief von ihrem Cousin bekommen, den ich gelesen habe.»

Das waren Aussprüche, die in der Erinnerung haften blieben. Andere Bemerkungen, die er im gleichen Atemzuge von sich gab, wie zum

Beispiel: «Über dem dritten Treppenabsatz hängt jetzt seit zwei Wochen, vier Tagen und fünfzehn Stunden ein Spinngewebe, die Entstehungszeit nicht mitgerechnet»... nahm man mit Ergötzen oder gleichgültig zur Kenntnis, je nach der augenblicklichen Stimmung, und vergaß sie wieder.

Seine Mutter hatte ihn mehrfach ermahnt: «Wie oft soll ich dir noch sagen, daß du die Zimmer der Hausmädchen nicht betreten darfst! Schließlich haben sie doch ein Recht auf Ruhe und Ungestörtheit.»

Mit den Jahren lernte er, die anstoßerregenden Ergebnisse seiner Nachforschungen geheimzuhalten und nur das weiterzugeben, was zur Förderung seines Rufes als außergewöhnlich guter Beobachter notwendig war. Damals konnte sein Vater, gestützt auf einen Schulbericht, sogar sagen: «Ich hab's ja immer gewußt, daß Laurence eines Tages über diese krankhafte Angewohnheit hinwegkommen würde.»

«Wir wollen's hoffen», hatte Helena Manders geantwortet. Eltern ändern sich. In jenen Tagen hatte Laurence das Gefühl, daß sie ihn halbwegs im Verdacht hatte, irgendeine unbestimmte sexuelle Perversion zu betreiben, die sie nicht nennen konnte, nicht wahrhaben wollte, und die er in Wirklichkeit keineswegs betrieb. Daher kam es für sie fast einer Erleichterung gleich, einer Bestätigung, daß er noch der alte Laurence war, als er während seiner letzten Semesterferien verkündete: «Eileen erwartet ein Baby.»

«Das Mädchen ist eine gute Katholikin», hatte Helena protestiert; sie selbst war seit ihrer Heirat katholisch. Nichtsdestoweniger stellte sich Laurences Angabe als wahr heraus, als sie Eileen deswegen in der Küche zur Rede stellte. Mehr noch, Eileen weigerte sich trotzig, den Namen des Mannes preiszugeben. Laurence konnte jedoch auch diese Information liefern.

«Ich bin mit Eileens Korrespondenz immer auf dem laufenden geblieben», erklärte er. «Das belebt die Ferien ein wenig.»

«Du bist im Zimmer des armen Mädchens gewesen und hast heimlich die Briefe dieses bedauernswerten Geschöpfes gelesen!»

«Soll ich dir erzählen, was ihr Freund geschrieben hat?» fragte Laurence grausam.

«Du weißt, wie mich das schockiert», sagte sie, wohl wissend, daß sie auf ihn damit keinen Eindruck machen konnte. «Wie kannst du, ein guter Katholik... aber abgesehen davon ist es meines Wissens ungesetzlich, Briefe zu lesen, die an jemand anders adressiert sind», fügte sie geschlagen hinzu.

Nur um ihr einen guten Abgang zu verschaffen, erklärte er: «Jedenfalls hast du die beiden verheiratet, liebste Mama. Eine gute katholische Ehe – das ist das glückliche Ergebnis meines schockierenden Mißbrauchs von Eileens Briefen.»

«Der Zweck heiligt nicht die Mittel.»

Es ging genauso aus, wie er es erwartet hatte. Eine Antwort auf alles. Doch wie dem auch sei, Zwischenfälle wie dieser halfen den Schock lindern, als sie erkannte, daß Laurence sich immer mehr von der Religion abwandte und sie schließlich ganz preisgab.

Louisa Jepp saß am Tisch und füllte ihren Totoschein aus, während sie auf Laurence wartete.

«Komm herunter!» rief sie zur Decke hinauf, «und laß dein Schnüffeln, mein Lieber.»

Sobald er erschien, erklärte sie ihm: «Wenn Manchester City letzte Woche gewonnen hätte, wäre ich jetzt um dreißigtausend reicher.»

Louisa faltete ihren Totoschein zusammen und legte ihn unter die Uhr. Forthin widmete sie all ihre Aufmerksamkeit Laurence und seinem Frühstück.

Sie war zur Hälfte Zigeunerin, die dunkelhaarige und jüngste einer großen rotköpfigen Familie, die ihre Wohlhabenheit zur Zeit von Louisas Geburt dem Erfolg ihres Vaters als Getreidehändler verdankte. Dieser Erfolg war die Fügung eines günstigen Schicksals, das damit seinen Anfang nahm, daß ihr Vater noch vor einer Gerichtsverhandlung gegen ihn aus dem Gefängnis entwich und danach nie wieder zu seinem Zigeunerstamm zurückkehrte. Hundertunddreißig Jahre nach diesem Ereignis saß Louisa mit Laurence am Frühstückstisch.

Louisas Haar hat sich zwar sehr gelichtet, ist aber schwarz geblieben. Sie ist klein, und besonders von der Seite gesehen erinnert ihre Figur an eine gefällige Doppelkartoffel, die man gerade aus der Erde geholt hat: ein kleiner runder Kopf auf einem rundlichen Körper, von dem, Wurzeln gleich, die beiden dünnen Beine unter einem losen braunen Rock hervorschauen. Ihr Gesicht, nach hinten flächig zurücktretend wie ein Prisma, ist viereckig. Charakteristische Falten haben sich tief in ihre Züge gegraben, scheinen bis auf die Knochen zu gehen; sie müssen seit ihrem dreißigsten Lebensjahr dagewesen und im Laufe der Zeit immer schärfer geworden sein. Die vielen kleinen Fältchen jedoch sind nur oberflächlich, kommen und gehen wie unzählige Sterne, huschen über ihre Haut, wenn sie lächelt oder überrascht dreinschaut. Ihre tiefliegenden Augen sind schwarz, ihre Hände und Füße sehr klein. Sie trägt eine randlose Brille. Nur wenig verändert seit dem Tag, an dem Laurence zum Frühstück nach unten kam, lebt sie heute noch.

Sie trug ein braunes Kleid, eine braune Wolljacke mit vergoldeten Knöpfen und in den Ohren ein Paar Brillantohrringe.

Nachdem Laurence sie eingehend gemustert hatte, wie er es bei jedem zu tun pflegte, steckte er seine Gabel in ein Einmachglas und zog etwas langes Weißes, sauer Eingelegtes heraus.

«Was könnte das wohl sein?»

«Gekröse», antwortete sie; «es ist wunderbar.»

Er war an Louisas Essen gewohnt: Muscheln, Schnecken, Fischmilch und Rogen, Gekröse und Kalbsmilch, Gänseklein und Rinderfleck. Louisa ließ sich beim Zubereiten sehr viel Zeit; viele Prozesse des Übergießens, Eintauchens und Ziehenlassens gehörten dazu, viele Klärungs- und

Siedevorgänge, viel Salzlake, mildes Pökeln und Süßen. Nur selten kaufte sie ein normales Stück Fleisch zum Braten oder Kochen; und Leute, die ihr Leben lang den Wert der Weichtiere und Innereien verkannten, wußten ihrer Meinung nach nicht, was gut für sie war.

«Was würdest du tun, wenn du dreißigtausend im Toto gewonnen hättest?» fragte Laurence.

«Ein Boot kaufen», antwortete sie.

«Ich würde dich den Fluß hinauf und hinunter paddeln», sagte Laurence. «Ein Hausboot wäre schön. Erinnerst du dich noch an die vierzehn Tage auf dem Hausboot während meines ersten Jahres auf der Vorbereitungsschule?»

«Ich meine ein Boot, mit dem man aufs Meer hinausfahren kann. Ja, auf dem Hausboot war es sehr schön.»

«Eine Jacht? Großartig!»

«Jedenfalls ein anständiges, seetüchtiges Boot», erwiderte Louisa. «Ein Boot, mit dem man den Kanal überqueren könnte.»

«Eine Motorjacht?» schlug Laurence vor.

«An so etwas Ähnliches habe ich gedacht», bestätigte sie.

«Oh, großartig!»

Sie antwortete nicht, denn er war zu weit gegangen mit seinem ‹großartig!›

«Wir könnten das Mittelmeer durchkreuzen», sagte er.

«Oh, großartig!» kommentierte sie.

«Würde es nicht mehr Spaß machen, ein Haus zu kaufen?» Laurence hatte sich eben an die dringende Bitte seiner Mutter erinnert: ‹Wenn du die Gelegenheit dazu findest, versuche sie auf jeden Fall zu überreden, etwas Geld von uns anzunehmen, damit sie bequem in einem eigenen Hause leben kann.›

«Nein», antwortete sie. «Aber wenn ich eine kleinere Summe gewönne, würde ich dieses Häuschen kaufen. Ich bin sicher, daß Mr. Webster es verkaufen würde.»

«Oh, ich würde mich so freuen, wenn dieses Häuschen dir ganz allein gehörte. Die ‹Schmugglerhöhle› ist so ein liebes kleines Haus.» Doch schon während er dies sagte, kam Laurence zum Bewußtsein, daß Phrasen wie ‹dir ganz allein› und ‹liebes kleines Haus› verrieten, worauf er hinauswollte; sie paßten nicht zum Umgang mit seiner Großmutter.

«Ich weiß, worauf du hinauswillst», entgegnete Louisa. «Hier sind Zigaretten; bediene dich.»

«Ich hab' meine eigenen. Warum willst du Vater nicht das Häuschen für dich kaufen lassen? Das macht ihn nicht arm.»

«Ich komme ganz gut zurecht», antwortete Louisa. «Rauch eine von diesen – sie kommen aus Bulgarien.»

«Oh, großartig!» Aber er fügte rasch hinzu: «Wirklich phantastisch, und woher hast du sie?»

«Aus Bulgarien. Ich glaube, über Tanger.»

Laurence drehte eine Zigarette in den Fingern und betrachtete sie eingehend. Seine Großmutter überraschte stets von neuem. Sie hatte das Häuschen gemietet und lebte von der Altersrente.

Ihre Tochter Helena sagte häufig: «Gott weiß, wie sie es fertigbringt, aber sie scheint stets von allem reichlich zu haben.»

Ihren Freunden pflegte Helena zu erzählen: «Meine Mutter will absolut keinen Penny annehmen. Immer frei und unabhängig bleiben: die protestantischen Tugenden, wißt ihr. Gott weiß, wie sie es fertigbringt. Allerdings ist sie eine halbe Zigeunerin und weiß sich in jeder Lebenslage zu helfen.»

«Wirklich? Dann hast du also auch Zigeunerblut, Helena? Wie romantisch, und dabei bist du so blond. Man würde nie vermuten...»

«Oh, manchmal bricht es bei mir durch», pflegte Helena zu antworten.

Während der vergangenen vier Jahre seit dem Tod ihres Mannes hatte Louisa, die praktisch keinen Penny besaß, in kleinen Andeutungen nach und nach einen Hang zu fremdartigen, geheimnisvollen Luxusgütern enthüllt.

Manders' Feigen in Saft mit dem siebzig Jahre alten Warenzeichen – eine Orientalin, die ihre verschleierte Gestalt augenscheinlich sehnsuchtsvoll und in anbetender Haltung einem Feigenbaum zuwandte – waren die einzige Gabe, die Louisa von der Familie ihrer Tochter annahm. Louisa verteilte die braunen, luftdicht verschlossenen Gläser mit den eingemachten Früchten an ihre Bekannten; sie riefen ihnen ständig die bekannte und sattsam erwähnte Tatsache ins Gedächtnis: ‹Mrs. Jepps Tochter war eine große Schönheit; sie hat in Manders' Feigen in Saft eingeheiratet.›

«Sag deinem Vater», meinte Louisa, «daß ich mich nicht schriftlich bei ihm bedankt habe, weil er zu beschäftigt ist, um Briefe zu lesen. Die bulgarischen Zigaretten werden ihm schmecken. Sie duften köstlich. Mochte er *meine* Feigen?»

«O ja, er hat sich sehr amüsiert.»

«Das hat deine Mutter mir schon in ihrem letzten Brief geschrieben. Aber hat er sie *gemocht?*»

«Bestimmt, er fand sie köstlich. Aber es hat uns mächtigen Spaß gemacht.»

Louisa hat eine Leidenschaft für saures und süßes Eingemachtes und hält sich stets an die neuesten Methoden. Einiges konserviert sie in Gläsern, anderes in Dosen, die sie mit ihrer eigenen Dosenverschlußmaschine versiegelt. Als Louisas Feigen in Saft für Sir Edwin Manders ankamen, zwei Dosen mit säuberlich handgeschriebenen Etiketten, hatte Helena zuerst ein eigenartiges Gefühl gehabt.

«Ob sie uns damit zum besten haben will, Edwin?»

«Aber sicher.»

Helena war sich nicht ganz klar, wie dieser Scherz gemeint sein sollte. Sie schrieb an Louisa, daß sie sich alle sehr amüsiert hätten.

«Haben die Feigen ihnen gut geschmeckt?» drängte Louisa Laurence.

«Ja, sie waren wunderbar.»

«Sie sind genauso gut wie Manders', mein Lieber; aber erzähl deinem Vater nicht, daß ich das gesagt habe.»

«Besser als Manders'», behauptete Laurence.

«Hast du denn davon gekostet?»

«Nicht selbst; aber ich weiß, daß sie ganz vorzüglich waren. Mutter hat's gesagt.» (Was natürlich nicht stimmte.)

«Nun, deshalb habe ich sie ja auch geschickt: damit ihr sie euch gut schmecken laßt. Nachher gebe ich dir auch noch ein paar. Ich weiß nicht, was sie damit meinen – ‹sehr amüsiert›. Sag deinem Vater, daß ich ihm die Zigaretten schenke, damit er sie sich gut schmecken läßt; sag ihm das, mein Lieber.»

Laurence zog an seiner Bulgarischen. «Sehr stark», stellte er fest. «Aber Mutter regt sich schrecklich auf, wenn du so teure Geschenke schickst. Sie weiß, daß du's nicht leicht hast und...»

Er hätte fast gesagt: ‹...es dir vom Munde absparen mußt›, wie seine Mutter zu lamentieren pflegte; doch das hätte die alte Dame nur aufgebracht. Außerdem traf diese Feststellung offensichtlich nicht zu; seine Großmutter war von allem Notwendigen umgeben, hinter dem stets eine Andeutung von verhaltenem Luxus schwebte. Selbst ihre sonderbaren Eßgewohnheiten schienen eher einer umfassenden weisen Selbstdisziplin zu entspringen, als in Anbetracht der Kosten entstanden zu sein.

«Helena ist ein liebes Mädchen, aber sie täuscht sich. Wenn sie sich die Mühe machen wollte, könnte sie sehr gut selbst sehen, daß ich absolut nichts entbehre. Meinetwegen braucht Helena sich wirklich keine Sorgen zu machen.»

Laurence hatte seine langen Beine unter das Steuer seines kleinen schnellen Wagens geklemmt und war den ganzen Tag unterwegs, um das vertraute Bild von Land und Küste zu genießen und Freunde gleicher Wesensart und Erziehung wiederzusehen, die er auch manchmal schon mitgebracht hatte, um ihnen gegenüber mit seiner köstlichen, spaßigen Großmutter zu prahlen. Louisa Jepp tat vielerlei im Laufe dieses Tages. Nachdem sie die Tauben gefüttert und geruht hatte, holte sie einen Laib Weißbrot hervor; mit ernsthaftem Gesicht schnitt sie das Brot an einem Ende an, betrachtete eingehend die Stelle, schnitt noch eine Scheibe ab und sah wieder nach. Nach der dritten Scheibe begann sie am anderen Ende, schnitt und schaute nach, bis sie nach der vierten Scheibe beim Anblick dessen, was sie zu sehen bekam, lächelte und die Scheiben wieder an das Brot drückte; danach legte sie den Laib in die Blechdose mit der Aufschrift ‹Brot› zurück.

Um neun Uhr abends kam Laurence nach Hause. In dem langgestreckten Wohnzimmer, dessen Fenster auf die Dorfstraße hinausführten, fand er seine Großmutter mit drei Besuchern. Sie saßen an den Längsseiten des Zimmers und hatten Rommé gespielt, ließen sich jetzt aber Louisas Erfrischungen schmecken. Einer saß in einem Rollstuhl; es war ein junger Mann, nicht älter als vierundzwanzig.

«Mr. Hogarth, mein Enkel; mein Enkel, Mr. Webster; und dies ist der *junge* Mr. Hogarth. Mein Enkel ist bei der B.B.C., der Sohn meiner

Tochter, Lady Manders. Sie haben sicher seine Sportreportagen über Fußballspielen und Rennen gehört. Laurence Manders.»

«Hab' Sie am letzten Sonnabend gehört.» Das war Mr. Webster, der älteste Gast, fast so alt wie Louisa.

«Hab' Sie heute morgen gesehen», sagte Laurence.

Mr. Webster blickte überrascht.

«Mit dem Bäckerwagen», fügte Laurence hinzu.

«Laurence ist ein guter Beobachter», sagte Louisa; «in seinem Beruf muß er das aber auch sein.»

Laurence, von mehreren Drinks sehr angeregt, meinte verbindlich und banal: «Ich vergesse nie ein Gesicht»; und indem er sich an den alten Hogarth wandte, sagte er: «So bin ich zum Beispiel sicher, daß ich Ihr Gesicht schon früher einmal irgendwo gesehen habe.» Doch hier begann Laurence seine Sicherheit zu verlassen. «Zumindest – erinnern Sie mich an jemand, den ich kenne, ich weiß nur nicht, an wen.»

Der alte Hogarth sah Louisa verzweifelt an, während sein Sohn, der Junge im Rollstuhl, sagte: «Er sieht mir ähnlich. Vielleicht haben Sie mich schon einmal gesehen?»

Laurence musterte ihn.

«Nein», sagte er dann, «Sie habe ich nicht gesehen. Überhaupt niemanden, der so aussieht wie Sie.»

Und für den Fall, daß er etwas Verkehrtes gesagt haben sollte – denn schließlich war der junge Mann ein Krüppel – plapperte Laurence weiter: «Vielleicht werde ich mich demnächst als Detektiv betätigen. Diese Arbeit würde mir bestimmt sehr liegen.»

«O nein, Laurence, du würdest nie einen guten Detektiv abgeben», meinte Louisa sehr ernsthaft.

«Und warum nicht?»

«Ein Detektiv muß gerissen sein. Die Leute von der Kriminalpolizei sind furchtbar listig und durchtrieben, und Privatdetektive scheuen vor nichts zurück. Du bist überhaupt nicht durchtrieben, mein Lieber.»

«Mir entgeht so leicht nichts», prahlte Laurence beiläufig und ließ seinen braunen Kopf auf der Sofalehne von einer Seite zur andern rollen. «Ich bemerke Dinge, die andere Leute für verborgen halten. Eine schreckliche Veranlagung, nicht wahr?»

Laurence hatte das Gefühl, daß sie ihn nicht mochten, daß er ihren Argwohn erregte. Er wurde nervös und wußte beim besten Willen nichts Vernünftiges zu sagen. Je mehr er verbissen darüber schwatzte, was für einen wunderbaren Spürhund er abgeben würde, desto weniger schienen sie ihn zu mögen. Und die ganze Zeit, während er redete, versuchte er, wie ein Detektiv, sich ein genaues Bild von ihnen zu machen.

Ihre Gegenwart im Haus seiner Großmutter war wohl merkwürdig und erstaunlich, doch das allein konnte ihn nicht sehr überraschen: Louisa gießt Tee ein. Sie nennt den jungen Hogarth ‹Andrew›. Sein Vater ist für sie ‹Mervyn›. Webster ist ‹Mr. Webster›.

Mr. Webster mit seinem weißen Haar, dem weißen Schnurrbart und der dunkelblauen Marinejacke wies keine besondere Ähnlichkeit mit seiner Erscheinung am frühen Morgen auf: dem Händler im sandbraunen Overall, der mit Brot von Tür zu Tür zieht. Laurence war sehr zufrieden mit sich, daß er Mr. Webster gleich erkannt hatte, dessen braune Wildlederschuhe nach seiner Schätzung Größe zehn waren, dessen Alter ungefähr fünfundsiebzig sein mochte und der, seinem Akzent nach, aus Sussex stammte.

Mervyn Hogarth war klein und dünn. Er hatte eine ungesunde, blasse Gesichtsfarbe. Louisa hatte ihm eine dünne Scheibe Grahambrot mit Butter gemacht.

«Mervyn muß wegen seines Magenleidens oft in kleinen Portionen essen», erklärte Louisa.

Seiner Sprechweise nach war der alte Hogarth ein mit allen Wassern gewaschener Großstadtmensch, überlegte Laurence. Gott allein wußte, was er in diesem Haus zu suchen hatte, warum er so familiär mit Louisa stand, daß sie sich mit Vornamen anredeten und Louisa mit seinem Magenleiden so vertraut war. Doch Laurence pflegte sich über nichts zu wundern. Er stellte fest, daß der alte Hogarth mit der Nonchalance eines Mannes, der es sich leisten kann, nachlässig gekleidet zu gehen, ungebügelte Flanellhosen und eine alte rötlichbraune Tweedjacke trug. Sein Sohn Andrew war breitschultrig, hatte volle rote Lippen, ein rundes Gesicht und trug eine Brille. Seine Beine waren gelähmt.

Als Louisa Laurence fragte: «Hast du einen netten Ausflug gemacht, Lieber?» blinzelte Andrew ihm zu.

Laurence nahm ihm das übel; er hielt es für eine Ungerechtigkeit seiner Großmutter gegenüber. Der Gedanke, mit Andrew womöglich eine gönnerhafte Verschwörung gegen die alte Dame einzugehen, war ihm geradezu widerlich; er machte aus einem bestimmten Grunde, der mit einer Liebesaffäre zusammenhing, Ferien und wünschte eine Abwechslung von dem komplikationsbeladenen Leben in einer überfeinerten, spitzfindigen Gesellschaftsschicht. Die Großmutter bedeutete für ihn eine regelrechte Erquickung; ihretwegen zu blinzeln, durfte sich niemand herausnehmen. Und daher lächelte Laurence zu Andrew hinüber, als wolle er damit sagen: ‹Ich habe Ihren Wink gesehen. Ich weiß zwar nicht, was das soll, nehme aber an, Sie meinen etwas sehr Nettes damit.›

Andrew begann im Zimmer umherzublicken; er schien etwas zu vermissen, das eigentlich da sein sollte. Schließlich blieb sein Blick auf der Schachtel mit den bulgarischen Zigaretten haften, die auf Louisas Anrichte lag; er streckte den Arm aus, öffnete die Schachtel und nahm sich eine Zigarette heraus. Mr. Webster versuchte mit Louisa einen mißbilligenden Blick über die Manieren ihres Gastes zu wechseln, sie aber ließ sich nicht darauf ein. Sie stand auf und reichte Laurence die geöffnete Schachtel.

«Das sind bulgarische Zigaretten», erklärte Andrew ihm.

«Ja, ich weiß. Schmecken eigenartig, nicht wahr?»

«Man kann sich sehr daran gewöhnen», bemerkte Andrew.

«Bulgarische!» rief sein Vater aus. «Ich muß eine probieren!»

Schweigend reichte Louisa ihm die Zigaretten. Mit einem ergebenen Kopfneigen zu Laurence hin gab sie die unleugbare Wahrheit zu: die Tatsache, daß drei dicke zusammengequetschte bulgarische Zigarettenstummel bereits in dem Aschbecher neben Mervyn Hogarth lagen.

Louisa beobachtete teilnahmslos Hogarths Vorstellung, der den Eindruck zu erwecken versuchte, als genieße er eine ihm bislang unbekannte Zigarettenmarke.

«Meine liebe Louisa, wie exotisch! Ich glaube nicht, daß ich viele davon vertragen kann. So stark und so... wie soll ich's nur ausdrücken?»

«Beißend», sagte Louisa geduldig, wie jemand, der dasselbe Wort schon einmal von demselben Mann und am selben Ort gehört hat.

«*Beißend*», wiederholte Mervyn in einem Ton, als hätte sie damit das einzig zutreffende Wort gefunden.

«Ein Hauch von – von Balkan», fuhr er dann fort, «ein Beigeschmack wie – wie...»

«Wie Ziegenmilch», kam Louisa ihm ein zweites Mal entgegen.

«Das ist es! Ziegenmilch.»

Louisas glänzende schwarze Knopfaugen wandten sich jetzt offen Laurence zu. Er beobachtete das Gesicht des Mannes; er blickte auf den Aschbecher mit den Zeugnissen seiner Verstellung und sah dann wieder Mervyn an. Louisa begann unhörbar zu kichern, als schüttele sie sacht eine Flasche mit Hustensaft in ihrem Leibe. Aus den Augenwinkeln heraus nahm Mr. Webster ihre Bewegungen wahr. Da sein Hals steif war, mußte er den ganzen Oberkörper drehen, um von seinem Sitzplatz aus Louisa besser sehen zu können. Als sie das merkte, wurde sie leicht verlegen, hatte sich aber sofort wieder in der Gewalt und machte ein unschuldiges Schulmädchengesicht.

«Wohnen Sie hier in der Nähe?» fragte Laurence Andrew.

Vater und Sohn antworteten gleichzeitig. Mervyn sagte: «Oh, nein»; Andrew sagte: «Oh, ja.»

Louisa konnte ihre Heiterkeit nicht länger unterdrücken, und obgleich sie ihre Lippen fest zusammenpreßte, wieherte sie durch die Nase wie ein Pony. Mr. Webster setzte seine Tasse abrupt auf den Unterteller, als hätten die Wände gesprochen.

Die Hogarths versuchten sofort ihren Schnitzer wiedergutzumachen. Beide begannen von neuem gleichzeitig zu reden – Mervyn: «Nun ja, wir leben zwar meist in London...» Andrew: «Ich wollte sagen, daß wir die meiste Zeit hier sind...» Der Vater entschloß sich, Andrew das Wort zu überlassen.

«Und manchmal fahren wir ins Ausland», schloß der Sohn lahm.

Laurence blickte auf seine Uhr und sagte hastig zu Andrew: «Wollen wir noch etwas trinken gehen? Die Lokale schließen erst in etwa fünfzehn Minuten.» Doch im selben Augenblick sah er ein, daß jetzt er einen groben Schnitzer gemacht hatte. Einen Moment lang hatte er völlig vergessen, daß der Junge ein Krüppel war.

«Nicht heute abend, danke. Ein andermal, falls Sie noch hierbleiben», antwortete Andrew, ohne sich etwas anmerken zu lassen.

«Laurence bleibt bis zum Wochenende», sagte Louisa.

Laurence ging rasch hinaus. Sie konnten seine Schritte hören, wie er die stille Straße überquerte und dann die Gasse zum Dorfgasthaus hinunterging.

«Charmanter Junge», brach Mr. Webster das Schweigen.

«Ja», meinte Louisa, «und so klug.»

«Ein interessanter Bursche», sagte Mervyn.

«Ich frage mich nur...», warf Andrew ein.

«Was denn, Lieber?» fragte Louisa.

«Sollten wir uns nicht lieber bis nächste Woche vertagen?»

Mr. Webster drehte sich auf seinem Stuhl herum, um der alten Dame ins Gesicht zu sehen. «Mrs. Jepp», sagte er, «ich hätte nicht gedacht, daß Sie ein Zusammentreffen von uns mit Ihrem Enkel gestatten würden. Ich glaubte annehmen zu dürfen, daß er heute abend nicht anwesend sein würde. Ich hoffe nur, daß er nicht auf dumme Gedanken kommt.»

«Du meine Güte!» erwiderte Louisa herablassend. «Er wird schon nicht auf dumme Gedanken kommen. Die jungen Leute denken heutzutage sehr großzügig.»

Das hatte Mr. Webster nun wieder nicht gemeint. Mervyn sprach als nächster.

«Wahrscheinlich wird er Fragen stellen. Das ist schließlich nur natürlich, Louisa, oder erwarten Sie etwas anderes?» Er zündete sich eine bulgarische Zigarette an.

«Was für Fragen sollte er denn stellen?»

«Es muß ihm doch sonderbar vorkommen...», sagte Andrew.

«Er wird bestimmt fragen, wer wir sind und was wir hier machen», sagte Mervyn.

Mr. Webster sah traurig zu Mervyn hinüber, schmerzlich berührt von einem gewissen schroffen Ton in dessen Worten.

«Du meine Güte!» entgegnete Louisa. «Sicher wird Laurence sich genau nach Ihnen erkundigen. Wollen wir nicht noch ein Spielchen machen, meine Herren?»

Mervyn blickte auf die Uhr.

«Wenn die Kneipe dicht macht, wird er zurückkommen, nicht wahr?» meinte Andrew.

Mr. Webster lächelte Louisa väterlich zu. «Die Sache ist nicht dringend», sagte er, «wir können unser Geschäft gut bis Ende der Woche aufschieben; oder Sie geben uns Nachricht, wenn Sie wissen, daß Ihr Enkel wirklich einmal nicht am Abend zu Hause ist.»

«Wir können ruhig vor Laurence darüber

sprechen», erwiderte sie. «Laurence ist ein lieber Junge.»

«Daran zweifle ich nicht», sagte Mervyn.

«Das ist es ja eben», meinte Andrew. «Wir sollten dem lieben Jungen keinen Grund geben, sich Gedanken zu machen...»

Louisa blickte ein wenig ungeduldig drein. Sie war etwas enttäuscht. «Ich hatte wirklich gehofft», sagte sie, «daß wir zwischen Laurence und uns keinen Unterschied zu machen brauchten. Ich versichere Ihnen, daß wir, natürlich auf diskrete Art, in Laurences Gegenwart alles sagen können, was wir wollen. Er ist von Natur aus nicht mißtrauisch.»

«Ah, Diskretion», meinte Mr. Webster. «Diskretion, meine liebe Mrs. Jepp, ist stets erstrebenswert.»

Louisa schenkte ihm ein warmes Lächeln, da er ihre Gedankengänge wohl am besten verstanden hatte.

«Ich verstehe Sie, Louisa», sagte Mervyn. «Es ist für Sie unerträglich, in zwei so grundverschiedenen Welten leben zu müssen. Ihre Veranlagung verlangt nach Einheit, nach einer Koordination der unvereinbaren Erfahrungstatsachen; Sie besitzen eine Leidenschaft dafür, die unbedeutenden Vorgänge des Lebens herauszupicken und miteinander in Beziehung zu setzen. Das ist Ihr Wunschbild, und früher war es auch das meine. Die Wirklichkeit jedoch entspricht nicht den Vorstellungen der Idealisten. In Ihrem Alter ist es schwierig, eine Tatsache zu begreifen, die zu erkennen Sie nie Gelegenheit gehabt haben; aber...»

«Ich weiß nicht, was Sie meinen», sagte Louisa; «so alt, um etwas nicht zu begreifen, kann ich gar nicht werden.»

«Natürlich nicht.»

«Sie tippen völlig daneben», sagte sie, begehrte dann aber vollends auf: «Also, Mervyn, wenn Sie meinen, daß ich zu altmodisch eingestellt bin, verstehe ich das vollkommen. Sie können ja jederzeit von unseren Vereinbarungen zurücktreten.»

Mervyn, der inzwischen aufgestanden war, setzte sich wieder. Andrew lachte trocken auf, ohne das Gesicht zu verziehen, so daß Louisa ihm einen überraschten Blick zuwarf.

«Er redete doch davon, daß er sich als Detektiv betätigen wolle», antwortete Andrew darauf. «Er scheint mir gar nicht so dumm zu sein.»

«Laurence hat beim Rundfunk sein gutes Auskommen. Er würde sich nie mit etwas so Niedrigem wie Detektivarbeit abgeben.»

«Er würde einen guten Spitzel abgeben», entgegnete Andrew und sah ihr im Bewußtsein seiner privilegierten Lage als Insasse eines Rollstuhls herausfordernd ins Gesicht.

«Du meine Güte, Sie brauchen nicht weiter mitzumachen, mein lieber Andrew, wenn etwas Ihnen Sorgen bereitet. Natürlich sollten *wir* in diesem Falle auch aufhören, nicht wahr?» Sie blickte fragend Mervyn und Mr. Webster an, die jedoch nicht antworteten. Sie standen auf, um sich zu verabschieden.

Als er ihr die Hand gab, sagte Mr. Webster: «Sehen Sie, Mrs. Jepp, Ihr Neffe ist wirklich ein sehr guter Beobachter. Das war der einzige Grund, warum ich seine Anwesenheit bei unseren Besprechungen nicht ratsam fand.»

Louisa lachte. «Oh, ihm entgeht nichts. Ich hab' noch keinen gesehen, der so wie er die unbedeutendsten Kleinigkeiten bemerkt. Aber wissen Sie, der liebe Junge kann zwei und zwei nicht zusammenzählen.»

«Meinen Sie», fragte Mervyn, «daß er nicht logisch überlegen kann?»

«Ich meine», erwiderte Laurences Großmutter, «daß er in gewisser Beziehung intelligenter sein könnte, als er ist. Aber er ist klug genug, um in der Welt voranzukommen, und er hat einen reizenden Charakter; das allein ist wesentlich.»

«Und wenn er nun Fragen stellt...?» meinte Andrew.

«Oh, bestimmt wird er Fragen stellen», erwiderte Louisa.

Man konnte einfach nichts mit ihr anfangen. «Oh, Mrs. Jepp, Sie werden bestimmt nicht zuviel sagen, nicht wahr? Davon bin ich überzeugt», meinte Mr. Webster.

«Mein Enkel kann zwei und zwei nicht zusammenzählen – jedenfalls kommt bei ihm nicht vier dabei heraus.» Sie amüsierte sich offensichtlich köstlich, als mache es ihr Spaß, die anderen auf die Folter zu spannen.

«Er fährt am Freitag?» fragte Mervyn.

«Ja, leider.»

«Am Freitagabend also?» meinte Mervyn.

«Ja», antwortete sie melancholisch.

«Dann bis Freitag», sagte Andrew.

«Vielen Dank für den sehr unterhaltsamen Abend, Mrs. Jepp», sagte Mr. Webster.

Da Laurence begonnen hatte, mit einem Buch als Unterlage auf den Knien einen Brief zu schreiben, räumte Louisa einen Teil des Tisches für ihn ab und sagte: «Komm, Liebling, setz dich an den Tisch, das ist bequemer.»

«Aber nein, ich schreibe immer so.»

Louisa breitete ein weißes Tischtuch über die für Laurence reservierte Ecke.

«Du mußt immer ein weißes Tuch unter das Papier legen, wenn du einen Brief schreibst. Das ist gut für die Augen, weil es mehr Licht gibt. Komm, Lieber, setz dich an den Tisch.»

Laurence wechselte seinen Platz und schrieb am Tisch weiter. Nach ein paar Minuten sagte er: «Das weiße Tuch macht tatsächlich einen Unterschied. Viel angenehmer.»

Louisa hatte sich auf dem Sofa neben dem kleinen rückwärtigen Fenster langgelegt, wo sie am Nachmittag stets bis zum Tee zu ruhen pflegte; sie antwortete schläfrig: «Als ich Mervyn Hogarth von diesem kleinen Trick erzählte, begann er angestrengt nachzurechnen, so mit Lichtstrahlen und optischen Gesetzen, ob das überhaupt eine Wirkung haben kann oder nicht. ‹Versuch's nur, Mervyn›, hab' ich gesagt, ‹versuch's nur, dann wirst du schon merken, daß ich recht habe.›»

«Natürlich», meinte Laurence, der mit seinen Gedanken nicht recht bei der Sache war, «kann es auch einen psychologischen Grund haben.»

«Oh, sicher ist es psychologisch bedingt», stimmte Louisa überraschend und unergründlich zu. Dann schloß sie die Augen.

Ein paar Sekunden später öffnete sie sie jedoch wieder und sagte: «Falls du an deine Mutter schreibst, grüße sie herzlich von mir.»

«Im Augenblick schreibe ich an Caroline.»

«Dann grüße sie herzlich von mir und schreib ihr, ich hoffe, daß es ihr besser geht als damals zu Ostern. Wie hat sie sich denn in letzter Zeit gefühlt?»

«Elend. Sie ist zu irgendeinem frommen Ort im Norden gefahren, um sich zu erholen und Ruhe zu finden.»

«An einem frommen Ort wird sie nicht viel Ruhe finden.»

«Das hab' ich auch gedacht. Aber Mutter hatte diese Idee. Sie bespricht sich mit ihren Priestern und baut solche Häuser. Dann weihen sie die Gebäude einem Heiligen, und Mutter schickt ihre Freunde und Bekannten hin.»

«Aber Caroline ist doch nicht katholisch.»

«Sie ist es gerade geworden.»

«*Deshalb* sah sie so dünn aus! Und wie kommst du dir jetzt so vor, Lieber?»

«Nun ja, Caroline hat mich natürlich in gewisser Weise verlassen. Zumindest hat sie sich eine andere Wohnung genommen.»

«Na!» sagte die alte Frau, «das ist ja reizend!»

«Vielleicht heiraten wir eines Tages.»

«Ach, und wenn nicht?» Sie blickte ihn mit verhaltener Neugier an und fügte hinzu: «Weiß Caroline überhaupt, was sie tut? Für eine Frau ist es das einzige sichere Mittel, einen Mann zu halten, wenn sie ihn aus religiösen Gründen verläßt. Ich hab' das schon geschehen sehn. Der Mann findet vielleicht ein anderes Mädchen, aber er wird nie mit einer anderen glücklich werden können, nachdem die erste ihn aus religiösen Gründen verlassen hat. Damit hat sie ihn für immer an der Leine.»

«Ist das wirklich wahr?» fragte Laurence. «Das ist ja prächtig. Das muß ich Caroline erzählen.»

«Nun, mein Liebling, es wird schon alles gut ausgehen. Ich hoffe, daß du sie bald heiraten kannst. Man wird nicht verlangen, daß du katholisch wirst; du mußt nur versprechen, daß du die Kinder katholisch erziehen läßt. Und letzten Endes treffen die Kinder heutzutage ihre eigenen Entscheidungen, wenn sie erwachsen werden. Und schließlich ist es auch nicht verkehrt, Katholik zu sein, wenn man es wirklich sein will.»

«Es ist ein bißchen kompliziert», meinte Laurence. «Der armen Caroline geht's nicht gut.»

«Arme Caroline. Das hat man nun von der Religion. Grüße sie recht herzlich von mir und schreib ihr, sie soll herkommen. Ich werde sie hochpäppeln. Ich möchte wirklich annehmen, daß alles sich noch zum besten kehren wird.»

‹Großmutter ist gerade wieder eingeschlafen›, schrieb Laurence, ‹nachdem sie noch einmal herschaute, um sich nach Dir zu erkundigen. Bei der Neuigkeit von Deinem Glaubenswechsel machte sie ein ernstes Gesicht. Sie sah aus wie eine von den alten Frauen auf Rembrandts Gemälden, war jedoch rasch wieder ganz die vertraute alte Louisa. Sie möchte Dich hier haben, um Dir ihre Spezialkost zu verschreiben.

Ich war recht unglücklich, als Dein Zug den Euston-Bahnhof verließ, und auf dem Heimweg trug ich mich mit dem Gedanken, Dir mit dem Abendzug zu folgen. In der U-Bahn am Piccadilly traf ich den Baron, und während ich ihn zur Buchhandlung begleitete, ließ ich mich von ihm beeinflussen und entschied mich dagegen. Er machte geltend, daß ,die Gegenwart eines Ungläubigen in einem katholischen Stift die anderen sehr beunruhigt, wenn er nicht daran interessiert ist, ihren Glauben anzunehmen. Diese Einrichtungen bekunden stets, daß sie die Ungläubigen willkommen heißen. Wenn Sie jedoch lediglich Caroline besuchen wollen, wird man verstimmt sein und Sie nicht willkommen heißen. Außerdem wird Caroline es ausbaden müssen, daß sie Ihnen offensichtlich begehrenswerter erscheint als ihr Glaube.' Jedenfalls kam ich letztlich zu der Überzeugung, daß ein Hereinplatzen meinerseits recht unpassend sein würde.

Da ich die Wohnung nicht sehen mochte, fuhr ich nach Hampstead. Vater war zu Hause, Mutter ausgegangen. Er ließ eine Bemerkung fallen, die mir Sorgen macht. Allem Anschein nach ist ein Weib namens Hogg in dem Verein, bei dem Du

Dich augenblicklich aufhältst. Sie ist da so etwas wie eine Vorsteherin. Mutter hat ihr den Job verschafft. Gott weiß, warum. Wir können sie alle nicht ausstehen. Das ist auch der eigentliche Grund, weshalb wir uns ihretwegen immer so bemüht haben. Sie ist diese Georgina Hogg, von der ich Dir, glaube ich, schon einmal erzählt habe: sie war bei uns so eine Art Kinderfräulein, bevor wir zur Schule gingen. Sie heiratete dann, aber ihr Mann verließ sie. Kein Wunder, der arme Kerl. Wir pflegten ihn zu bedauern. Sie leidet an chronischer Rechtschaffenheit, die sich in einer Art moralischer Erpressung auswirkt. Mutter macht sich ihretwegen Vorwürfe – weil sie die Frau so verabscheut, meine ich; sie hat einen regelrechten Horror vor ihr, will es aber nicht zugeben. Vater nennt sie Manders' Demütigung. Selbstverständlich ist sie völlig harmlos, wenn Du sie Dir nicht zu nahe kommen läßt. Ich glaube, daß Du mit dem Weib fertigwirst; mir wenigstens ist es stets gelungen. Aber am besten gehst Du ihr aus dem Weg, Liebling. Ich hoffe, daß Du nicht mit ihr aneinander gerätst. Ich habe Mutter wegen dieses verdammten Blödsinns zur Rede gestellt, Dich ausgerechnet jetzt, wo Du Dich überhaupt nicht wohl fühlst, an einen Ort zu schicken, wo Georgina sich aufhält. Sie blickte etwas schuldbewußt drein, sagte aber: ‚Oh, Caroline wird Georgina schon an ihren Platz zu weisen wissen.' Hoffentlich tust Du das. Wenn sie Dir auf die Nerven geht, reise sofort ab, komm hierher und laß Dich mästen. Die aufregendsten Dinge tun sich hier!

Am Sonntagabend bin ich angekommen. Meine kleine Großmutter ist eine tolle Frau, aber das hab' ich schon immer gewußt. Ich hab' was ganz Verrücktes entdeckt! Sie leitet eine *Bande*. Um was für eine Bande es sich handelt, weiß ich nicht, da tappe ich noch völlig im dunkeln, aber möglicherweise sind es kommunistische Spione. Drei Männer. Ein Vater mit seinem Sohn. Der Sohn ist ein Krüppel, der arme Kerl. Der Vater macht entschieden den Eindruck eines Mannes, der im Leben zu kurz gekommen ist. Der dritte Gangster ist ein richtig lieber Kerl, ziemlich alt, sieht aus wie ein pensionierter Schiffer und tut schön mit Großmutter. Er besitzt die örtliche Bäckerei und bringt persönlich das Brot ins Haus.

Ich weiß nicht, wie tief Großmutter in ihre Machenschaften verwickelt ist, auf jeden Fall aber ist sie der Boß. Finanziell geht es ihr recht gut. Ich glaube, sie hebt ihre Pension nur ab, um Argwohn zu vermeiden. Weißt Du, wo sie ihr Vermögen versteckt? Im *Brot!* Sie steckt Diamanten ins Brot. Ohne ein Wort der Übertreibung, ich fand zufällig einen Laib Brot, der ganz unnatürlich an beiden Enden angeschnitten war, und in einem Ende steckten die Diamanten – richtige Diamanten. Zuerst war ich absolut nicht sicher und löste sehr vorsichtig einen Stein heraus. Diamanten sehen so ganz anders aus, wenn sie nicht als Schmuck gefaßt sind. Nachdem ich mich jedoch überzeugt hatte, steckte ich den Stein wieder ins Brot zurück. Großmutter hat natürlich keine Ahnung, daß ich hinter diese

Sache gekommen bin. Ist sie nicht ein Wunder? Ich frage mich, was für ein Spiel sie eigentlich treibt. Natürlich glaube ich nicht ernstlich, daß sie Spione sind, aber irgend etwas Kriminelles steckt dahinter. Wesentlich aber ist, daß Großmutter nicht ausgenützt wird, sondern daß sie die Anführerin ist. Vor allen Dingen darf Mutter nichts erfahren; also sieh Dich vor, was Du sagst, mein Schatz.

Ich beabsichtige, alles herauszufinden, selbst wenn ich noch eine Woche hierbleiben muß und mir Weihnachten vermaßle. Ich habe begonnen, ein Dossier anzulegen.

Wenn Dir zu dieser Sache etwas einfällt, laß es mich wissen. Persönlich bin ich der Ansicht, daß Großmutter sich großartig vergnügt, aber es könnte ernste Folgen für sie haben, wenn die Männer geschnappt würden. Allerdings kann ich noch nicht einmal vermuten, wofür sie geschnappt werden sollten. Vielleicht sind sie Juwelenräuber, aber das entspräche nicht dem Charakter des lieben alten Mariners. Großmutter wäre alles zuzutrauen.

Großmutter bezeichnet sie offen als ‚meine Bande', nonchalant wie ein Edelganove. Sagt, sie kommen zum Kartenspielen. Ich habe sie neulich abend hier getroffen, und seitdem schnüffle ich. Ich wünschte, du könntest für ein paar Tage herkommen und mir helfen, ‚zwei und zwei zusammenzuzählen', wie Großmutter zu sagen pflegt. Hoffentlich geht Dir St. Philumena nicht zu sehr auf die Nerven. Glaub mir, die oberen katholischen Gesellschaftskreise in England sind nur mit Vorsicht zu genießen; wenn Du an die verkehrten Leute gerätst, können sie Dich zum Wahnsinn treiben. Mutter weiß, daß sie einen Fehler begangen hat, Dich dorthin zu senden. Ihre Leidenschaft, ‚Zentren' zu gründen und zu bevölkern, ist mit ihr durchgegangen. Vater ist überzeugt, daß sie damit noch einmal ein Schisma heraufbeschwören wird.

Ich nehme an, daß ich morgen einen Brief von Dir erhalten werde. Ich kann kaum erwarten, zu hören, daß Du Mrs. Hogg gezähmt hast. Eigentlich stelle ich es mir ganz spaßig vor, wenn Du eine Auseinandersetzung mit ihr hättest. Ich würde gern dabeisein. *Dabei*, aber heimlich.›

Louisa öffnete die Augen und sagte: «Setz den Teekessel auf, Lieber.»

Laurence legte den Federhalter hin. «Was glaubst du wohl, wer dieses fromme Haus leitet, in dem Caroline jetzt ist?» fragte er sie.

«Wer denn, Lieber?»

«Mrs. Hogg.»

«Mrs. Hogg?! Ich dachte, es sei ein Kloster.»

«Nein, nur ein Haus zur inneren Sammlung. Georgina ist dort Wirtschafterin oder so etwas.»

«Weiß deine Mutter das?»

«Ja, sie hat ihr den Job verschafft.»

«Ich glaube, in Helenas Verstand gehen seltsame Dinge vor», sagte Louisa.

«Mrs. Hogg! Stell dir nur vor, Großmutter, wie sie Caroline bearbeiten wird.»

«Mrs. Hogg», wiederholte Louisa, als hätte sie gerade etwas Unglaubliches gehört. «Mrs. Hogg.

Nun, Caroline wird mit ihr kurzen Prozeß machen.»

Laurence ging in die Spülküche, um den Kessel zu füllen, und rief von dort: «Hast du sie in letzter Zeit einmal gesehen?»

Seine Großmutter schwieg. Doch als er zurückkam und den Teekessel auf den schwarzen Kohleherd setzte, antwortete sie ihm: «Ich habe sie seit Jahren nicht mehr gesehen. Vor ein paar Monaten hat deine Mutter mir geschrieben und vorgeschlagen, daß Georgina Hogg hierherkommen und als Gesellschafterin bei mir bleiben sollte.»

Laurence grinste.

«Wahrscheinlich hast du dich bestens dafür bedankt.»

«Ich schrieb ihr, daß ich diese Giftspritze nicht einmal fünf Sekunden lang als Besuch in meinem Haus zu sehen wünschte. Eine solche Person kann einen regelrecht gegen die Katholiken einnehmen.»

Laurence griff nach seinem Federhalter.

«Ich verabscheue dieses Weib», sagte Louisa.

‹Großmutter ist inzwischen aufgewacht›, schrieb Laurence. ‹Sie hat ihre Meinung über Mama Hogg geäußert. ‚Giftspritze', sagt sie. Die Alte tut mir direkt leid, daß sie so unsympathisch ist. Aber wer sie genossen hat, kann ein Lied davon singen.›

«Schreib Caroline», unterbrach Louisa ihn, «daß sie sich vor Mrs. Hogg hüten soll. Schreib ihr, daß sie gefährlich ist.»

«Hab' ich bereits getan», antwortete Laurence.

Er beendete seinen Brief und las ihn noch einmal durch.

Nach dem Tee fügte er hinzu: ‹PS. Ich vergaß Großmutters Scheckbuch zu erwähnen. Nach den Quittungsabschnitten stiftet sie wöchentlich die genaue Summe ihrer Rente der Hilfsvereinigung für Strafgefangene.›

Er klebte den Umschlag zu und ging mit dem Brief zur Post.

ZWEITES KAPITEL

Ein wütender Sturm raste den Mersey hinauf, blockierte die Schiffahrt in der Mündung und stieß so weit ins Land hinein, daß Caroline Rose sich nicht aus dem Haus wagte. Sie wanderte durch die blaßgrünen Korridore; nicht um sich Bewegung zu verschaffen, sondern um nachzudenken. Ein Denkasyl aus grünen Korridoren. Das Pilgerzentrum St. Philumena.

«Sie machen sich Bewegung.» Das war Mrs. Hogg, die sich ihr an die Fersen heftete; zum aus der Haut fahren. Sie machen sich Bewegung. Keine Frage, eine Feststellung.

«Guten Tag», sagte Caroline.

«Und Sie fühlen sich einsam», stellte Mrs. Hogg mit dem ihr eigenen Lächeln fest. Sie fühlen sich einsam, Sie machen sich Bewegung. Caroline gab keine Antwort. Die kleine, vollkommene Idee, die sich gerade in ihrem Gehirn herauszukristallisieren begonnen hatte, zerstob in Nebel. In Ordnung, ich stehe zu deiner Verfügung. Nimm mich, meinetwegen friß mich mit Haut und Haar. Ich fühle mich einsam. Rom hat gesprochen.

«Ein andermal», sagte Mrs. Hogg, «werden Sie keine privaten Exerzitien machen wollen. Sie werden mit einer der großen Wallfahrten im Sommer zu einem der großen Kirchenfeste kommen wollen.»

«Meinen Sie?» fragte Caroline.

«Ja», antwortete Mrs. Hogg. «Das ist Ihre

Absicht. Sie dürfen übrigens Georgina zu mir sagen. Ich werde Sie Caroline nennen. Manchmal wohnen hier bis zu hundertunddreißig Pilger. Und dazu kommen natürlich noch Tausende bei den täglichen Wallfahrten. Sir Edwin und Lady Manders und Vater Ingrid hatten keine Ahnung, was sie auslösten, als sie St. Philumena gründeten. Sie müssen die Manders' kennenlernen.»

«Ich kenne sie», antwortete Caroline.

«Oh, Sie kennen sie. Gehören Sie auch zu ihren Konvertiten? Sie bekehren dauernd jemanden.»

«Bekehren, wozu?» fragte Caroline, die das dringende Bedürfnis verspürte, eigensinnig zu sein. Im Geist ließ Caroline ihren Gefühlen freien Lauf: *Du bist verdammt. Ich verurteile dich, im ewigen Feuer zu schmoren. Du bist kaputt, so gut wie erledigt, dein Maß ist voll, meine Liebe.* Das war eindrucksvoller und daher befriedigender als ein bloßes ‹Fahr zur Hölle!› und nur wenig zweckdienlicher als der Ausruf eines kleinen Jungen: ‹Bumm, bumm, du bist tot!›

«Zum Glauben natürlich», antwortete Mrs. Hogg.

Während ihres dreitägigen Aufenthaltes in St. Philumena hatte sie Mrs. Hogg bereits beobachtet. Am ersten Abend hatte Caroline sie sagen gehört:

«Hier müssen Sie mit dem zufrieden sein, was Ihnen vorgesetzt wird. Manchmal haben wir hier bis zu hundertunddreißig Pilger. Stellen Sie sich vor, hundertunddreißig Leute wollten alle ihren Tee ohne Milch...»

Ihr Opfer, ein junger Rechtsanwalt, der gerade eine Entwöhnungskur von Dipsomanie durchführte, hatte geantwortet: «Aber ich meine doch nur, Sie brauchen sich nicht die *Mühe* zu machen, Milch in meine Tasse zu tun.»

«Es kommt nicht darauf an, was Sie meinen, sondern was Sie bekommen.»

Später saßen sie an dem polierten Eichentisch des Refektoriums und nahmen schweigend das mit viel Talg zubereitete Abendessen ein, eine Speise, wie sie den klösterlichen Vorstellungen in St. Philumena entsprach. Ihre Münder arbeiteten still und rhythmisch: kauen–Pause–kauen–Pause–schlucken–Pause–kauen. Eine Schwester aus dem Kloster von nebenan las laut die für Mahlzeiten vorgeschriebene Stelle aus der Heiligen Schrift. Caroline erkannte einen Brief des Johannes und hörte zu, während sie ihre Augen auf die weiße Bluse der ihr gegenübersitzenden Mrs. Hogg heftete. Bald beschäftigten sich ihre Gedanken nur noch mit Mrs. Hogg und dem vorangegangenen Disput über den Tee. Sie begann sich die äußeren Merkmale der Frau einzuprägen: ein spitzes Gesicht, kurzgeschnittenes weißes Haar, wimpernlose Augen, randlose Brillengläser, eine kleine dicke Nase, deren Spitze beim Essen zuckte, sehr dünner Hals, ein kolossaler Busen. Caroline wurde bewußt, daß sie schon seit geraumer Zeit auf Mrs. Hoggs Brüste starrte, und im selben Augenblick fiel ihr auf, daß die Brustwarzen der Frau sich dunkel und hervorstechend unter ihrer Leinenbluse abzeichneten. Offensichtlich trug die Frau nichts darunter. Caroline wurde es bei dem Anblick übel, und sie blickte schnell fort, denn sie war prüde; in ihren fleischlichen Sünden war sie stets sehr empfindlich gewesen.

Das hatte sich am ersten Abend abgespielt.

Und dies war der dritte Tag. Am Ende des langen Korridors drehten beide sich um. Caroline blickte auf ihre Armbanduhr. Mrs. Hogg machte keine Anstalten zu gehen.

«Die Manders haben also eine Konvertitin aus Ihnen gemacht. Sie bekehren dauernd jemanden.»

«Nein. Jedenfalls nicht mich.»

«Die Manders sind *sehr* nette Leute», sagte Mrs. Hogg abweisend.

«Reizende Leute.»

«Sehr *gute* Leute», bekräftigte Mrs. Hogg.

«Das ist auch meine Meinung», stimmte Caroline zu.

«Sie könnten auch gar nicht anderer Meinung sein. Was hat Sie denn bewogen, katholisch zu werden?»

«Viele Gründe», antwortete Caroline, «die nicht so einfach zu definieren sind: und deshalb ziehe ich es vor, nicht darüber zu sprechen.»

«Hm... ich kenne Ihren Typ», sagte Mrs. Hogg. «Ich habe Sie gleich am ersten Abend durchschaut. Sie sind noch sehr protestantisch eingestellt. Davon müssen Sie sich freimachen.

Sie gehören zu den Leuten, die nicht sehr anpassungsfähig sind. Katholiken können sich sehr gut anpassen. Warum wollen Sie nicht über Ihre Bekehrung sprechen? Bekehrung ist etwas Wunderbares. Es ist nicht *katholisch*, nicht davon reden zu wollen.»

Auf ihre Art war die Frau eigentlich ein recht komisches altes Haus. Caroline fühlte sich plötzlich erleichtert. Sie mußte unwillkürlich auflachen und blickte wieder auf ihre Uhr.

«Ich muß jetzt gehen.»

«Die Segensandacht ist erst um drei Uhr.»

«Oh, aber ich bin hergekommen, um Ruhe und Stille zu finden.»

«Aber Sie haben sich doch nicht von der Welt zurückgezogen.»

«O ja, ich *habe* mich zurückgezogen, wissen Sie.» Doch im gleichen Augenblick erinnerte Caroline sich an die Bedeutung dieser volkstümlichen Redewendung in katholischen Kreisen: daß es sich um eine organisierte Angelegenheit handelte und nicht um ein privates Sichzurückziehen von den täglichen Geschäften und Aufgaben, um seinen persönlichen Seelenfrieden zu finden. «Ich meine», fügte sie hinzu, «ich habe mich aus London hierher geflüchtet, und nun bin ich da, um mich in Ruhe und Stille zu erholen.»

«Heute morgen haben Sie sich recht ausgiebig mit dem jungen Rechtsanwalt unterhalten.»

In ihrer neurotischen Amüsiertheit beschloß Caroline nachzugeben. Noch zehn Minuten wollte sie Mrs. Hogg gewähren. Ein plötzlicher

Windstoß peitschte den Regen wütend gegen die Fenster, während sie sich mit gönnerhafter Geduld der Frau zuwandte.

«Erzählen Sie mir von sich, Mrs. Hogg.»

Mrs. Hogg war kürzlich zur Wirtschafterin ernannt worden. «Wenn ich es nicht für unseren Glauben täte, ich könnte die Arbeit nicht ertragen. Von sechs in der Früh' bis um zwei ununterbrochen auf den Beinen, um drei geht's wieder weiter, zwei Stunden Pause vor dem Abendessen, und dann muß ich schon wieder an das Frühstück denken. Und die vielen Kreuze, die ich zu tragen habe. Der junge Rechtsanwalt zum Beispiel, der zusammen mit Ihnen ankam, sagte doch neulich abend: ‹Ich nehme keine Milch zum Tee› – haben Sie ihn gehört? Manchmal haben wir bis zu hundertunddreißig Pilger hier. Stellen Sie sich vor, wenn hundertunddreißig Leute ihren Tee ohne Milch wünschten...»

«Nun, das ließe sich sehr einfach bewerkstelligen», sagte Caroline.

«Angenommen, jeder wünschte etwas anderes?»

«Alle zur gleichen Zeit?» fragte Caroline.

Als sie Mrs. Hoggs Gesicht in diesem Augenblick sah, dachte Caroline: ‹Jetzt ist ihr aufgegangen, daß ich wahrscheinlich eine Feindin des Glaubens bin.›

Aber Mrs. Hogg richtete sich wieder auf; ihr Mechanismus war auf Unterhaltung eingestellt.

«Ich will Ihnen erzählen, wie ich hierhergekommen bin – es war ein Wunder. Unsere Liebe Frau hat mich gesandt.»

Doch Carolines Stimmung war wieder umgeschlagen. Ihre sophistische Nachsicht schwand und machte einer gewissen Beklemmung Platz; dem quälenden, irritierenden Gefühl, etwas Widerlichem, Unausstehlichem ausgeliefert zu sein. Sie empfand plötzlich ein heftiges Bedürfnis, sich die Zähne zu putzen.

«Oh, erzählen Sie mir von dem Wunder», bat Caroline. Ihr Tonfall verhieß jedoch nichts Gutes. «Berichten Sie mir alles ganz genau.» Diese schwatzhaften Weiber mit ihren Wundern! ‹Ich kann Frauen nicht ausstehen›, dachte Caroline, ‹und am wenigsten von allen diese Mrs. Hogg. Meine Nerven beginnen schon wieder durchzugehen. Die nächsten paar Minuten werden wie eine Ewigkeit sein. Ich muß mich unbedingt beherrschen, darauf achten, was ich sage. Kühl bleiben, koste es, was es wolle.›

«Also», begann Mrs. Hogg, «ich hatte mich noch nicht recht entschlossen, ob ich zu einer Dame in Bristol gehen sollte, die ihr Kind zu Hause bekommen wollte – ich bin behördlich zugelassene Hebamme, müssen Sie wissen, wenn ich auch meist als Gouvernante tätig gewesen bin. Einmal war ich zwei Jahre lang Haushälterin bei einem Geistlichen. Das war in Birmingham. 1935 wurde er nach Kanada gesandt, und als wir uns verabschiedeten, sagte er: ‹Nun, Mrs. Hogg...›»

«Sie wollten mir doch von dem Wunder erzählen?» erinnerte Caroline sie, und bei dem Versuch, ihre Schroffheit zu verdecken, übertrieb sie und fügte hinzu: «Von Wundern kann ich nicht genug hören.»

Und im stillen tröstete sie sich mit den Worten: ‹Hsch, kleiner Liebling› – so pflegte sie sich gelegentlich selbst anzureden – ‹morgen wirst du Briefe aus der zivilisierten Welt bekommen.›

«Ja, wissen Sie», erwiderte Mrs. Hogg, «für *mich* war es ein Wunder. Ich war mit mir selbst uneins, ob ich den Auftrag in Bristol oder eine Dauerstellung im Norden bei einer tauben Dame annehmen sollte. Da kam ein Brief, es war an einem Dienstagmorgen, daß die Dame in Bristol infolge von Komplikationen hatte ins Krankenhaus gehen müssen, um dort ihr Kind zu bekommen. Ihr Mann schickte mir einen Wochenlohn. Und am Nachmittag kam dann ein Brief aus dem Norden. Nein, ich hab' mich geirrt, erst am nächsten Morgen. Die taube Dame war gestorben. Ich stand also ohne eine Stellung da. Daher sagte ich zu unserer Lieben Frau: ‹Was soll ich jetzt anfangen?› und unsere Liebe Frau antwortete: ‹Geh nach St. Philumena zurück und überleg es dir.› Ich war schon einmal mit einer der großen Wallfahrten in St. Philumena gewesen...»

«Haben Sie tatsächlich eine Stimme gehört?» unterbrach Caroline sie.

«Eine Stimme?»

«Ich meine, wenn Sie sagen ‹unsere Liebe Frau antwortete›, heißt das, daß sie vernehmlich zu Ihnen gesprochen hat?»

«O nein. Aber unsere Liebe Frau spricht immer auf diese Weise zu mir. Ich frage, und sie antwortet.»

«Wie hören Sie dann aber ihre Antworten?»

«Die Worte kommen mir einfach – aber Sie können natürlich nicht viel davon verstehen. Man muß über Erfahrung im Spirituellen verfügen.»

«Woher wissen Sie, daß die Worte von der gesegneten Jungfrau kommen?» bohrte Caroline erbarmungslos weiter. Mrs. Hogg verzog die Oberlippe zu einem abstoßenden Lächeln. ‹Sie würde mich liebend gern in einer ekstatischen, langsamen rituellen Orgie umbringen›, dachte Caroline; ‹sie sieht, daß ich dünn, knochig, scharfsinnig und neugierig bin; sie sieht, daß ich es mit der Wahrheit schrecklich genau nehme; sie sieht, daß ich gut angezogen bin und gut aussehe. Vielleicht spürt sie instinktiv meine Schwäche, meinen Abscheu vor menschlichem Fleisch, wenn die Masse die Intelligenz erdrückt.›

Mrs. Hogg fuhr fort: «Die späteren Ereignisse haben mir bewiesen, daß es eine Botschaft unserer Lieben Frau war. Ich kam nach St. Philumena und traf Lady Manders, die gerade dort war. Nachdem ich ihr von meiner Lage erzählt hatte, sagte sie: ‹Nun, es *gäbe* hier schon eine Aufgabe für Sie, wenn Sie es versuchen wollten. Es ist eine harte Arbeit, aber unsere Liebe Frau wird Ihnen beistehen. Wir wollen uns von der jetzigen Wirtschafterin trennen, sie ist nicht kräftig genug für diese Stellung.› So kam ich zunächst auf einen Monat zur Probe. Das war im Herbst, und ich habe es noch keine Minute lang bereut.»

«Das war das Wunder», sagte Caroline.

«Oh, es *war* ein Wunder: meine Ankunft hier, gerade im rechten Augenblick, als Lady Manders einen Personalwechsel vornehmen wollte. Ich kam wirklich nur hierher, um mir über meine Lage schlüssig zu werden. Aber ich kann Ihnen sagen, ich habe nicht oft Gelegenheit, auf meinem Allerwertesten zu sitzen und nachzudenken. Die Arbeit ist hart. Und meine Pflicht setze ich stets vor alles andere. Die viele Arbeit stört mich nicht; unsere Liebe Frau hilft mir. Wenn die Küchenmädchen über die Arbeit klagen, sage ich ihnen immer: ‹Unsere Liebe Frau wird sie für euch tun.› Und das tut sie.»

«Nun, dann können die Mädchen ja die Hände in den Schoß legen», meinte Caroline.

«Jetzt hören Sie mir mal gut zu, Caroline», sagte Mrs. Hogg. «Sie müssen mit einem Geistlichen sprechen. Sie haben den Sinn des katholischen Glaubens noch nicht richtig begriffen. Sie müssen mit Vater Ingrid sprechen.»

«Sie sind auf dem Holzwege», sagte Caroline. «Ich habe ihn einmal von der Kanzel reden gehört. Einmal war genug. Ich muß jetzt gehen.»

Die Glocke läutete zur Segensandacht. «Dort geht es nicht zur Kapelle», rief Mrs. Hogg hinter Caroline her, als sie rasch zwischen den grünen Wänden des Korridors davonschritt.

Caroline antwortete nicht. Sie ging in ihr Zimmer und begann, ruhig und ordentlich ihre Sachen zusammenzupacken. St. Philumena war reine Zeitvergeudung, sagte Caroline sich: ‹Jemand, der viel vom Leben verlangt, muß stets bereit sein, ein Erlebnis fahren zu lassen, sobald er dessen Fruchtlosigkeit erkennt.›

Im Kofferpacken war sie hervorragend. ‹Ich bin eine gute Kofferpackerin›, versicherte sie sich in Gedanken, um andere Gedanken, andere Worte nicht eindringen zu lassen. Die drei Tage in St. Philumena schrien zum Himmel, wollten gewaltsam in ihrem Bewußtsein Gestalt annehmen, doch Caroline unterdrückte sie, während sie murmelte: «Schuhe hierhin, Bücher dorthin. Die Kammtasche in diese Ecke. Blusen flach aufs Bett. Ärmel einschlagen – so; dann zusammenfalten, einmal so, einmal so. Die Wärmflasche. Nichts klappert. Kruzifix in Watte packen. Broschüre der katholischen Wahrheitsgesellschaft zum Lesen im Zug beiseitelegen. Was ich tue, tue ich ordentlich.»

Auf diese Weise unterdrückte sie die Gedanken an St. Philumena eine halbe Stunde lang. Sie hatte diese Technik vor nicht ganz einem Jahr im Lesesaal des Britischen Museums entwickelt, als ihr Gehirn einem Hexentanzplatz glich, auf dem Ideen nach allen Richtungen explodierten und dunkle Schemengestalten einen glühenden Gerümpelhaufen in der Mitte umtanzten.

Im Zug schwang Caroline ihren Koffer auf den Gepäckhalter und setzte sich. Eine Ecke des Koffers ragte über den Rand des Gepäckhalters hinaus. Caroline stand auf und rückte ihn zurecht. Sie saß allein im Abteil. Nach einer Weile stand sie wieder auf und schob den Koffer in die Mitte des Gepäckhalters, indem sie den Spiegel darunter als Richtmaß benutzte, bis er auf beiden Seiten einen gleichen Abstand zu den Kofferenden aufwies. Dann setzte sie sich auf ihren gegenüberliegenden Eckplatz. Sie saß vollkommen still, während ihre Gedanken ziellos umherwanderten. Dann und wann breitete sich eine zynische Klarheit in einem Teil ihres Verstandes aus und zwang sie, das Durcheinander in dem anderen Teil zu kritisieren. Das war schmerzhaft. ‹Die Spötterin in mir gewinnt die Oberhand›, stellte sie fest.

«Sehr komisch, sehr komisch», sagte Caroline laut. Eine Frau, die gerade an ihrem Abteil vorbeiging, hörte sie mit sich selbst reden und drehte den Kopf. ‹Guter Gott›, dachte Caroline, ‹jetzt beginnt mein Kummer schon anderen aufzufallen.›

Der Schock, daß jemand sie beobachtet hatte, brachte Caroline etwas Erleichterung. Während ihre Seelenpein langsam abklang, begann sie zu überlegen. ‹Habe ich richtig gehandelt? Da gibt es überhaupt keinen Zweifel.› Sorgfältig und aufmerksam begann sie sich daran zu erinnern, wie es in St. Philumena gewesen war.

Am zweiten Abend hatte sie sich zu den anderen Bewohnern in das Gesellschaftszimmer gesetzt – ‹ich darf nicht vergessen, daß man sie ‚Pilger' nennt›, dachte sie. Eben war ihr schon der Schnitzer unterlaufen, sie als Bewohner zu bezeichnen.

Außer Caroline waren es jedenfalls acht gewesen. Einen nach dem andern rief sie sich ins

Gedächtnis zurück, während sie steif wie ein Stock in dem Zug saß, der sie nach London zurückbrachte.

An jenem Abend hatte sie nur sehr selten ihre Gefährten gemustert, aber als sie sie jetzt wieder heraufbeschwor, blickte sie in ihre Augen, betrachtete prüfend ihre Kleidung, erforschte eingehend ihre Gesichter.

Sie ließ sie zuerst einzeln in ihren Gedanken auferstehen, dann in einem Halbkreis rund um den Kamin; sogar sich selbst konnte sie sehen.

Und während der Zug nach Süden ratterte und ihre Gedanken bei der Gruppe am Kamin weilten, betete sie gleichzeitig den Rosenkranz und ließ unmerklich die Perlen in ihrer Tasche durch ihre Finger gleiten, um äußerlich ruhig zu scheinen; diese automatische Handlung machte sie unauffällig und bewahrte sie davor, in ihrer Erregung hin und her zu rutschen und laut mit sich selbst zu reden, denn die um das Kaminfeuer in St. Philumena versammelte Gruppe hatte ihre Gefühle entflammt. Schließlich war sie selbst in ihren besten Zeiten eine sehr nervöse Frau.

Vorgestern abend hatte diese Gruppe kleine Geschichten über die Behandlung der Katholiken in England durch Nichtkatholiken ausgetauscht. Es war ihr Lieblingsthema.

«Was halten Sie davon: in der Gegend, wo meine Mutter lebt, beschäftigen die Reiseunternehmen keine Katholiken.»

«Nicht ein katholisches Kind bekam ein Stipendium...»

«Vierzig Prozent waren Katholiken, aber nicht eines...»

Es sei kein Geheimnis, behauptete eine umfangreiche, blühend aussehende Dame aus dem Westen Irlands, daß die Universität Cambridge keine Katholiken aufnehme.

«O nein, das ist nicht wahr», mischte Caroline sich sofort ein.

«Und sie geben sich alle Mühe, die Katholiken auseinanderzureißen», fuhr die Dame aus Westirland unbeirrt fort.

«Aufgefallen ist das jedenfalls noch niemandem», meinte Caroline.

Der junge Rechtsanwalt stimmte ihr zu, aber sein Zeugnis galt als zweifelhaft. Die Dame aus Irland flüsterte ihrer Nachbarin vernehmlich zu: «Er macht eine Alkoholentziehungskur, der Ärmste.»

«Natürlich», fügte der Rechtsanwalt hinzu, «gibt es immer Vorurteile in gewissen Kreisen», was ihn mit den übrigen wieder versöhnte.

«Mein Bruder arbeitet in der Volksbibliothek; als man entdeckte, daß er katholisch ist...»

Während immer mehr derartige Ungeheuerlichkeiten vorgetragen wurden, fuhr die Dame aus Westirland fort, Caroline herauszufordern: «Was halten Sie davon? ... Ist das nicht abscheulich? Was meinen Sie dazu?»

Als sie sich schließlich zum Gehen erhob, antwortete Caroline: «Mir kommt das alles sehr merkwürdig vor.»

Mrs. Hogg hatte sich zungenfertig an der

Unterhaltung beteiligt. Auch sie hatte ein paar saftige Anekdötchen beigesteuert, hatte am eigenen Leibe erfahren, was Verfolgung bedeutet, und ihre Augen hatten Caroline, die Verdächtige, nicht losgelassen.

Während sie sich an diesen Vorfall erinnerte, fiel Caroline ein ähnliches, weit zurückliegendes Kamingespräch im Kreise ihrer halbjüdischen Familie und deren Freunde ein. Sie sah sie wieder vor sich, im Halbkreis zusammengedrängt und in ihrem eingebildeten Martyrium schwelgend: «Vorurteile!» «...eine unverfrorene Beleidigung!» – ‹Katholiken und Juden›, dachte Caroline; ‹die Auserwählten, verblendet von einem tragischen Spiegelbild ihrer selbst. Ihre einzige Tragik liegt nur darin, daß sie so komisch sind.› Aber der Gedanke an die Komik dieses Bildes der Märtyrer am Kaminfeuer, Juden und Katholiken, verursachte Caroline Übelkeit. Sie dachte daran, die Notbremse zu ziehen, den Zug zum Halten zu bringen und sich so eine alles ausklammernde Ablenkung zu verschaffen; doch noch während sie mit diesem Gedanken spielte, wurde ihr klar, daß sie eine solche Tat niemals ausführen würde.

Aber in der ihr eigenen Sucht zu leiden, hielt Caroline die Bilder der Welt, die sie vor Jahren verlassen, und der neuen Welt, die sie kürzlich betreten hatte, fest. Sie zupfte und zog an dem Rosenkranz in ihrer Tasche, während ihre Gedanken, wie feine Zähne, sich wieder und wieder mit der Versammlung eingebildeter Märtyrer am

Kaminfeuer beschäftigten, deren Leiden in so gar keinem Verhältnis zu den echten standen ... es war ein Affront.

Im Speisewagen geschah es, daß Caroline noch einmal an Mrs. Hogg denken sollte. Mrs. Hogg steckte in ihren Gedanken, wie einem manchmal ein Essensbrocken schwer auf dem Magen liegt und sich nicht vor und zurück bewegt. Caroline kam plötzlich zum Bewußtsein, daß sie ihr Essen hinunterschlang, und gleichzeitig kehrte die Erinnerung an die Mahlzeiten in St. Philumena zurück: der Anblick von Mrs. Hogg, deren Kiefer im Rhythmus zu den Worten aus der Heiligen Schrift mahlten, die von der Nonne in wohlabgewogenem Sprechgesang vorgetragen wurden: «Ihr Lieben, lasset uns untereinander liebhaben; denn die Liebe ist von Gott ... So jemand spricht: ‹Ich liebe Gott›, und haßt seinen Bruder, der ist ein Lügner ... Und dies Gebot haben wir von ihm, daß wer Gott liebt, daß der auch seinen Bruder liebe.»

‹Die Forderungen der christlichen Religion›, dachte Caroline, ‹sind exorbitant; sie sind maßlos. Christen, die sich dessen nicht von Anfang an bewußt sind, sind nicht glaubwürdig. Sie handeln unehrlich; ihre Lehrmeister predigen wie im Schlaf: ‚Liebet euch untereinander ... Brüder, ihr Lieben ... dein Bruder, deine Nächsten, lieben, lieben, lieben' – wissen sie überhaupt, was sie sagen?›

Sie hatte aufgehört zu essen; zwei Dinge nahmen sie voll in Anspruch, ein rasender

Kopfschmerz und Mrs. Hogg. Diese benebelten Schwadronierer über das Thema Liebe – sind sie jemals einer Mrs. Hogg in Fleisch und Blut begegnet? Auf dem Rückweg zu ihrem Abteil lief Caroline einem Ehepaar in die Arme, das auch in St. Philumena gewesen war und nun gerade den Speisewagen aufsuchen wollte. Die beiden gehörten zu der Runde am Kaminfeuer. Ihr fiel ein, daß sie auch heute abreisen wollten.

«Oh, Miss Rose, sind Sie's wirklich! Ich hätte nicht gedacht, daß Sie so bald wieder abreisen würden.»

Leute drängten, um vorbeizukommen, und gaben Caroline die Gelegenheit zu entfliehen. «Ich wurde fortgerufen», sagte sie im Weitergehen.

Wie das Ehepaar der Kaminrunde erzählt hatte, war es vor zwei Monaten in die katholische Kirche aufgenommen worden.

Ihren neugefundenen Glauben drückten die beiden in einer rüden Verachtung der englischen Staatskirche aus, welcher der Vater der Frau als Geistlicher diente. «Vater war wütend, als wir zu Rom übertraten. Natürlich ist er anglo-katholisch; sie haben Weihwasser und die Heiligen; alles, außer dem wahren Glauben; höchst komisch.» Sie war eine grobknochige, muskulöse Frau Mitte Dreißig. In ihrer körperlichen Entwicklung glich sie etwa der Präsidentin eines Turnvereins. In ihrem Gesicht wuchsen einige Haare. Ihre Unterlippe erinnerte ein wenig an die eines Boxers. Von den zweien machte sie den größeren Lärm, aber ihr Mann mit seinem glatten, schmalen und rosigen Gesicht, das so aussah, als ob er es nie zu rasieren brauchte, war seiner Frau bei der Kaminrunde in St. Philumena eine gute Stütze. «Als Katholik hat man ein so unkompliziertes Leben, das ist ja das Wunderbare daran. Man erlangt so leicht die Seligkeit und kann ein glückliches Leben führen. All die kleinen Dinge, die die Protestanten verabscheuen, wie Heiligenfiguren und Anhänger, sie alle helfen uns, ein glückliches Leben zu führen.» Damit schwieg er, als habe er die geforderte Seite in seinem Schulübungsheft gefüllt und brauche nun nichts mehr hinzuzufügen; er lehnte sich im Sessel zurück, putzte seine Brille und schlug die Beine übereinander.

An dieser Stelle ergriff Westirland das Wort, um sie zu ermahnen: «Konvertiten müssen eine Menge lernen. Einen Konvertiten kann man immer von einem geborenen Katholiken unterscheiden. Man spürt das sofort.»

Der dipsomanische Rechtsanwalt in seinem blankgewetzten blauen Anzug sagte: «Ich mag Konvertiten», und lächelte Caroline zaghaft zu. Sein Lächeln schwand dahin angesichts Mrs. Hoggs andersgeartetem Lächeln.

Von Crew ab hatte Caroline das Abteil wieder für sich allein. Sie begann sich zu überlegen, daß Mrs. Hogg sich leicht zu einer fixen Idee entwickeln könnte, zum Dämon jener lustvollen Scheinheiligkeit, die sie stets anfiel, wenn sie eine

Gruppe Juden oder Katholiken bei ihrem angestammten morbiden Gesellschaftsspiel antraf. Sie begann an ihr Leben in London zu denken, an ihre Arbeit und an Laurence, dem sie ein Telegramm senden mußte; er würde sich über ihren Bericht von St. Philumena amüsieren. Sie begann zu kichern, wurde schläfrig, kuschelte sich in ihre Ecke und schlief ein.

DRITTES KAPITEL

Als Laurence den Brief an Caroline zur Post gebracht hatte und zum Häuschen seiner Großmutter zurückkehrte, gab sie ihm ein Telegramm.

Er las es. «Es kommt von Caroline. Sie ist wieder in London.»

«Ja? Sonderbar, ich hatte so ein Gefühl, daß es von Caroline ist.» Louisa offenbarte sehr oft in abgeschwächter Form die übersinnlichen Fähigkeiten der Zigeuner. «Wie schade, daß du den Brief nach Liverpool schon aufgegeben hast.»

Als Laurence sich zum zweiten Mal auf den Weg zum Postamt machte, um Caroline anzurufen, fragte er: «Soll ich sie bitten, herzukommen?»

«Ja, gewiß», antwortete Louisa mit dem ihr eigenen Neigen des Kopfes, das beinahe einer königlichen Geste gleichkam. Als er noch klein war, pflegte sie Laurence zu ermahnen: ‹Sag nicht einfach ‚Ja'; antworte ‚Ja, gewiß,' wie auch Queen Mary das stets tut.›

‹Woher weißt du das, Großmutter?›

‹Jemand hat's mir erzählt.›

‹Bist du sicher, daß er dich nicht beschwindelt hat?›

‹O ja, gewiß.›

«Sag Caroline», rief Louisa ihm nach, «daß ich Brombeeren eingemacht habe», womit sie Laurence andeuten wollte, daß sie sich wirklich ehrlich über Carolines Besuch freuen würde.

«Fein, ich werd's ihr sagen.»

«Und bitte die Postbeamten, dir den Brief zurückzugeben. Es ist doch wirklich unnötig, ihn die ganze Strecke bis nach Liverpool zu befördern.»

«Ach, die machen immer so viel Aufhebens davon», erwiderte Laurence. «Sie geben einem nie einen Brief zurück, wenn man ihn einmal aufgegeben hat. Jedenfalls nicht ohne große Umstände.»

«Oh, welch ein Jammer!»

«Das macht gar nichts», meinte Laurence. «Ich werde Caroline ja bald sehen. Bin nur neugierig, warum sie so rasch wieder zurückgekommen ist?»

«Ja, das möchte ich auch gern wissen.»

Carolines Nummer war besetzt, als er anläutete. Der Himmel war klar geworden, und die Herbstsonne, tief über dem Horizont hängend, sandte ihre Strahlen über das Land. Er beschloß, einen Spaziergang nach dem eine halbe Stunde entfernten Ladle Sands zu machen, von wo er Caroline noch einmal anzurufen versuchen konnte; inzwischen würden auch die Gasthäuser geöffnet haben. Er brannte darauf, mit Caroline zu sprechen. Seine Sehnsucht, sie an dem Geheimnis um seine Großmutter zu interessieren und mit in diese rätselhaften Vorgänge hineinzuziehen, kam fast einer Erfüllung des noch sehnlicheren Wunsches gleich, das unveränderte Fortbestehen ihres vertrauten Umgangs miteinander bestätigt zu finden.

Laurence konnte an diesem Abend keine Verbindung mit Caroline bekommen. Hartnäckig und mit wachsender Eindringlichkeit beteuerte er der Vermittlung immer wieder die Wichtigkeit seines Anrufs, doch die Antwort fiel stets gleich aus; man sagte ihm, daß Carolines Telephon wahrscheinlich nicht in Ordnung sei.

Ein merkwürdiger Summton brachte Caroline kurz vor Mitternacht an den Apparat. «Ihr Hörer war nicht aufgelegt. Wir haben den ganzen Abend versucht, einen Anruf aus Sussex für Sie zu vermitteln.» Die Stimme klang äußerst aufgebracht.

«Er war aber nicht abgenommen», erwiderte Caroline.

«Sie müssen ihn nicht richtig aufgelegt haben. Bitte, legen Sie den Hörer jetzt ordentlich auf.»

«Und das Gespräch? Werden Sie uns jetzt verbinden?»

«Nein. Der Anrufer ist inzwischen gegangen.»

‹Nun›, dachte Caroline, ‹er wird morgen früh wieder anrufen.› Sie lag auf ihrer Couch und starrte hinaus in den Nachthimmel jenseits des Balkons, zu müde, die Vorhänge zu schließen. Das Bewußtsein, daß Laurence nicht weit war und sie zu sprechen wünschte, durchwärmte sie angenehm. Sie konnte sich darauf verlassen, daß er auf ihrer Seite stehen würde, sollten sich wegen ihrer überstürzten Abreise aus St. Philumena Unannehmlichkeiten mit Helena ergeben. Im großen und ganzen glaubte sie jedoch nicht, daß Helena es ihr übelnehmen würde.

Mitten in diesem Gedankengang hörte sie das Klappern einer Schreibmaschine. Es schien durch die Wand zu ihrer Linken zu dringen. Das Klappern hörte auf und wurde unmittelbar von einer Stimme abgelöst, die ihre Gedanken wiederholte. Sie sagte: *Im großen und ganzen glaubte sie jedoch nicht, daß Helena es ihr übelnehmen würde.*

Allem Anschein nach waren es jedoch nicht nur eine, sondern mehrere Stimmen: ein Rezitativ, ein einstimmiger Sprechgesang. Es klang wie eine Reihe gleichlaufender Echos. Caroline sprang auf und lief zur Tür. Weder auf dem Absatz noch auf der Treppe war jemand zu sehen. Sie kehrte in ihr Zimmer zurück und schloß die Tür. Alles war still. Die Wand, aus deren Richtung die Geräusche gekommen waren, trennte ihr Wohn-Schlafzimmer vom Treppenabsatz im ersten Stock des in Apartments aufgeteilten Altbaus. Carolines kleine Wohnung nahm den ganzen ersten Stock ein. Sie hatte mit Bestimmtheit angenommen, daß die Töne aus der Richtung dieses Treppenabsatzes gekommen waren. Jetzt durchsuchte sie ihr Apartment. Die gegenüberliegende Wand trennte das Zimmer von Bad und Küche. Dort war alles ruhig. Sie ging auf den Balkon hinaus, von wo aus sie die ganze Länge von Queen's Gate überblicken konnte. Zwei Soldaten gingen mit klappernden Absätzen die Straße hinauf und bogen in die Cromwell Road ein. Die benachbarten Balkons waren dunkel und verlassen. Caroline trat ins Zimmer zurück, schloß die Balkontür und zog die Vorhänge vor.

Sie hatte das Apartment vor vier Wochen gemietet. Das Haus enthielt im ganzen sechs Wohnungen, die zumeist Ehepaaren oder jungen Männern gehörten, die tagsüber ins Büro gingen. Caroline kannte die anderen Mieter nur vom Sehen her, und man grüßte sich, wenn man sich auf der Treppe begegnete. Gelegentlich hörte man nachts den einen oder anderen, wenn er eine Party gab, aber gewöhnlich war es sehr ruhig im Haus. Caroline überlegte, wer eigentlich über ihr wohnte. Sie war nicht sicher; so viele gingen an ihrer Tür vorbei nach oben, und sie selbst war nie über den ersten Stock hinausgekommen.

Eine Schreibmaschine und ein Sprechchor: was in aller Welt dachten sich die Leute eigentlich dabei um diese Zeit? Caroline wunderte sich. Allerdings erschreckte sie ein wenig der Wortlaut, der zufällig so genau ihre eigenen Gedanken wiedergab.

Dann begann es von neuem. Tap-tippetip-tap – die Schreibmaschine. Und gleich darauf die Stimmen: Caroline stürzte hinaus auf den Treppenabsatz, denn sie war ziemlich sicher, daß die Laute aus dieser Richtung kamen. Niemand war da. Als sie in ihr Zimmer zurückkehrte, hörte sie den Sprechgesang, und zwar genau die folgenden Worte:

Was um alles in der Welt dachten sich die Leute eigentlich dabei um diese Zeit. Caroline wunderte sich. Allerdings erschreckte sie ein wenig der Wortlaut, der zufällig so genau ihre eigenen Gedanken wiedergab.

Und dann erklang wieder die Schreibmaschi-

tap-tippetip-tap. Sie stand wie angewurzelt. «Mein Gott!» schrie sie laut. «Werde ich wahnsinnig?»

Der Klang ihrer eigenen Stimme ernüchterte sie ein wenig und rief ihr gebieterisch die Notwendigkeit ins Bewußtsein, einen klaren Kopf zu behalten. Der Satz ‹Caroline wunderte sich› war es, der sie so in Bann schlug. Caroline zitterte zwar am ganzen Körper, begann aber sofort ernsthaft darüber nachzudenken, ob die Stimmen und Geräusche, die sie gehört hatte, wirklich sein konnten oder nur eingebildet waren. Zwar war sie entsetzt bei dem Gedanken, daß sie von anderen Wesen, Geistern oder Menschen, heimgesucht sein könnte – Wesen, die ihre Gedanken lesen, vielleicht ihr Innerstes ergründen könnten; gegen die schreckliche Alternative dazu sträubte sie sich jedoch mit allen Fasern ihres Seins. Sie fürchtete sie mehr als alles andere; sie fürchtete, daß diese Töne, so deutlich sie auch von der anderen Seite der Wand gekommen zu sein schienen, Halluzinationen ihres eigenen Geistes sein könnten.

Während der nächsten halben Stunde saß Caroline benommen und ängstlich da und überlegte, was zu tun sei. Sie fürchtete eine Wiederholung des Erlebnisses und betete gleichzeitig um ein Zeichen, daß sie nicht den Verstand verloren hatte. Die Sachlage begann ihr als eine Frage zu erscheinen, die sie persönlich entscheiden konnte: als ob sie vor die Wahl zwischen Normalität und Wahnsinn gestellt sei.

Sie war bereits zu dem Schluß gekommen, daß die Töne von keinem Einwohner des Hauses stammen konnten. Die Tatsache, daß ihre Gefühle und Erwägungen registriert wurden, deutete anscheinend auf eine unsichtbare Quelle: daraus ergab sich die Frage, ob sie objektiv oder nur in ihrer Einbildung existierte. Falls die Geräusche und Töne – das Maschinengeklapper und die Stimmen – einer wirklich existierenden, jedoch unsichtbaren Quelle entsprangen, glaubte Caroline sich in Gefahr zu befinden, möglicherweise den Verstand zu verlieren; aber das Erlebnis an sich war noch kein Zeichen des Wahnsinns. Sie war inzwischen völlig davon überzeugt, daß das Gehörte nicht ein Produkt ihrer Einbildung gewesen war. ‹Ich bin nicht wahnsinnig. Ich bin nicht wahnsinnig. Beweis: ich kann klar über die Sachlage nachdenken. Ich werde heimgesucht, aber nicht von meinem eigenen Geist.› Bei dieser Überlegung angelangt, bebte sie bereits wieder am ganzen Körper und war vor Furcht wie gelähmt, wenn ihre Angst sie auch nicht gerade blind machte.

Tap-klick-tap. Wieder die Stimmen: *Bei dieser Überlegung angelangt, bebte sie bereits wieder am ganzen Körper und war vor Furcht wie gelähmt, wenn ihre Angst sie auch nicht gerade blind machte.*

«Christus!» rief sie aus. «Wer *ist* da?» Obgleich sie durch eine völlig vernunftgemäße Überlegung zu dem Schluß gekommen war, daß niemand im Haus für diese Vorgänge verantwortlich sein konnte, sprang sie doch auf und begann systematisch ihr Apartment zu durchsuchen, als sie die Stimmen wiederum so klar und deutlich durch die Wand dringen hörte. Sie sah in jeder Ecke nach und blickte sogar unter ihre Schlafcouch, die viel zu niedrig war, um einen Menschen zu verbergen; nicht einmal das kleine Schränkchen mit dem Gaszähler vergaß sie. Diese Beschäftigung milderte ihre Panik, und obwohl sie wußte, daß sie ihre Peiniger auf diese Weise nicht finden würde, legte sie all ihre Energie in diese Suche, rückte Möbel umher, öffnete und schloß Türen. Sie verdächtigte alles, wie unmöglich es auch schien; selbst vor dem Gedanken, daß die Geräusche und Stimmen aus einem sehr kleinen Gegenstand kommen könnten – etwa einem ferngesteuerten Kästchen mit einer Maschinerie darin – machte sie nicht halt. Entsprechend diesen Vermutungen handelte sie und untersuchte alles aufs genaueste, um sich nichts Ungewöhnliches entgehen zu lassen.

Plötzlich erklang von der Decke herab ein Klopfen. Caroline sprang mit einem Satz aus der Wohnungstür und schaltete das Treppenlicht an.

«Ist jemand da?» rief sie nach oben. «Wer ist da?» Die Angst ließ ihre Stimme unnatürlich hoch klingen.

Über ihr, hinter der Biegung der Treppe, bewegte sich etwas. Fußescharren; eine Tür öffnete sich auf dem zweiten Treppenabsatz. Eine aufgebrachte Frauenstimme flüsterte: «Nicht so laut!»

Caroline legte den Kopf in den Nacken und sah

den Oberkörper einer Frau, die sich über das Geländer lehnte; lange Strähnen grauen Haares fielen über ihr Gesicht, und ein weites weißes Gewand schaute zwischen den Geländerstäben hervor. Caroline schrie auf – zu spät erkannte sie die Frau als die Bewohnerin der Wohnung über sich.

«Sind Sie betrunken?» zischte die zornige Mieterin sie an. «Was denken Sie sich eigentlich dabei, mitten in der Nacht das ganze Haus aufzuwecken? Es ist zweiundzwanzig Minuten nach eins, und seit einer Stunde lärmen Sie da unten herum, rücken Möbel und knallen mit Türen. Kein Auge habe ich zumachen können. Ich muß in der Früh' ins Büro gehen!»

Noch eine Tür öffnete sich im zweiten Stock, und die Stimme eines Mannes fragte: «Ist irgend was passiert? Ich hab' ein Mädchen schreien hören.» Die Frau huschte in ihr Zimmer zurück, da sie sich unbekleidet genierte, und beschwerte sich weiter, indem sie nur noch den Kopf durch die Türspalte steckte.

«Das war die junge Frau unter uns. Seit einer geschlagenen Stunde lärmt sie da unten herum. Haben Sie sie gehört?»

«Einen Schrei habe ich gehört», antwortete die Männerstimme.

Caroline lief ein paar Stufen hinauf, damit sie um die Treppenbiegung die Sprecher sehen konnte. «Ich bin furchtbar erschrocken, als ich Sie so plötzlich auftauchen sah», erklärte sie der Frau. «Haben Sie geklopft?»

«Natürlich, wer sonst», antwortete die Frau.

«Morgen früh werde ich mich über Sie beschweren.»

«Haben Sie mit einer Schreibmaschine geschrieben?» begann Caroline sich zu erkundigen. Sie war hilflos und verängstigt. «Ich habe eine Schreibmaschine und Stimmen gehört.»

«Sie sind wahnsinnig!» sagte die Frau und schloß die Tür. Der junge Mann hatte sich ebenfalls zurückgezogen.

Caroline kehrte in ihr Zimmer zurück und begann rasch und verstohlen einen kleinen Koffer zu packen. Sie hatte noch keine Ahnung, wo sie den Rest der Nacht verbringen würde. Ein einsames Hotelzimmer war undenkbar; nur das Haus eines Freundes kam in Frage. Sie lief hin und her und riß mit ruckartigen Bewegungen die notwendigen Dinge an sich, als erwarte sie, daß eine unsichtbare, darin versteckte Hand sich über der ihren schließen könnte, ehe sie davon Besitz ergriffen hatte. Dabei war sie ängstlich darauf bedacht, so wenig Lärm wie nur möglich zu machen, aber in ihrer Nervosität stieß sie gegen ein Möbelstück und warf eine Glasschale herunter. Um sich gegen die Geräusche ihrer eigenen Bewegungen abzuschirmen, spannte sie einen Muskel irgendwo im oberen Rachenraum hinter der Nase an, so daß es in ihren Ohren leicht zu rauschen begann – das dämpfte den Klang ihrer Schritte und ließ ihr Tun leiser scheinen, als es in Wirklichkeit war.

Caroline preßte den Deckel ihres kleinen Köfferchens zu. Sie hatte sich inzwischen entschieden, wo sie für den Rest der Nacht hingehen wollte: zum Baron; er war wach, zumindest aber konnte man ihn zu jeder Stunde heraustrommeln. Sie schlug den Kofferdeckel noch einmal zurück, weil ihr einfiel, daß sie ihre Geldbörse mit eingepackt hatte; sie würde sie für das Taxi zur Wohnung des Barons in Hampstead brauchen. Der Drang, ihre Wohnung so rasch wie möglich zu verlassen, beherrschte sie so, daß sie beim Suchen zwischen den Kleidungsstücken ganz ihre sonstige Gewohnheit der Selbstbeobachtung vergaß und nicht einmal bemerkte, wie unordentlich sie die Sachen hineingeworfen hatte. Der Unterschied zwischen dieser rasenden Packerei und der bewußten Sorgfalt, mit der sie vor weniger als vierundzwanzig Stunden in St. Philumena trotz ihrer Wut ihre Habseligkeiten zusammengelegt und verstaut hatte, kam ihr nicht zum Bewußtsein.

Tap-klick-tap. Tap. ... daß sie beim Suchen zwischen den Kleidungsstücken Tap-tippetie-tap ganz ihre sonstige Gewohnheit der Selbstbeobachtung vergaß und nicht einmal bemerkte, wie unordentlich sie die Sachen hineingeworfen hatte. Der Unterschied zwischen dieser rasenden Packerei und der bewußten Sorgfalt, mit der sie vor weniger als vierundzwanzig Stunden in St. Philumena trotz ihrer Wut ihre Habseligkeiten zusammengelegt und verstaut hatte, kam ihr nicht zum Bewußtsein. Tap.

Mantel – Hut – Handtasche – Koffer; Caroline raffte alles an sich und drängte sich hastig durch die Tür, die sie hinter sich zuschlug. Polternd lief sie die Treppe hinunter und aus der Haustür, die sie ebenfalls hinter sich zuknallte. Am Ende der Queen's Gate erwischte sie ein Taxi, das gerade aus der Old Brompton Road einbog; sie flüchtete sich förmlich hinein und zog die Tür knallend hinter sich zu.

«Das ist überhaupt nichts Ungewöhnliches», sagte Willi Stock. «Dein Gehirn ist überarbeitet.» Es war der Baron, der soeben gesprochen hatte. Er stand vor der künstlich flimmernden Kohlenglut des elektrischen Kamins und trank in kleinen Schlucken Curaçao.

Caroline saß zusammengekauert und leise weinend auf dem Sofa und nippte an ihrem Glas. Während die Wärme von Kamin und Alkohol sie langsam durchdrang, stieg ein warmes Gefühl der Dankbarkeit gegenüber dem Baron in ihr auf. Eine Stunde lang hatte er ihre augenblickliche Geistesverfassung erläutert. Sie fühlte sich getröstet; nicht von seinen Erklärungen, sondern von seinem vertrauten Gesicht, von den ihr wohlbekannten Grenzen seines Denkvermögens, von seiner warmen, gemütlichen Wohnung und von der Flasche Curaçao.

Zum ersten Mal in ihrem Leben empfand sie, daß Willi Stock ein alter Freund war. Indem sie ihn von diesem Standpunkt aus betrachtete, konnte sie ihr Gewissen über den Aufenthalt in seiner Gesellschaft beruhigen; denn der Baron gehörte jener oberflächlichen Halbwelt aus Carolines Vergangenheit an, die sie nach und nach hinter sich gelassen hatte. Er verkörperte eine Gesellschaftsschicht, deren Existenz sie fast vergessen hatte, und die sie inzwischen völlig ablehnte. Sie hatte den Baron seit über einem Jahr nicht mehr gesehen, doch Laurence hatte weiterhin mit ihm Verbindung gehalten und ihn von Zeit zu Zeit erwähnt, so daß Caroline in dem Gefühl bestärkt wurde, in der Gesellschaft eines alten Freundes zu weilen. Bis Tagesanbruch benötigte sie sehr den Beistand eines alten Freundes.

«Eleanor befindet sich gerade auf Tournee», sagte er.

«Ich weiß», erwiderte Caroline, «Laurence hat eine Postkarte von ihr bekommen.»

«Tatsächlich?» meinte der Baron. «Wann war das?»

«Oh, irgendwann in der letzten Woche. Er hat es nur einmal so erwähnt.»

Eleanor Hogarth war die Mätresse des Barons.

Man nannte ihn den Baron, weil er sich selbst als Baron Stock ausgab. Caroline wußte nicht, von welchem Adelsgeschlecht er seinen Titel ableitete, und niemand hatte danach Erkundigungen eingezogen; sie war jedoch sicher, daß er sich diesen Titel nicht von sich aus zugelegt hatte, wie manche Leute zu verstehen gaben. Er kam ursprünglich aus dem Belgischen Kongo, hatte den Nahen Osten bereist, sich in Europa herumgetrieben und war schließlich in England seßhaft geworden – ein naturalisierter Brite. Das war fünfzehn Jahre her, und er näherte sich jetzt den Fünfzigern. Caroline hatte stets das Gefühl, daß afrikanisches Eingeborenenblut in den Adern des

Barons floß, obgleich sie nicht den geringsten Hinweis darauf in seinen Zügen entdecken konnte. Sie hatte sich einige Zeit in Afrika aufgehalten und spürte instinktiv so etwas. Eigentlich interessierte sie sich nur beiläufig dafür; aber als sie vor ein paar Jahren in Gesellschaft des Barons über afrikanische Rassenprobleme diskutierten, war ihr aufgefallen, daß er mit wilder Erbitterung gegen die Schwarzen Stellung bezog, was so gar nicht im Verhältnis zu der Gegebenheit stand. Das bestärkte Caroline in ihrem Urteil; außerdem erschien gelegentlich ein pathetischer Ausdruck im Gesicht des Barons, den sie schon bei andern nicht ganz reinblütigen Europäern gesehen hatte; auch das Weiße seiner Augen kam ihr merkwürdig vor; inwiefern, konnte sie nicht sagen. Aber nachdem sie diese Dinge einmal festgestellt hatte, machte sie sich weiter keine Gedanken darüber.

Der Baron hatte eine Buchhandlung in der Charing Cross Road aufgemacht, eine von jenen, die sich ausschließlich intellektuell geben. «Natürlich gibt es in England keine Intellektuellen», pflegte er zu sagen.

Caroline und Laurence hatten sich häufig mit Vergnügen an einen Zwischenfall erinnert, als sie den Baron eines Tages in seinem Geschäft in der Charing Cross Road aufsuchten; bei ihrem Eintritt sprach ihn gerade eine unscheinbare kleine Frau an.

«Haben Sie vielleicht Eisenbahnbücher für Kinder?» fragte ihn die Kundin.

Der Baron ragte hoch und dünn auf der weiten Fläche des grauen Teppichs in der Mitte des Raumes und blickte einen Augenblick schweigend auf sie herab.

«Eisenbahnbücher für Kinder», wiederholte sie. «Bücher mit Bildern von Zügen und Lokomotiven darin.»

Der Baron erwiderte: «Eisenbahnbücher für Kinder, Madame? Das glaube ich kaum, Madame.» Mit einer lässigen Armbewegung deutete er auf die Büchergestelle. «Wir haben Geschichte, Biographien, Theologie, Theosophie, Psychologie, Religion, Poesie; aber Eisenbahnbücher für Kinder ... Vielleicht versuchen Sie es bei Foyles gegenüber, Madame.»

Er hob Schultern und Augenbrauen, als er sich Caroline und Laurence zuwandte. «Mein Vater», sagte er, «kannte einen Mann im belgischen diplomatischen Dienst, der ein Eisenbahnbuch für Kinder verfaßt hatte. Es war sehr beliebt und verkaufte sich rasch. Ein Exemplar wurde einer Familie in Jugoslawien geschickt. Das Buch enthielt natürlich eine verschlüsselte Nachricht. Der Autor überarbeitete das Buch gerade für die zweite Auflage, als er verhaftet wurde. Diese Geschichte beinhaltet meine gesamte Erfahrung mit Eisenbahnbüchern für Kinder. Habt ihr dieses Werk über Kafka gelesen? – Ich habe es gerade hereinbekommen, ihr Lieben, mein Laurence und meine Caroline.»

So betrachtet, war Baron Stock ein alter Freund.

Caroline lag im dunklen warmen Zimmer auf einem rasch zurechtgemachten Couchbett. Der Baron war gegangen, kurz nachdem die Uhr vier geschlagen hatte. Sie hatte aufgehört zu weinen. Für den Fall, daß sie sie brauchen sollte, hatte der Baron ihr eine Flasche mit Aspirintabletten auf einen Stuhl neben die Couch gestellt. Caroline tastete nach der Flasche, schraubte sie auf und zog den zusammengedrehten Wattestreifen heraus, den sie zu finden gehofft hatte. Sie stopfte ein Stückchen davon in jedes Ohr. Jetzt, da sie allein war, schien es ihr, daß sie ein falsches Spiel mit dem Baron getrieben hatte. Als sie zu so später Stunde aufgelöst und hilfesuchend vor seiner Tür gestanden hatte, ließ es sich einfach nicht vermeiden: «Willi! Bitte, laß mich ein, ich werde von Stimmen verfolgt!»

Danach mußte sie natürlich seinen Schutz und seine freundliche Fürsorge annehmen; ja, sie war froh darüber.

Und nachdem er sie vor den Kamin gesetzt hatte: «Caroline, um Himmels willen, wie abgemagert und fiebrig du aussiehst! Was für Stimmen hast du gehört? Das ist ja äußerst interessant! War es ein religiöses Erlebnis?»

Sie hatte zu weinen und sich zu entschuldigen begonnen.

«Aber Caroline, um Himmels willen, du weißt doch, daß ich nie zu Bett gehe. Im Ernst, ich lege mich nur hin, wenn es sich absolut nicht länger vermeiden läßt. Ich kann gar nicht sagen, wie sehr ich mich freue – Caroline, meine Liebe, du weißt nicht, wie geehrt ich mich fühle – daß du in deiner Not – wenn du wüßtest, was ich fühle.»

Und so hatte sie ihre Rolle spielen müssen. Jetzt, da sie allein im Dunkeln lag, dachte sie: ‹Ich hätte es in meinem Zimmer durchkämpfen müssen. Ich hätte nicht fortlaufen dürfen.›

Der Baron war natürlich überzeugt, daß sie an einer Sinnestäuschung litt.

«Das passiert vielen Leuten, meine Liebe; nichts, worüber man sich ernstlich Sorgen zu machen brauchte. Sollte dieses Erlebnis sich wiederholen, müßtest du dich vielleicht analysieren lassen oder ein paar Tabletten nehmen, und die Stimmen werden verschwinden. Aber ich bezweifle, daß dieses Phänomen sich wiederholt. Nach dem, was ich über deine Trennung von Laurence gehört habe, mußt du unter einer erheblichen Nervenbelastung gestanden haben.»

«Wir sind nicht völlig auseinandergegangen, das weißt du doch.»

«Aber ihr wohnt jetzt getrennt?»

«Ja, ich habe ein Apartment in Kensington. Laurence behält vorläufig die Wohnung. Er befindet sich gerade auf dem Lande. Ich muß mich morgen früh sofort mit ihm in Verbindung setzen.» Sie betonte ihre Worte absichtlich so, als wünschte sie nicht weiter darüber zu reden.

«In Sussex? Bei Mrs. Jepp?» – echte Neugier schwang in seiner Stimme.

«Ja.»

«Vor drei Jahren bin ich ihr einmal begegnet. Laurence hat mich ihr vorgestellt. Eine prächtige alte Dame. Einfach großartig. Wunderbar für ihr Alter. Siehst du sie öfter?»

«Das letzte Mal habe ich sie Ostern gesehen», antwortete Caroline. «Sie war fabelhaft.»

«Ja, sie ist fabelhaft. Nach London kommt sie wohl nie?»

«Nein», erwiderte Caroline. «Es muß das letzte Mal gewesen sein, als du ihr begegnet bist. Seitdem ist sie nicht wieder in London gewesen.»

«Die Haushaltung in Hampstead gefällt ihr wohl nicht?»

«Nun, sie ist von niemandem abhängig», antwortete Caroline abwesend.

Sie hatte nur mit halbem Ohr auf das Geplauder des Barons gehört, obgleich er fortfuhr, von Louisa zu sprechen.

«Ich muß mich morgen früh unbedingt sofort mit Laurence in Verbindung setzen», wiederholte sie. «Mrs. Jepp hat keinen Telephonanschluß. Ich werde ein Telegramm schicken. Oh, Willi! – diese Stimmen, es war teuflisch!»

Jetzt, da sie wach in der Dunkelheit lag, rief Caroline sich die Unterhaltung wieder ins Gedächtnis und bedauerte, daß sie sich so sehr von dem Baron abhängig gezeigt hatte. Mehr und mehr kam sie zu der Erkenntnis: ‹Ich hätte zu Hause bleiben und mich mit der Sache auseinandersetzen sollen, was es auch sein mochte.› Sie wußte, daß sie eine zähe Natur besaß. Und während sie sich dazu zwang, sich ihre Schwäche einzugestehen, kam ihr schmerzhaft die vergangene Stunde wieder zum Bewußtsein; sie erinnerte sich deutlich an einige Fetzen des Gesprächs, das sie so schläfrig an sich hatte vorüberplätschern lassen. Trotzdem war ihr beiläufig aufgefallen, daß der Baron sich ungewöhnlich stark für Laurences Großmutter zu interessieren schien. Er war der letzte, von dem man glauben konnte, daß er sich – und sogar namentlich – an eine unscheinbare alte Dame erinnern würde, der er vor drei Jahren einmal kurz vorgestellt worden war. Mrs. Jepp machte auf Fremde nicht sofort einen tieferen Eindruck und war vor allem nicht der Typ, der den Baron beeindrucken konnte.

Durch die Dunkelheit, aus der Gegend des Kamins, drang ein Geräusch an Carolines Ohren. *Tap!* Die Schreibmaschine. Sie setzte sich auf, als die Stimmen folgten:

... daß der Baron sich ungewöhnlich stark für Laurences Großmutter zu interessieren schien. Er war der letzte, von dem man glauben konnte, daß er sich – und sogar namentlich – an eine unscheinbare alte Dame erinnern würde, der er vor drei Jahren einmal kurz vorgestellt worden war. Mrs. Jepp machte auf Fremde nicht sofort einen tieferen Eindruck.

«Willi!» schrie Caroline. «Oh, mein Gott, die Stimmen ... Willi!»

Durch die Wand hörte sie ihn sich bewegen.

«Hast du gerufen, Caroline?»

Schließlich schlurfte er schlaftrunken herein und knipste das Licht an.

Caroline zog den viel zu weiten geliehenen Morgenrock über ihren Schultern zusammen; ihre blauen Augen blickten hart vor Angst. Den

Rosenkranz, den sie vorher unter das Kopfkissen gestopft hatte, hielt sie fest in den Händen. Ihre Finger umklammerten zitternd die Perlen, wie ein Kind sich an seinem Zauberspielzeug festhält.

«Meine *liebe* Caroline, welch ein bezauberndes Bild! Beweg dich nicht, bleib einen Augenblick ganz still sitzen: ich versuche mich an etwas zu erinnern – an einen Augenblick, eine Szene in der Vergangenheit oder an ein langvergessenes Gemälde. – Eine Freundin meiner Schwester vielleicht – oder mein Kinderfräulein. Caroline, meine Liebe, es gibt keinen köstlicheren Anblick als den einer Frau, die man unvermutet mit dem Rosenkranz in der Hand überrascht.»

Caroline hing den Kranz über die Stuhllehne. Einen Moment lang dachte sie: ‹Er benimmt sich unschicklich.› Sie blickte scharf zu ihm auf und ertappte ihn dabei, daß er sich einmal nicht in der Gewalt hatte; Augenlider und Mundwinkel hingen todmüde herab, und nur mit Mühe konnte er ein Gähnen unterdrücken. ‹Er bemüht sich nur, freundlich zu sein›, dachte sie; ‹das eben war nur Pose.›

«Erzähl mir von den Stimmen», sagte er. «Ich selbst habe nichts gehört. Aus welcher Richtung sind sie gekommen?»

«Von dort drüben, neben dem Kamin», antwortete sie.

«Möchtest du etwas Tee? Ich glaube, da ist noch welcher.»

«Oh, lieber Kaffee. Könnte ich etwas Kaffee

haben? Ich glaube kaum, daß ich noch schlafen werde.»

«Wir werden beide Kaffee trinken. Bleib inzwischen nur liegen.»

Caroline dachte: ‹Er meint, daß er wahrscheinlich auch nicht mehr zum Schlafen kommen wird.› Laut sagte sie: «Es tut mir schrecklich leid, Willi. Es hört sich so närrisch an, aber es ist wirklich entsetzlich. Und du bist sicher todmüde.»

«Kaffee und Aspirin. *Liebe* Caroline, du darfst dich auf keinen Fall entschuldigen, ich freue mich wirklich –»

Aber er konnte nur schwer seine Müdigkeit verbergen. Als er mit dem Kaffee und einer Flasche Weinbrand auf einem Tablett wieder ins Zimmer trat, sagte er wie jemand, der ungeachtet eines Tigers im Garten die Unterhaltung im Fluß hält: «Du mußt mir alles über diese Stimmen erzählen.» Er sah, wie sie die Wattepfropfen aus den Ohren nahm, tat jedoch so, als merke er es nicht. «Ich habe immer geglaubt, daß körperlose Wesen in diesem Zimmer hausen», fuhr er fort, «aber jetzt bin ich sicher. Im Ernst, ich bin sicher – unwiderruflich überzeugt, Caroline, daß du mit solchen Wesen in Verbindung stehst. Ich wäre so froh, wenn ich dir etwas Phenobarbitone hätte geben können, ein ausgezeichnetes Beruhigungsmittel; oder irgend etwas, damit du schlafen kannst. Aber selbstverständlich werde ich jetzt bei dir sitzen bleiben, es ist schon fast fünf Uhr ...»

Er sprach nicht mehr über Halluzinationen;

Caroline glaubte daraus zu erkennen, daß er sie jetzt tatsächlich für verrückt geworden hielt. Sie trank gehorsam, aber hastig ihren Kaffee aus und weinte dabei ununterbrochen. Sie bat ihn, sie allein zu lassen.

«Auf keinen Fall. Ich möchte, daß du mir über die Stimmen erzählst. Das fasziniert mich wirklich sehr.»

Sie fühlte sich erleichtert, sich das Geschehene von der Seele reden zu können, obgleich die Empfindung an ihr nagte, daß der Baron die ganze Episode jetzt offenbar nur noch als anstrengend und lästig empfand. Doch in ihrem eigenen Interesse redete sie rücksichtslos darauf los. Und während sie sprach, erkannte sie, daß der Baron das Beste aus der Sachlage zu machen versuchte; er hatte resigniert und schenkte ihr seine volle Aufmerksamkeit, jedoch wie jemand, der die Worte eines anderen nicht als eine Form der Mitteilung, sondern als Symptome ansieht.

Er brachte aus ihr heraus, daß das Schreibmaschinengeklapper stets vor den Stimmen ertönte, manchmal aber auch den Sprechchor begleitete. Wie viele Stimmen es seien, konnte sie nicht sagen. Männliche oder weibliche? Gemischt, erzählte sie ihm. Es sei unmöglich, die einzelnen Stimmen auseinanderzuhalten, da sie in völligem Gleichtakt erklängen; nur aus den verschiedenen Tonfärbungen könne man erkennen, daß es sich um einen Chor und nicht um eine einzelne Stimme handele. «In der Tat», fuhr sie aufgedreht und hastig fort, «es klingt, wie wenn eine Person gleichzeitig in verschiedener Tonhöhe spricht.»

«Und immer in der Zeitform der Vergangenheit?»

«Ja. Spottende Stimmen.»

«Und du sagst, daß dieser Chor Bemerkungen zu deinen Gedanken und Handlungen macht?»

«Nicht immer», antwortete Caroline, «das ist ja das Sonderbare. Er sagt etwa: ‹Caroline dachte oder tat dieses oder jenes› – und manchmal hängt er auch eine eigene Bemerkung an.»

«Nenn mir ein Beispiel, meine Liebe. Ich bin so schwerfällig – ich kann nie begreifen –»

«Nun», sagte Caroline, die sich durch das selbstlose Interesse des Barons von einer plötzlichen Woge des Vertrauens getragen fühlte, «nimm zum Beispiel heute nacht. Ich war am Einschlafen und überdachte noch unsere Unterhaltung – wie man das so tut», fügte sie hinzu – «als mir so im Unterbewußtsein der Gedanke kam, wie gut du dich an die Begegnung mit Laurences Großmutter erinnertest; irgendwie kam mir das sonderbar vor. Und gleich darauf hörte ich die Schreibmaschine und die Stimmen. Sie wiederholten meinen Gedankengang, etwa folgendermaßen: ‹Ihr fiel auf, daß der Baron› – wie du weißt, nennen wir dich immer nur Baron – ‹daß der Baron sich ungewöhnlich für Laurences Großmutter interessiert hatte.› Und dann fügten die Stimmen noch etwas hinzu, das etwa darauf hinauslief, daß der Baron der letzte sei, der sich, und sogar namentlich, an eine alte Frau wie Mrs. Jepp erinnern würde, der er vor drei Jahren einmal beiläufig vorgestellt worden war. Weißt du, Willi, die Worte sind unmaßgeblich –»

«Du bist verrückt», unterbrach der Baron sie abrupt.

Caroline fühlte sich über seine Worte erleichtert, obgleich – und in gewissem Sinne auch weil – sie ihre Pein noch bestärkten. Es war für sie eine Erlösung, zu hören, daß der Baron seine wahre Ansicht aussprach; er bestätigte damit genau ihre Erwartungen, wie ein Außenstehender normalerweise darauf reagieren mußte. Aus dieser Befürchtung heraus hatte sie ihm ja zuerst auch nur in unbestimmten Worten ihre Bedrängnis angedeutet: «Das Geräusch einer Schreibmaschine, gefolgt von Stimmen. Sie sprechen in der Zeitform der Vergangenheit. Sie verspotten mich.»

Jetzt, da sie sich klarer ausgedrückt hatte und von ihm als verrückt bezeichnet worden war, verspürte sie eine geradezu perverse Genugtuung darüber, gleichzeitig aber auch ein würgendes Gefühl im Hals, daß niemand das Geschehene würde glaubwürdig finden können.

Der Baron hatte sich rasch wieder in der Gewalt und verbesserte sich hastig: «Wenn ich ‹verrückt› sage, meine ich das natürlich nur so im umgangssprachlichen Sinne; so wie wenn man sagt, wir sind ja alle verrückt. Ein bißchen überspannt, weißt du. Unter uns gesagt – ich glaube, die Intelligenzler sind alle ein wenig verrückt, und das, meine liebe Caroline, macht uns ja gerade so liebenswert. Die normalen Menschen sind nicht wert, daß man sie beachtet.»

«Ganz recht», sagte Caroline. «Ich weiß schon, was du meinst.» Dabei aber hätte sie gern gewußt, warum er so heftig, fast böse gesprochen hatte: ‹Du bist verrückt!› – wie ein Hund, der nach einer Fliege schnappt. Sie sah ein, daß sie taktlos gewesen war. Sie wünschte, sie hätte ein anderes Beispiel gewählt.

«Jemand verfolgt mich, das muß es sein», sagte Caroline in der Hoffnung, die Verantwortung für die Beleidigung des Barons abwälzen zu können.

Er schien seine Rolle als faszinierter Fragesteller vergessen zu haben; und während er Caroline genau auseinandersetzte, warum und auf welche Weise Mrs. Jepp ihn so beeindruckt hatte, war seine Miene selbstloser Wißbegier zeitweilig wie weggewischt. «Weißt du, sie ist eine Persönlichkeit. So klein und doch – ihr Gesicht, so alt und doch so lebhaft, so voller Kraft. Diese dunklen Haare. Ein solches Gesicht könnte ich nie vergessen.»

‹Er verteidigt sich›, dachte Caroline voll Überraschung.

«Und sie sah so anmutig aus in ihrem dunkelblauen Samthut, meine Liebe. Ihre braunen Fältchen im Gesicht. Ein wirklich eindrucksvolles Bild.»

«Das war vor drei Jahren, nicht wahr, Willi?»

«Vor fast drei Jahren – ich erinnere mich sehr gut daran. Laurence brachte sie in meinen Laden, und sie sagte: ‹Welch eine Menge Bücher!›»

Er lächelte gerührt, aber Caroline stimmte

nicht mit ein. Sie dachte an Louisa Jepps letzten Besuch in London vor drei Jahren. Ganz gewiß besaß sie damals noch nicht ihren blauen Hut; Caroline kannte genau alle ihre Hüte. Louisa kaufte sie in langen Abständen und zu besonderen Anlässen. Und erst dieses Jahr zu Ostern hatte Caroline die alte Dame nach Hayward's Heath begleitet, wo sie den ganzen Nachmittag verbrachten, um sich schließlich für jenen blauen Samthut zu entscheiden, der Louisa so gefiel, daß sie ihn seitdem bei jeder Gelegenheit getragen hatte.

«Einen blauen Hut trug sie?» fragte Caroline.

«Einen blauen, meine Liebe, ob du's glaubst oder nicht. Ich erinnere mich ganz deutlich. Aus blauem Samt, an einer Seite des Kopfes gerafft und mit einer flaumigen schwarzen Feder. Weder den Hut noch das Gesicht darunter werde ich je vergessen.»

Der Hut, den sie meinte, war es jedenfalls.

Angesichts der klaren Lüge des Barons – aus welchem Grund eigentlich? – und der offensichtlichen Tatsache, daß ihre Wiedergabe der Stimmen sie irgendwie herausgefordert hatte, begann Caroline ihre Kräfte zu sammeln. Die dunkle Ahnung eines Geheimnisses, das er vor ihr zu verbergen trachtete, lenkte sie wohltuend von ihren eigenen verwirrenden Problemen ab. Sie ließ sich nichts anmerken und nahm einen Schluck aus ihrer Kaffeetasse, in der beruhigenden Gewißheit, daß sie wenigstens von dieser zweiten Plage befreit war – von dem aufreizenden Geschwätz des Barons über spiritistische

Phänomene, angeblich voll aufrichtigem Mitgefühl, während er in Wirklichkeit sehnsüchtig auf den Morgen wartete, damit er Laurence oder jemand anders die Verantwortung für sie aufbürden konnte. Der Baron mochte sie für restlos übergeschnappt halten, aber durch eine glückliche, wenn auch völlig unabsichtliche Fügung war ihm klar geworden, daß ihr Zustand für ihn gefährlich war. Sie hatte ihn regelrecht gezwungen, sie so weitgehend ernst zu nehmen, daß er in eigener Sache Ausflüchte zu machen und zu lügen begonnen hatte.

Sie war sich noch nicht schlüssig, wie sie darauf reagieren sollte; als sie aber zu ihm hinüberblickte und sah, wie er sich trotz seiner restlosen Übermüdung weiter liebenswürdig zu bleiben bemühte, begannen ihre Tränen wieder zu strömen.

«Oh, Willi! Wie kann ich dir jemals danken? Du bist so gütig!»

«So gütig», wiederholte sie wie ein übermüdetes Kind, dessen Zunge über einen einzigen Satz nicht mehr hinauskommt, «so gütig, so gütig –» Und in ihrer Dankbarkeit verschenkte sie so den Vorteil, den sie gerade errungen hatte, und wurde wieder ganz die verzweifelte, bei einem alten Freund schutzsuchende Frau.

Und der Baron, wie um ebenfalls eine Konzession zu machen und sie in ein weniger pathetisches Licht zu setzen, fragte: «Woran schreibst du jetzt eigentlich?»

«Oh, immer noch an demselben Buch. In letzter Zeit habe ich aber nicht viel geschafft.»

«Ist es die Arbeit über den Roman im zwanzigsten Jahrhundert?»

«Ganz recht: *Die Form im modernen Roman.*»

«Kommst du gut damit zurecht?»

«Nicht schlecht. Nur mit dem Kapitel über den Realismus habe ich Schwierigkeiten.»

Plötzlich verspürte sie Wut über die Stimmen, weil sie ihre Pläne durchkreuzt hatten. Sie hatte sich vorgenommen, in dieser Woche mit der Arbeit zu beginnen, alle persönlichen Sorgen aus ihrem Geist zu verbannen. Und nun dieses gräßliche, erniedrigende Erlebnis!

Sie brach erneut zusammen. «Das hätte mir nicht widerfahren dürfen! Einer intelligenten Frau darf so etwas einfach nicht passieren!»

«Gerade die Intelligenten sind es, denen solche Dinge widerfahren», entgegnete der Baron. Beide tranken sie den Weinbrand inzwischen unverdünnt.

Nach einer Weile brühte der Baron frischen Kaffee, und dann brach Gott sei Dank der Morgen an.

Der Baron hatte zwar zunächst protestiert, aber schließlich gab er nach und ließ sie seine Wohnung verlassen. Bei Tageslicht hatte sie sich wieder erholt, mit jener unberechenbaren Energie nervöser Menschen, die diesen vielfach nicht nur trotz, sondern gerade wegen einer schlaflosen und zermarterten Nacht zur Verfügung steht. Der Baron hatte protestiert, aber nachdem sie ihm versprochen hatte, während des Tages mit ihm in Verbindung zu bleiben, hatte er sie gehen lassen. Sie mochte nicht länger in seiner Wohnung bleiben. Es zog sie nach Kensington zurück. Und sie wollte Laurence zu erreichen versuchen; er würde nach London zurückkehren. Vor der Begegnung mit dem Hausverwalter hatte sie ein wenig Angst; bestimmt hatten die anderen Mieter sich über ihren Lärm in der letzten Nacht beschwert. «Das ist ein ganz grober Mensch, Willi», hatte Caroline gesagt, als sie ihre Sachen zusammenpackte.

«Gib ihr zehn Schilling», meinte der Baron.

«Es ist ein Mann.»

«Gib ihm zwei Pfund.»

«Vielleicht genügt ein Pfund», erwiderte Caroline. «Also, Willi, ich danke dir sehr herzlich.»

«Zwei Pfund wären ganz sicher», bestand der Baron.

«Also gut, dreißig Schilling», sagte Caroline ernsthaft.

Der Baron begann leise zu kichern. Und als Caroline die Sache recht bedachte, mußte sie ebenfalls lachen.

«Ich feilsche gern.»

«Das tun alle Frauen.»

Auf dem Weg zur Untergrundbahnstation Hampstead sandte sie Laurence ein Telegramm: ‹komme sofort geheimnisvolle dinge geschehen.›

‹Die Stimmen werden vielleicht nicht wiederkehren›, dachte sie. Im stillen hoffte sie jedoch das Gegenteil. Laurence konnte möglicherweise fähig sein, ihnen durch eine ganz unbewußte Bemerkung auf die Spur zu kommen. Das würde so ganz seiner Art entsprechen. Allerdings glaubte sie nicht, daß die Stimmen in Gegenwart eines anderen zu ihr sprechen würden. Aber Laurence würde die Sache untersuchen. In ihrer unnatürlichen Munterkeit war ihr beinahe abenteuerlich zumute. Es war ein kühler, sonniger Tag. Als sie im Zug saß, steckte sie eine Pfundnote und eine Zehnschillingnote in ein Seitentäschchen ihrer Handtasche und lächelte dabei; das war für den Hausverwalter. Eigentlich wünschte sie sogar, daß die Stimmen wiederkehrten, damit sie Gelegenheit fände, ihre Existenz zu beweisen und ihre Herkunft zu ermitteln.

Als sie das Haus in der Queen's Gate erreichte, war es fast halb zehn; eine günstige Zeit. Die anderen Mieter waren an ihre Arbeitsplätze gegangen und der Hausverwalter noch nicht zum Vorschein gekommen. Sie schloß leise die Tür und schlich die Treppe hinauf.

Laurence hielt die Tür der Telephonzelle offen, um Sonne und Luft des frischen Herbstmorgens einzulassen.

«Immer noch keine Antwort?»

«Tut mir leid, nein.»

«Sind Sie sicher, daß Sie die richtige –?» Aber die Dame von der Vermittlung hatte aufgehängt. Er war überzeugt, daß sie nicht die richtige Nummer gewählt hatte, zumindest – oder vielleicht – vielleicht hatte Caroline anderswo übernachtet? Vielleicht war sie zur Messe gegangen?

Er läutete bei seinen Eltern an. Niemand hatte etwas von Miss Rose gehört. Seine Mutter war zur Messe gegangen. Sein Vater hatte soeben das Haus verlassen. Er schickte Caroline vom Dorfpostamt aus ein Telegramm und schickte sich aufgebracht zu einem Spaziergang an. Unterwegs verflog sein Ärger jedoch rasch, da er sich auf Carolines erhofften Besuch bei seiner Großmutter freute. Er hatte sich seinen Urlaub um eine weitere Woche verlängern lassen. Als er eine halbe Stunde später Louisas kleines Häuschen wieder betrat, erwartete ihn dort ein Telegramm von Caroline.

«Anscheinend hat es bei der Post ein Versehen gegeben», erklärte er seiner Großmutter.

«Was ist denn passiert, Lieber?»

«Ich habe Caroline ein Telegramm geschickt, und Caroline offenbar gleichzeitig eins an mich. Dabei haben sie wahrscheinlich die Texte verwechselt. Dies hier ist die Nachricht, die ich Caroline geschickt habe. Wortwörtlich.»

«Was sagst du? Lies es mir vor, ich versteh' das nicht.»

«Ich werde zur Post gehen und mit den Leuten reden», erwiderte Laurence rasch und machte eilends kehrt. Er konnte seiner Großmutter auf keinen Fall das Telegramm zeigen, nachdem er bereits erklärt hatte, das es seine eigenen Worte enthielt. Er las es noch einmal: ‹komme sofort geheimnisvolle dinge geschehen.› Es endete mit den Worten: ‹herzlichst caroline.›

Auf dem Postamt – eigentlich nur eine Posthalterstelle in einem Kolonialwarenladen – wo gerade einige Nachbarn von Louisa Tee und andere Dinge einkauften, verursachte Laurence eine gelinde Aufregung. Das Formular mit der von ihm abgesandten Nachricht wurde mit dem Telegramm verglichen, das er soeben erhalten hatte. Er hörte zufällig genau, wie der Postmeister in dem angrenzenden kleinen Dienstzimmer zu seiner Tochter sagte: «Sie haben beide genau dieselben Worte benutzt. Entweder ist es ein Kode oder irgendein fauler Scherz, auf den sie sich vorher geeinigt haben.»

Er kam heraus und sagte zu Laurence: «Die beiden Telegramme sind gleichlautend, Sir.»

«Das ist ja komisch.» Laurence wiederholte die Worte: «Geheimnisvolle Dinge geschehen.»

«Das kann man wohl sagen», erwiderte der Mann.

Laurence zog es vor zu verschwinden, ehe die Angelegenheit noch verwirrter und allgemein bekannt würde. Er trat in die Telephonzelle und ließ sich mit Carolines Nummer verbinden. Diesmal hatte er Glück; er hörte das Rufzeichen, und sie nahm sofort den Hörer ab.

«Caroline?»

«Bist du's, Laurence? Oh, ich bin gerade nach Hause gekommen und habe ein Telegramm gefunden. Hast du eins geschickt?»

«Ja; du auch?»

«Ja, aber wie sollte deins lauten? Ich bin so erschrocken.»

Das kleine Sprechzimmer in der Benediktinerpriorei roch kräftig nach Bohnerwachs; die vier Stühle, der Tisch, der Fußboden und der Fensterrahmen strahlten einen ruhigen Glanz aus, als hätten diese hölzernen Dinge selbst in den Stunden vor Tagesanbruch irgendeine harte Arbeit verrichtet. Draußen leuchtete die Sonne auf den schmalen Vorgarten, und während Caroline im Sprechzimmer wartete, konnte sie die vertrauten Laute von Vogelstimmen und Schritten in der Vorstadtstraße hören. Dieses Sprechzimmer mit seiner duftenden Sauberkeit kannte sie gut; drei Monate lang war sie wöchentlich hierhergekommen, um den Unterricht für die Aufnahme in die Kirche zu erhalten. Einen Augenblick lang beobachtete sie eine Fliege, die auf dem Tisch landete; sie schien Caroline in einer sehr gefährlichen Lage zu schweben, da es so aussah, als könne sie jeden Augenblick durch die glitzernde Oberfläche brechen, auf der sie dahinglitt. Doch mühelos erhob sie sich wieder in die Luft. Caroline fuhr nervös herum, als die Tür sich öffnete. Dann aber sah sie den Priester eintreten, ihren Freund, den alternden Vater Jerome; sie erhob sich. Sie kannte ihn nun seit so vielen Jahren, daß sie sich nicht mehr an ihre erste Begegnung erinnern konnte. Seitdem war ihre Verbindung immer wieder über längere Zeiträume hinweg unterbrochen gewesen. Und nachdem sie sich entschlossen hatte, zum katholischen Glauben überzutreten, und jede Woche zu seiner Priorei hinausfuhr, hatten ihre Freunde gesagt: «Warum fährst du zum Unterricht so weit bis an den Stadtrand hinaus? Warum gehst du nicht einfach in die Farm Street?»

«Weil ich mit diesem Geistlichen gut bekannt bin.»

Und die Katholiken unter ihren Freunden meinten: «Oh, auf die Person des Geistlichen kommt es gar nicht so an. Der nächste ist immer der beste.»

Und Caroline erwiderte: «Nun, diesen Geistlichen kenne ich aber.»

Im Augenblick war sie nicht sicher, ob sie ihn wirklich kannte. Wie immer stand ein Lächeln in seinem rötlichbraunen Gesicht, und sein lahmes Bein zog er ein wenig nach; unter dem Arm trug er einen vergilbten Aktendeckel, aus dem ein unordentliches Bündel zerknitterter Papiere hervorlugte. «Letzte Woche habe ich mir zwei Tage freigenommen, um im Britischen Museum einige Stellen aus Lydgates *Das Leben unserer Lieben Frau* abzuschreiben. Ich habe es hier. Kennen Sie es? Ich werde Ihnen gleich etwas daraus vorlesen. Wunderbar. Woran schreiben Sie gerade? Sie sehen müde aus, schlafen Sie nicht gut? Essen Sie auch ordentlich? Was haben Sie zum Frühstück gegessen?»

«Ich habe schon seit einer Woche nicht mehr richtig geschlafen», antwortete Caroline. Dann erzählte sie ihm von den Stimmen.

«Und das begann, nachdem Sie von St. Philumena zurückgekommen waren?»

«Ja. Heute vor einer Woche. Und seitdem

kommt es immer wieder. Es geschieht, wenn ich am Tage allein bin. Laurence ist vom Lande zurückgekehrt. Er wohnt jetzt bei mir in meinem Apartment. Ich halte es nicht aus, nachts allein zu bleiben.»

«Er schläft also auch da?»

«Im Nebenraum», antwortete Caroline. «Das geht doch, nicht wahr?»

«Vorläufig schon», erwiderte der Priester, dessen Gedanken anscheinend anderweitig beschäftigt waren.

Er stand unvermittelt auf und ging hinaus. Ein Einfall schoß durch Carolines Gehirn: ‹Vielleicht will er einen zweiten Priester holen, weil er mich für gefährlich hält. Oder geht er einen Arzt rufen? Er glaubt, ich müßte für unzurechnungsfähig erklärt und in Gewahrsam genommen werden.› Dabei wußte sie, daß solche Gedanken unsinnig waren, denn Vater Jerome pflegte häufig unvermittelt das Zimmer zu verlassen, wenn ihm einfiel, daß irgendwo anders etwas getan werden mußte. Er würde gleich wieder zurück sein.

Er kam tatsächlich bald zurück und setzte sich ohne jede Erklärung. Fast unmittelbar nach ihm trat ein Laienbruder ins Zimmer, der ein Tablett mit einem Glas Milch und einer Schale Kekse trug, das er vor Caroline auf den Tisch setzte. Diese einfache, selbstverständliche Geste ließen ihr mit einem Male den Mönch und das Sprechzimmer wieder altvertraut erscheinen; erst an den langen Abenden des letzten Winters, nachdem sie den Katechismus zu Ende durchgenommen hatten, pflegte Vater Jerome die mächtigen Folianten mit den Schriften der Kirchenväter für Caroline aus der Klosterbibliothek zu holen, denn sie stöberte furchtbar gern darin herum. Und wenn er sie dann in dem warmen Zimmer allein ließ, während sie in den Bänden blätterte und sich Notizen machte, hatte er ihr regelmäßig den Laienbruder mit einem Glas Milch und Keksen geschickt.

Während sie jetzt in kleinen Schlucken die Milch trank, las Vater Jerome ihr ein Stück aus dem *Leben unserer Lieben Frau* vor. Er hatte bereits begonnen, es ins Neuenglische zu übertragen, und zu ein oder zwei Stellen bat er sie um ihren Rat. Caroline fühlte sich in seiner Gegenwart wieder so ungezwungen wie früher; er nahm sie nie viel anders, als sie in Wirklichkeit war. Er behandelte sie nicht *nur* wie ein Kind; nicht *nur* wie eine Intellektuelle; nicht *nur* wie eine überreizte Frau; nicht *nur* als nicht ganz geheuer – er schien einfach hinzunehmen, daß sie so war, wie sie war. Als er sie danach fragte, erzählte sie ihm mehr über die Stimmen.

«Ich glaube», sagte sie, «daß es in Wirklichkeit verschiedene Lagen einer einzigen Stimme sind. Ich glaube, sie gehören nur einer Person.»

Und außerdem sagte sie: «Ich glaube, ich bin besessen.»

«Nein», sagte er im Ton einer Feststellung, «Sie sind nicht besessen. Vielleicht leiden Sie unter einer Heimsuchung, aber das bezweifle ich.»

«Halten Sie es denn für eine Sinnestäuschung?» fragte Caroline.

«Wie soll ich das wissen?»

«Halten Sie mich für verrückt?»

«Nein; aber Sie sind krank.»

«Das stimmt. Meinen Sie, daß ich eine Neurotikerin bin?»

«Natürlich. Das versteht sich von selbst.»

Caroline mußte lachen. Es gab einmal eine Zeit, da sie sich selbst als neurotisch bezeichnen konnte, ohne es als ein Warnzeichen zu empfinden; eine Zeit, da ihr dies nichts weiter als ein Stammesabzeichen bedeutete.

«Wenn ich nicht verrückt bin», meinte sie, «werde ich es wohl bald sein, falls diese Geschichte noch lange dauert.»

«Neurotiker werden nie verrückt», stellte er fest.

«Aber dies ist unerträglich.»

«Hängt das nicht davon ab, wie Sie es auffassen?»

«Vater», sagte sie, fast als spräche sie mit sich selbst, um Klarheit über ihre Gefühle zu erlangen, «wenn ich nur wüßte, woher diese Stimmen kommen. Ich glaube, daß es sich um nur ein Wesen handelt. Es benutzt eine Schreibmaschine. Es bedient sich der Zeitform der Vergangenheit. Ich habe das Gefühl, als ob mich ständig jemand beobachtet, meine Gedanken zu lesen vermag; als ob dieser Jemand darauf abzielt, irgendeinen unbedeutenden Gedanken, eine unbedeutende Handlung herauszugreifen und ihr so eine sonderbare, entstellende Bedeutung zu verleihen. Und woher kennt dieses Wesen Laurence und meine Freunde? Und dann war da neulich so ein seltsamer Zufall: Laurence und ich schickten einander gleichzeitig ein Telegramm mit genau denselben Worten. Es war entsetzlich. Wie vorherbestimmt.»

«So etwas kann passieren», sagte Vater Jerome. «Ein Zufall oder eine Art Gedankenübertragung.»

«Aber die Schreibmaschine und die Stimmen – es ist, als verfasse ein Schriftsteller auf einer anderen Daseinsebene einen Roman über uns.» Caroline hatte diese Vermutung kaum ausgesprochen, als sie die Gewißheit verspürte, der Wahrheit auf den Grund gekommen zu sein. Danach erwähnte sie die Angelegenheit nicht mehr gegenüber Vater Jerome.

Als sie aufbrach, fragte er sie, wie es ihr in St. Philumena gefallen hätte.

«Es war schrecklich», antwortete sie. «Ich bin nur drei Tage geblieben.»

«Nun», meinte er, «ich glaube auch nicht, daß es der geeignete Ort für Sie war. Sie hätten in ein Benediktinerkloster gehen sollen. Das entspricht mehr Ihrem Wesen.»

«Aber Sie selbst haben mir doch St. Philumena empfohlen! Erinnern Sie sich nicht an jenen Nachmittag bei Lady Manders? Sie waren beide so sehr dafür, daß ich dorthin ginge.»

«Oh, das tut mir leid. Ja, ich erinnere mich jetzt. Was hat Ihnen denn nicht gefallen?»

«Die Leute.»

Er lachte stillvergnügt in sich hinein. «Ja, die Leute. Ich glaube, das kommt ganz darauf an, wie man sie nimmt.»

«Das glaube ich auch», sagte Caroline, als sei ihr gerade etwas eingefallen.

«Nun, Gott schütze Sie. Schlafen Sie mehr und bleiben Sie mit mir in Verbindung.»

Laurence war zu Hause, als sie ihre Wohnung in Queen's Gate betrat. Er hantierte an einem schwarzen Kasten herum, den sie zuerst für eine große Schreibmaschine hielt.

«Was ist das?» fragte sie, als sie das Ding aus der Nähe betrachtet hatte.

«Hör zu», erwiderte Laurence.

Er drückte eine Taste. Ein schwirrendes Geräusch ertönte, und der Kasten begann mit einer merkwürdig gekünstelt heiser klingenden Stimme zu reden. «Liebste Caroline», sagte sie, «ich möchte dir einen Vorschlag machen.» Und was dann folgte, war wohl spaßig, aber nicht druckreif.

Caroline ließ sich lachend und erleichtert auf die Couch fallen.

Laurence machte sich wieder an dem Gerät zu schaffen, und die Worte rasselten noch einmal von vorn los.

«Ich habe deine Stimme sofort erkannt», sagte Caroline.

«Dagegen halt' ich jede Wette. Ich hab' sie bewundernswert gut verstellt. Hör nochmal zu.»

«Nein!» protestierte Caroline. «Womöglich hört das noch jemand. Altes Ekel du!»

Er spielte die Stelle noch einmal ab, und beide konnten nicht anders – sie mußten einfach lachen.

«Wozu hast du das Ding eigentlich mitgebracht?» fragte Caroline. «Ich hätte furchtbar darüber erschrecken können.»

«Um deine Geisterstimmen aufzunehmen. Schau her – ich setze jetzt diese Spule hier ein. Wenn du sie wieder hörst, drückst du auf diese Taste. Das Gerät nimmt dann jedes in Hörweite gesprochene Wort auf.»

Er hatte es an die Wand gestellt, durch welche die Stimmen zu kommen pflegten.

«Und danach», erklärte er, «können wir das Band zurückspulen und ablaufen lassen.»

«Vielleicht lassen diese Stimmen sich nicht aufnehmen», sagte Caroline.

«Wenn sie vorhanden sind, müssen sie sich auch aufnehmen lassen. Jedes Geräusch läßt sich hiermit festhalten, wenn es objektiv existiert.»

«Vielleicht existieren diese Töne auf einer anderen Ebene und sind dennoch wirklich vorhanden.»

«Nun, wir wollen erst einmal die Dinge in der Reihenfolge ihrer natürlichen Ordnung untersuchen –»

«Kennen wir denn überhaupt alle Möglichkeiten in der Ordnung der Natur?»

«Wenn die Töne nicht aufgenommen werden, können wir es als sicher annehmen, daß sie entweder nicht existieren oder dann nur in einer übernatürlichen Ordnung», erklärte er.

«Sie existieren aber», beharrte sie, «und ich halte sie für natürlich. Ich glaube aber nicht, daß dieser Apparat sie aufnehmen kann.»

«Willst du es denn nicht wenigstens versuchen?» Seine Stimme klang fast enttäuscht.

«Doch, natürlich. Die Idee ist fabelhaft.»

«Und besser», sagte er, «als alle Ideen, die du bisher gehabt hast.»

«Aber jetzt habe ich eine gute», erwiderte Caroline. «Ich bin sogar sicher, daß es die richtige ist. Sie kam mir, als ich mit Vater Jerome sprach.»

«Laß hören», forderte er sie auf.

«Noch nicht. Ich möchte erst Beweise dafür sammeln.»

Caroline war glücklich. Laurence betrachtete sich im Spiegel, lächelte und dachte: ‹Sie hat altes Ekel zu mir gesagt.›

Die Wohnung sah unordentlich aus. Caroline hatte es gern, wenn ihre persönliche Ordnung von Laurence auf den Kopf gestellt wurde. Man sah, daß jetzt zwei hier hausten. Dem Hausverwalter hatten sie erzählt, daß sie geheiratet hätten. Er schien von ihrer Geschichte nur halb überzeugt zu sein; aber dafür würde er die andere Hälfte, wie Laurence prophezeite, dann auf die Rechnung setzen. Sie war daran gewöhnt, daß man sie ‹Mrs. Manders› nannte: sie fühlte sich dabei so unbeschwert, als hätten sie sich nie getrennt, und nur das Wissen, daß es sich um eine

Notlösung handelte, störte ein wenig. Höchstens eine Woche konnte das so weitergehen, dann mußte etwas geschehen. Sie bereute, daß sie dem Baron ihre mißliche Lage enthüllt hatte. Er hatte Laurence gedrängt, Caroline in ein Sanatorium zu schicken. Gegen diesen Vorschlag hatte sie nicht so viel einzuwenden wie gegen das, was stillschweigend darin eingeschlossen war. ‹Ein Sanatorium!› Er meinte eine verfeinerte Klapsmühle. Laurence war dagegen; er wollte mit ihr zu seiner Großmutter zurückfahren. Der Baron hatte Helena die Geschichte erzählt, und Helena hatte sich erboten, Caroline den Aufenthalt in einem Privatsanatorium für Katholiken zu bezahlen. Helena dachte dabei jedoch nicht an eine Klapsmühle.

«Ich hätte nichts gegen ein paar Wochen Erholung in einem Sanatorium», hatte Caroline Laurence erklärt. «Ich glaube zwar nicht, daß die Stimmen dadurch gänzlich zum Verschwinden gebracht würden, aber vielleicht macht es mich eine Zeitlang unempfänglich für sie. Das wäre schon eine Erholung.»

Laurence war absolut dagegen.

Und er hatte selbst ein Geheimnis zu lösen. «Ich habe dir alles darüber geschrieben. Ich hatte den Brief nach St. Philumena gerade zur Post gebracht, als ich dein erstes Telegramm mit der Nachricht erhielt, daß du nach London zurückgekehrt seist. Ich nehme an, daß er dir nachgesandt wird.»

«Bitte, erzähl mir's.» Caroline hatte halb damit gerechnet, ein ‹Geheimnis› ähnlich dem ihren zu erfahren.

«Nun, Großmutter hat sich mit ein paar sehr verdächtigen Individuen eingelassen. Zuerst habe ich gedacht, daß sie eine Bande leitet; aber jetzt, wenn ich alles recht bedenke, glaube ich eher, daß sie ihr Werkzeug ist.»

«Nein», sagte Caroline, «deine Großmutter ist auf gar keinen Fall das Werkzeug von irgend jemandem.»

«Ach, bist du davon wirklich so überzeugt? – Genau das denke ich nämlich auch schon die ganze Zeit. Du mußt unbedingt mitkommen und dir alles selbst ansehen.»

«Ich will's mir überlegen», hatte Caroline geantwortet.

In der vergangenen Woche hatte sie viermal die Schreibmaschine und die Stimmen gehört, während Laurence nicht zu Hause war.

Nach dem letzten Mal hatte sie Laurence erklärt: «Ich werde Vater Jerome aufsuchen. Wenn er mir zu einem Sanatoriumsaufenhalt rät, gehe ich in ein Sanatorium. Wenn er sagt, ich soll dich zu deiner Großmutter begleiten, werde ich mitkommen. Später könnte ich dann immer noch in ein Sanatorium gehen.»

Aber sie hatte vergessen, Vater Jerome diese Alternativen zu unterbreiten. Und jetzt glaubte sie, daß es nicht mehr notwendig war.

«Ich komme mit nach Sussex», sagte sie.

«Wirklich? Hat das der heilige Vater dir empfohlen?»

«Nein. Ich vergaß es zu erwähnen. Viel schlafen und gut essen, hat er mir geraten.»

Laurence kannte Carolines nervöse Reaktionen auf Essen und Schlaf, selbst wenn es ihr offensichtlich gut ging. Doch sie stimmte nicht in sein Lachen ein. Statt dessen sagte sie: «Ich fühle mich besser. Ich glaube, das schlimmste habe ich überstanden; ich beginne wieder Licht zu sehen.»

Es war ihm nichts Neues, daß Caroline sich stets sehr rasch erholte, aber nur von physischen Krankheiten. In den vergangenen Jahren hatte er erlebt, wie sie an Erkältungskrankheiten darniederlag, zu denen sie sehr leicht neigte: Bronchitis, Rippenfellentzündung, Lungenentzündung. Ein- oder zweimal hatte sie mehrere Tage lang mit hohem Fieber im Bett gelegen. Doch dann, gewissermaßen über Nacht, im Laufe einer Nachmittagsstunde oder beim Erwachen am späten Morgen nach einer unruhigen, fiebrigen Nacht, war ein plötzlicher Umschlag eingetreten, eine blitzartige Erholung ihres kranken Körpers; Caroline hatte gesagt: «Mir geht's besser. Ich fühle mich völlig wohl.» Gleichzeitig hatte sie sich aufgesetzt und sich mit ihm zu unterhalten begonnen. Ihre Temperatur war auf die normale Höhe gesunken. Es hatte den Anschein, als sei das alles eine reine Willenssache, als warte ihr Körper zu solchen Zeiten nur auf ihre Entscheidung, während sie selbst auf ein geheimes Freigabezeichen in ihrem Innern wartete, das ihr schließlich gestattete zu sagen: «Mir geht's besser. Ich fühle mich völlig wohl.» Nach solchen raschen Zustandsänderungen fühlte Caroline sich gewöhnlich deprimiert, sehnte sich nach der einer Kranken gebührenden Fürsorge, aus der sie sich nichts gemacht hatte, während sie in wirklicher Gefahr schwebte. Im Laufe der folgenden Tage pflegte sie häufig zu sagen: «Mir geht's noch nicht besonders. Ich fühle mich immer noch schwach.» Doch sie sprach es nie mit Überzeugung aus. Mit der Zeit machte Laurence sich einen Spaß daraus, noch Monate nach einer ihrer Krankheiten zu sagen: «Du siehst überhaupt nicht gut aus. Du bist immer noch krank.» Und Caroline antwortete dann gewöhnlich: «Mach du heute Frühstück, Liebling. Ich bin immer noch krank. Ich fühle mich *sehr schwach.*»

Alle diese Begebenheiten fielen Laurence wieder ein, als er Caroline nach ihrer Rückkehr von der Priorei sagen hörte: «Ich fühle mich besser... Ich beginne wieder Licht zu sehen.» Dieses Zeichen war ihm nur zu gut bekannt; er selbst hatte sie ja während ihrer Krankheiten in den letzten sechs Jahren gepflegt. Zumeist waren dies bittere Notzeiten gewesen – ehe seine Eltern sich mit seinem gegen die landläufigen Sitten verstoßenden Zusammenleben mit Caroline abgefunden hatten; ehe er diesen Posten bei der B.B.C. bekommen hatte; ehe Caroline ihren literarischen Ruf erworben hatte.

Caroline wußte, was er dachte. Er hatte nicht erwartet, daß sie sich so plötzlich von dieser Art Krankheit erholen würde. Während der ganzen vergangenen sechs Monate hatte er einen Zusammenbruch bei ihr kommen sehen.

Und jetzt dachte er: ‹Ihr geht's also besser. Sie sieht wieder Licht. Ist das wirklich so einfach? Kann sie recht haben? Keine Niedergeschlagenheit mehr. Kein panischer Schrecken mehr bei der Aussicht, Fremden zu begegnen. Keine Ängste, keine Stimmen mehr? Nur die formelle Genesungszeit, die ‚Krankheitsperiode', und dann wieder die alte Caroline. Kann das wirklich so sein?›

Caroline entdeckte einen Ausdruck in seinem Gesicht, den sie schon früher gesehen zu haben glaubte; es war ein Blick hilfloser Überraschung – der Blick eines Menschen, der sich einer völlig neuen und vernunftwidrigen Erfahrung gegenübersieht – ein teilweise besorgter, teils gekränkter, teils neugieriger, überwiegend jedoch froher Blick. Das vorige Mal hatte sie diesen Ausdruck in seinem Gesicht während eines Streites gesehen, als sie Laurence ihre Entscheidung mitteilte, der katholischen Kirche beizutreten – mit der Konsequenz, daß sie sich trennen müßten. Sie waren damals beide sehr unglücklich; sie wußten beide nicht, was sie sagten. Als Antwort auf eine Bemerkung von Laurence war sie boshaft mit den Worten herausgeplatzt: «Ich liebe Gott mehr als dich!» Damals sah sie in seinem Gesicht jene Mischung aus Überraschung und Bestürzung, die eine darunter verborgene unbewußte, fast feindselig anmutende Freude enthüllte, welche sie jetzt zum zweiten Male wahrnahm, als sie ihm erklärte: «Das Schlimmste habe ich überstanden; ich beginne wieder Licht zu sehen.

Aber vergiß nicht, ich bin immer noch krank», fügte sie hinzu. Er lachte herzlich und lange. Es tat ihr leid, daß sie ihn würde enttäuschen müssen. Sie wußte, daß er sich ihre ‹Wiederherstellung› ganz anders vorstellte, als sie sich in Wirklichkeit abspielen würde, und daß er im Augenblick verwundert dachte: ‹Woher weiß sie, daß sie diese Stimmen nicht wieder hören wird?›

«Glaubst du wirklich, daß jetzt alles wieder in Ordnung sein wird, Liebling?» fragte er.

«Ja», antwortete sie. «Ich fühle mich völlig normal. Nur noch ein bißchen müde; aber ich weiß jetzt, was die Stimmen bedeuten. Es ist ein unheimliches Erlebnis, aber ich kann es damit aufnehmen. Ich glaube bestimmt, daß ich entdeckt habe, was in Wahrheit dahinter steckt. Ich habe einen Plan. Nach und nach werde ich dir etwas darüber erzählen.»

Sie streckte sich lang auf der Couch aus und schloß die Augen.

«Ich mache mir über dich Sorgen», sagte er.

«Du meinst die Stimmen? Du glaubst, ich kann nicht gesund sein, wenn ich weiter die Stimmen höre.»

Er überlegte einen Augenblick lang. «Laß uns versuchen, ob dieser Apparat irgend etwas aufnimmt.»

«In Ordnung», erwiderte Caroline. «Aber angenommen, er tut's nicht – bedeutet das einen Unterschied?»

«Ich glaube, in diesem Fall solltest du das ganze Erlebnis in einer symbolischen Bedeutung zu sehen versuchen.»

«Aber die Stimmen *sind* Stimmen. Natürlich sind sie Symbole. Aber sie sind ebenso Stimmen. Und dann ist da noch die Schreibmaschine – auch das ist ein Symbol, aber es *ist* eine Schreibmaschine; das höre ich.»

«Meine Caroline», sagte er, «ich hoffe, daß du sie nicht mehr hören wirst.»

«Ich nicht», entgegnete Caroline.

«Du nicht? Aber warum denn?»

«Weil ich jetzt weiß, was sie bedeuten. Ich bin jetzt aufnahmebereit», antwortete Caroline. «Du siehst, es geht mir wirklich viel besser. Ich bin nur noch müde.» Sie hob ihre Stimme ein wenig und fügte hinzu: «Und falls jemand zuhört, soll er es aufschreiben.»

Gut, Gut!

«Ich wette, daß sie es mit der Angst bekommen», meinte Laurence vergnügt.

Sie schlüpfte aus ihrem Kleid und glitt zwischen die Laken auf der Couch.

‹Sie sieht wirklich besser aus›, dachte er; ‹fast wieder ganz wohl, nur noch müde.›

Sie war am Einschlafen, als er fortgehen wollte; er mußte eilig nach Hampstead zu seiner Mutter; sie hatte ihn sehr dringend telephonisch darum gebeten. Er versprach Caroline, rechtzeitig zurück zu sein, um mit ihr essen zu gehen. Bevor er sie verließ, erinnerte er sie an das Tonbandgerät.

«Vergiß nicht, diesen Knopf zu drücken, wenn irgend etwas passiert», sagte er. «Geht's dir auch wirklich gut?»

«Bestens», erwiderte Caroline schläfrig. «Ich könnte vierzehn Tage lang schlafen.»

«Fein. Schlaf gut. Und wenn irgend etwas ist, läute einfach bei meiner Mutter an. In zwanzig Minuten bin ich dann bei dir.»

Caroline war sehr rasch eingeschlafen. Und noch im Schlaf spürte sie, wie sehr sie ihn genoß; sagte sie sich, daß dies ihr bester Schlaf seit sechs Monaten sei. Sie befahl sich weiterzuschlafen, denn bald würde sie aufwachen, und dann beabsichtigte sie Ernst zu machen.

An dieser Stelle der Erzählung dürfte es angebracht sein, festzustellen, daß die Charaktere dieses Romans alle frei erfunden sind und in keinerlei Beziehung zu irgendwelchen lebenden Personen stehen.

Tap-tippetip-tap. An dieser Stelle der Erzählung... Caroline sprang auf und drückte die Taste des Aufnahmegerätes. Dann nahm sie rasch Notizblock und Bleistift, die sie bereitgelegt hatte, und stenographierte den oben stehenden Absatz mit. Sie begann erst zu zittern, nachdem der Sprechgesang geendet hatte. Bebend lag sie in dem langsam dunkelnden Zimmer und machte sich Gedanken über die neue Form ihres Leidens, nachdem sie sich nun wieder wohl fühlte und zum Gesundsein verdammt war.

Chrysanthemen und Astern standen in den Vasen, und Chrysanthemen und Astern, gerade noch erkennbar, zierten die verblichenen, abgewetzten Bezüge der Polstermöbel im Wohnzimmer. Sie mußten dringend frisch bezogen werden, aber Helena hatte es immer wieder aufgeschoben, damit die Erhebung ihres Mannes in den Ritterstand nicht auffallen sollte; denn diese Auszeichnung war den Manders zugefallen, als die Bezüge ihre beste Zeit schon längst hinter sich hatten. Die Manders nahmen viele Unannehmlichkeiten auf sich, damit die Erhebung in den Ritterstand nicht auffallen sollte. Das Feuer im Kamin brannte, weil Laurence erwartet wurde. Kein Kaminfeuer vor November, lautete die Regel.

«Hast du es eilig?» fragte Helena; denn Laurence, der inzwischen angekommen war, blickte auf seine Uhr. Er tat dies, weil er wußte, daß seine Mutter gewöhnlich ihre speziellen Anliegen, deretwegen sie ihn hergebeten hatte, zu vergessen pflegte, bis er sich zum Aufbruch anschickte; und dann mußte er zum Abendessen oder über Nacht dableiben. Oder sie vergaß die Angelegenheit vollkommen und erinnerte sich erst nach seinem Fortgehen daran; in diesem Falle läutete sie ihn wieder an, und er mußte nochmals hingehen.

Laurence war im allgemeinen nicht abgeneigt,

seine Eltern in Hampstead zu besuchen. Er blieb gern zum Essen oder sogar tage- und wochenlang dort; nur mußte der Anstoß dazu von seiner Seite erfolgen, wenn die Zeit reif war und es ihm ganz von selbst in den Sinn kam: ‹Eigentlich würde ich gern mal wieder nach Hampstead gehen.› Wenn er jedoch hingerufen wurde, empfand er das meist als lästig.

Und deshalb blickte er jetzt auf seine Uhr. «Ich habe nur eine Stunde Zeit», erklärte er. «Ich gehe mit Caroline zu Abend essen. Sie hat sich gerade ein wenig hingelegt, sonst hätte ich sie mitgebracht.»

«Wie geht es Caroline?»

«Sie sagt ja, besser. Und ich glaube, es stimmt auch.»

«Wirklich? Haben ihre Halluzinationen denn aufgehört? Das arme Mädchen, sie wollte mir nicht viel darüber erzählen.»

«Ich weiß nicht», antwortete Laurence. «Bei ihr weiß man ja nie so genau, ob wirklich alles gut ist. Sie sagt jedenfalls, sie fühlt sich wohl.»

«Will sie denn nicht in ein Sanatorium? Das wäre doch am besten.»

«Nein. Ich werde sie morgen zu Großmutter mitnehmen.»

«Ich habe große Sorgen, Laurence.»

Sie sah wirklich sehr besorgt aus. Ihr Gesicht war ganz mutlos. In ihrem Strumpf war eine Laufmasche. Sie hatte gesagt, daß sie ihn dringend sprechen müsse, und schon innerhalb der ersten fünf Minuten kam sie zur Sache. Aber noch andere Zeichen deuteten darauf hin, daß sie sehr besorgt war.

«Ich habe dich hergebeten, Laurence, weil ich mir tatsächlich Sorgen mache.»

Er setzte sich auf die Lehne ihres Sessels, legte den Arm um ihre Schulter und fragte: «Hat es etwas mit Caroline und mir zu tun?»

«Nein», erwiderte sie.

Laurence stand auf und goß sich etwas zu trinken ein. Seine Mutter hatte ihm nichts angeboten. Sie hatte Sorgen.

«Georgina Hogg hat mich gestern besucht.»

«Oh! Was wollte sie?»

«Ich weiß nicht. Sie hat mir eine merkwürdige Geschichte erzählt. Ich mache mir solche Sorgen.»

«Wegen Caroline? Ich habe dir doch erzählt, daß Caroline wegen Georgina Hogg St. Philumena verlassen hat. Kann man ihr Vorwürfe machen?»

«Selbstverständlich nicht.»

«Du hättest Caroline nie dorthin schicken dürfen. Du weißt doch, wie Georgina ist.»

«Aber Vater Jerome hat doch zugestimmt –»

«Er kennt auch Georgina Hogg nicht. Du hättest ihr nie diesen Posten geben dürfen. Was hat dich nur dazu getrieben? Sie ist das ungeeignetste Aushängeschild für die Kirche, das man sich denken kann.»

«Ich hab' nur gedacht ...», meinte Helena. «Man versucht, Gutes zu tun, weißt du. Sie sagte, ein Wunder habe sie anscheinend wieder zu mir geführt. Ich dachte, ‹vielleicht hat sie sich geändert.› In unserem Glauben weiß man das doch nie. Einfach alles kann einem da passieren.»

«Zu merken ist jedenfalls nichts davon, daß Georgina sich geändert hat. Immer noch dieselbe hinterlistige Seelenschlächterin, die sie stets war. Ich bin überzeugt, daß sie für Carolines Rückfall verantwortlich ist. Sie muß einen empfindlichen Nerv bei ihr getroffen haben.»

Helena sagte: «Gib mir auch etwas zu trinken, Laurence.»

«Was möchtest du haben?»

«Dasselbe wie du.»

Laurence schenkte ihr einen Drink ein, der genauso stark war wie der seine, ohne daß sie diesmal widersprach.

«Was hast du auf dem Herzen, Liebes? Was will Georgina von dir?»

«Das weiß ich eben nicht. Sie kam, um mir etwas zu berichten.»

«Und wie gewöhnlich hielt sie es für ihre Pflicht, nicht wahr? Was hat sie über Caroline gesagt?»

«Das stimmt schon, ich meine, daß sie sagt, sie hielte es für ihre Pflicht. Über Caroline hat sie nicht viel gesagt, aber über meine Mutter hat sie mir eine ganz merkwürdige Geschichte erzählt – daß sie sich in ein ganz schlimmes, ungesetzliches Geschäft eingelassen habe. Sie ist der Ansicht, daß Mutter möglicherweise gestohlenes Gut in Empfang nimmt.»

«Du liebe Güte, wie ist sie denn darauf gekommen?»

Helena schlich wie eine Katze um den heißen Brei herum. Sie wußte nicht recht, wie sie Laurence beibringen sollte, was ihr Günstling getan hatte.

«Ich weiß gar nicht, wie ich es dir sagen soll, Laurence. Ich dachte, Georgina hätte sich geändert. Und natürlich besitzt sie eine Rechtfertigung, eine Entschuldigung. Caroline hatte ihre Adresse nicht hinterlassen. Sie sagt, ein Brief sei für Caroline einen Tag nach ihrer Abreise gekommen. Georgina hat ihn auf eigene Verantwortung geöffnet – nur um nach der Adresse des Absenders zu sehen, sagt sie, weil sie ihn zurücksenden wollte. Da sah sie, daß der Brief von dir war. Sie las ihn, weil sie meinte, daß das ihre Pflicht mir gegenüber sei. Du siehst, Laurence, sie hat für alles eine Entschuldigung.»

«Aber das ist ungesetzlich. Niemand hat das Recht, einen Brief zu öffnen, der an jemand anders adressiert ist. Nur die Post darf das tun, wenn der Adressat nicht aufzufinden ist. Und selbst dann sehen sie sich in dienstlicher Eigenschaft nur die Unterschrift und die Absenderangabe auf dem Briefbogen an. Überhaupt *niemand* hat das Recht, den Inhalt eines Briefes zu lesen, der an jemand anders gerichtet ist», ereiferte sich Laurence. Er war ziemlich wütend.

«Das hab' ich ihr auch gesagt, Laurence. Ich mache mir Sorgen, Lieber.»

«Was hat sie damit gemeint, daß sie es als ihre Pflicht dir gegenüber ansähe, meinen Brief an Caroline zu lesen?»

«Ich weiß nicht. Vielleicht dachte sie, daß es etwas zwischen euch beiden gäbe, das ich nicht wüßte. Diesen Star habe ich ihr natürlich gestochen.»

«Hast du sie darauf hingewiesen, daß ihre Handlung ein schweres Verbrechen ist?» fragte Laurence. Er war bei seinem dritten Whisky angelangt.

«Hsch, Lieber», sagte seine Mutter, vergessend, daß ihr Sohn inzwischen erwachsen war; «ich weiß nicht, ob wir es uns überhaupt erlauben dürfen, Georgina Hogg eines Verbrechens zu bezichtigen. Du mußt mir alles erzählen, was du über Großmutter weißt. Du hättest mir von vornherein nichts verheimlichen sollen.»

«Hat die Hogg dir meinen Brief gezeigt, oder hat sie dir nur erzählt, was ich geschrieben habe?»

«Sie wollte ihn mir zu lesen geben. Ich habe es abgelehnt.»

«Gut», sagte Laurence. «Somit haben *wir* uns wenigstens nichts vergeben.»

Seine Mutter lächelte ein wenig und sah ihn an. Doch ihre Besorgnis kehrte sogleich zurück. «Georgina war sehr hochherzig in bezug auf die Dinge, die du über *sie* geschrieben hast, was es auch gewesen sein mag.»

«Sie hat sich wohl nicht erboten, mir meinen Brief zurückzugeben, wie? Er ist mein Eigentum.»

«Nein, sie hat sich geweigert», antwortete Helena.

«Und wie lautet *dafür* ihre Entschuldigung?»

«Sie hält es für ihre Pflicht, den Dingen nachzugehen; sie würden zu häufig vertuscht, sagt sie.»

«Erpressung?» fragte Laurence.

«Sie hat nichts verlangt», antwortete Helena. Und dann, als ob sie glaubte, der einleitenden Worte seien nun genug gewechselt, meinte sie ernsthaft: «Laurence, das stimmt doch aber, nicht wahr – was du Caroline über Großmutter geschrieben hast?»

«Ja. Aber ich glaube nicht, daß Großmutter eine Verbrecherin ist. Das habe ich nicht geschrieben. Vielleicht ist sie das Werkzeug einer Bande von Kriminellen.» Seine Worte klangen jedoch nicht sehr überzeugt.

«Ich bin blind gewesen», sagte Helena. «Ich habe mich einfach in den vergangenen vier Jahren seit Vaters Tod nicht genügend um sie gekümmert. Ich hätte es mir zur Pflicht machen müssen, regelmäßig nach meiner Mutter zu sehen. Ich hätte sie zwingen müssen, unser Angebot anzunehmen –»

«Wo ist Georgina jetzt? Ist sie zurückgefahren?»

«Nein. Sie hat gekündigt. Ich weiß nicht, wo sie jetzt wohnt. Ich war zu bestürzt, um zu fragen.»

«Was will sie mit dem Brief anfangen?»

«Sie sagte, sie wolle ihn behalten, das ist alles.»

«Und was will sie in der Sache mit Großmutter unternehmen?»

«Darüber wollte sie sich nicht näher auslassen.

Oh, Laurence, ich mache mir solche Sorgen wegen deiner Großmutter. Erzähle mir alles über diese Angelegenheit. Erzähl mir alles.»

«Alles weiß ich auch nicht.»

«Diese Geschichte von den Diamanten im Brot. Ich kann's einfach nicht glauben, aber Georgina war es so ernst damit. Ich möchte wissen, was los ist. Erzähl mir, was du entdeckt hast.»

«Also gut», sagte Laurence. Er wußte, daß seine Mutter den merkwürdigen Glauben hegte, nichts Böses könne sie berühren. Das machte sie empfänglich für neue Ideen. Laurence hatte erlebt, wie sie hoffnungsvoll eine Entschuldigung nach der andern gefunden hatte, soweit es seine eigenen tollen Streiche und Launen betraf. Besonders jetzt, während sie sorgenvoll in ihrem abgetragenen blauen Kleid und mit der kostbaren Perlenkette inmitten ihrer schäbigen Wohnzimmermöbel saß, eine Laufmasche im Strumpf, machte sie auf Laurence den Eindruck: ‹Sie könnte sich durch einen Dschungel kämpfen, ohne den kleinsten Kratzer abzubekommen.›

Als er seinen Bericht beendet hatte, fragte sie: «Wann willst du nach Ladylees fahren?»

«Morgen, so früh wie möglich. Mit dem Zug; mein Wagen muß zur Inspektion. Ich werde in Hayward's Heath für die paar Tage einen mieten.»

«Laß Caroline hier.»

«Warum?»

«Sie ist bestimmt noch nicht kräftig genug, um in diese Sache hineingezogen zu werden.»

«Ich möchte sagen, daß es ihr gut tun wird.»

«Sie wird dir gewiß im Weg sein, wenn du Nachforschungen anzustellen beabsichtigst.»

«Caroline nicht. Sie ist zu klug.»

«Dann sag ihr, sie möchte mich auf dem laufenden halten. Bitte Caroline, mich jeden Tag anzurufen und mir zu erzählen, was sich tut. Auf Caroline kann ich mich verlassen.»

«Whisky macht dich vorwitzig», sagte er. «Auf mich kannst du dich genauso verlassen.»

«Versuch, die Wahrheit aus deiner Großmutter herauszubekommen», bettelte sie.

Als er sich zum Gehen anschickte, sagte sie schüchtern, als fürchte sie, es könnte beleidigend klingen: «Versuche herauszufinden, wieviel es uns kosten würde, sie aus den Händen dieser Verbrecher zu befreien.»

«Noch wissen wir nicht», erwiderte Laurence, «wer sich in wessen Händen befindet. Sag Vater lieber noch nichts davon; vielleicht stellt sich heraus, daß alles ganz unschuldig ist, eine Art Zeitvertreib von Großmutter –»

«Ich werde deinen Vater noch nicht damit belasten», versicherte sie ihm unvermittelt schroff. «Er verehrt meine Mutter so.» Dann fügte sie hinzu: «Wenn ich bedenke, daß unsere alte, vertrauenswürdige Dienerin so etwas tun konnte...»

Ihm kam das ein wenig scheinheilig vor – diese Phrase von der ‹alten, vertrauenswürdigen Dienerin›.

«Du hältst mich für scheinheilig, nicht wahr?» sagte seine Mutter.

«Aber keinesfalls», antwortete er, «wie käme ich dazu?»

«Alles in Ordnung?»

Bei dem Klang von Laurences Stimme wachte Caroline auf. Sie war noch sehr verschlafen; dieses verzögerte Aufwachen war ein weiteres Zeichen, daß sie sich auf dem Wege der Besserung befand. Sie war noch so benommen, daß sie nicht genau wußte, ob Laurence ‹Alles in Ordnung?› gesagt hatte, oder ob diese Frage noch in ihr schlummerte und darauf wartete, ausgesprochen zu werden. Schlaftrunken setzte sie sich auf und fragte: «Alles in Ordnung?»

Laurence lachte.

Noch immer verschlafen, stand sie auf und ging ins Badezimmer, um sich zu waschen und umzukleiden; die Tür ließ sie offen, um sich mit Laurence unterhalten zu können.

«Etwas vorgefallen?» fragte er.

Inzwischen war sie wach geworden. «Ja», antwortete sie. «Eine Unterhaltungssendung von Graf Dummbart.»

«Von wem?»

«Madame Butterfly.»

«Und hast du an das Tonbandgerät gedacht?»

«Hm. Ich hab' die Taste gedrückt. Aber ich weiß nicht, ob es etwas aufgenommen hat.»

Ihre Stimme klang zaghaft. Laurence sagte: «Soll ich's mal versuchen?» Er befürchtete, das Experiment könne sie aufregen, ihre weitere Genesung in Frage stellen.

«Ja, tu's bitte.»

Er ließ die Spule zurücklaufen und schaltete auf Wiedergabe. Nach einem leisen Schwirren dröhnte die Stimme von Laurence: «Liebste Caroline ...», gefolgt von dem spaßigen, aber nicht druckreifen Vorschlag.

Caroline trat mit dem Frottiertuch in der Hand aus dem Badezimmer, um besser hören zu können. Beide warteten gespannt auf die nächste Aufnahme. Es war eine Frauenstimme. Laurence blickte überrascht auf, als sie zu sprechen begann: «Das ist eine verdammte Lüge! Anscheinend bekommen Sie es mit der Angst. Warum sichern Sie sich plötzlich mit dieser Beteuerung ab?»

Das war alles. «Großer Gott!» sagte Laurence.

Ziemlich verlegen, erklärte Caroline: «Das war meine Stimme, meine Antwort. Es hat den Anschein, mein Lieber, daß diese Stimmen sich nicht aufnehmen lassen. Ich habe es ja auch nicht ernstlich geglaubt.»

«Was haben sie denn zu dir gesagt? Warum hast du das geantwortet? Wieso hast du gesagt: ‹Das ist eine Lüge›?»

Sie las ihm die mitstenographierten Sätze vor.

«Du siehst also», fügte sie mit einem schmerzlichen Lächeln hinzu, «die Charaktere sind alle frei erfunden.»

Laurence machte sich abwesend an dem Apparat zu schaffen. Nachdem sie geendet hatte, forderte er sie auf, sich zu beeilen und anzuziehen. Er küßte sie, als sei sie ein Kind.

Während sie ihr Gesicht zurechtmachte, erzählte sie ihm aufgeregt: «Ich kenne jetzt die Antwort; ich weiß, wie ich diese Stimme behandeln muß.»

Sie erwartete, daß er fragen würde: ‹Wirklich, wie denn?› Aber er tat es nicht; er sah sie an, als betrachte er sie im stillen immer noch als ein liebenswertes Kind.

«Mutter macht sich Sorgen», sagte er schließlich. «Ich fürchte, mit Großmutter werden wir noch eine Menge Aufregung erleben.»

Gleichzeitig schien es Laurence jedoch, daß Caroline, als Kind betrachtet, nicht die ihr zukommende Rolle ausfüllte. Er brauchte ihren koordinierenden Verstand, um die mysteriösen Umstände im Leben seiner Großmutter zusammenfügen zu können. Er kam sich hilflos vor.

«Du hilfst mir doch in der Angelegenheit mit meiner Großmutter, nicht wahr?» fragte er.

«Wieso?» rief sie fröhlich. «Was willst du denn mit deiner Großmutter anstellen?» Dabei funkelte sie ihn spitzbübisch an. Es ging ihr zusehends besser. Laurence blickte von ihrem Gesicht nach dem Stenogrammblock auf dem Tisch, von dem Zeugnis ihrer Normalität zu dem offenkundigen Beweis ihrer Wahnvorstellungen. Vielleicht, dachte er, kann ein Mensch sein Leben lang einen kleinen Sparren haben und doch in jeder anderen Beziehung völlig normal sein. Vielleicht war Caroline nur in bezug auf diese eingebildeten Gehöreindrücke ein Kind.

«Mrs. Hogg hat den Brief gelesen, den ich dir nach St. Philumena geschrieben hatte», sagte er.

«Du meinst, sie hat meinen Brief geöffnet und gelesen?»

«Ja, es ist abscheulich; regelrecht verbrecherisch.»

Caroline lächelte daraufhin ein wenig. Laurence erinnerte sich, über das Gesicht seiner Mutter, trotz ihres Kummers, ein ähnliches Lächeln huschen gesehen zu haben. Ihm ging auf, worüber die zwei Frauen so gleichartig gelächelt hatten.

«Ich gebe ja zu, daß ich auch die Briefe anderer Leute gelesen habe. Ich habe es keinesfalls vergessen. Aber dies ist etwas ganz anderes. Wirklich, es ist entsetzlich.»

Nachdem Caroline mit ihrem Lächeln erst einmal klargestellt hatte, daß sie ihn auch nicht gerade als erwachsen betrachtete, sagte sie: «Nun mal ehrlich, ist es wirklich so ernst?» Und auf diese Weise ihm wieder ebenbürtig, begann sie ihn auszufragen.

Sie schalteten die elektrischen Heizkörper und die Lampen ab und verließen, während sie noch darüber redeten, die Wohnung.

Etwa eine halbe Stunde vor Mitternacht gingen sie noch zum Tanzen in eine Bar mit Namen *Pylon* in der Dover Street, da sie beschlossen hatten, die Nacht durchzufeiern. Mit der Beleuchtung war man dort mehr als sparsam, und Caroline dankte im stillen Gott dafür.

Nach dem Abendessen in einem Restaurant in Knightsbridge waren sie in Soho gewesen. Zuerst in einem Bierlokal, wo sie ganz unerwartet eine kleine Versammlung von B.B.C.-Leuten vorfanden, die Laurence nur ‹Larry› nannten; etwas Schlimmeres als diese Begegnung konnte Laurence im Augenblick kaum widerfahren. Seine Gedanken waren bei seiner Großmutter, und seine Unbefangenheit, sein innerer Friede, war von Mrs. Hogg gestört. Außerdem befand er sich im Urlaub und rechnete nicht damit, seine Kollegen in diesen Wochen zu treffen. Danach waren sie in eine Literatenkneipe gegangen, wo es sich sehr rasch herausstellte, daß der Baron die Geschichte von Carolines hysterischer Nacht in seiner Wohnung verbreitet hatte.

Nachdem sie aus dem ersten Lokal geflüchtet waren, hatte ein Freund von Laurence gesagt: «Das ist Larrys Form von Perversion – schöne neurotische Frauen. Ohne Neurose sind sie nichts für ihn.»

Man setzte voraus, daß jede nähere Beziehung zwischen zwei Leuten eine Perversion darstellte. Caroline spürte instinktiv den Eindruck, den sie hinterlassen hatten, als sie aus diesem Lokal traten. Laurence wußte es natürlich, machte sich aber nichts daraus; er nahm ‹Perversion› als ein unter Freunden selbstverständliches Kodewort für den persönlichen Geschmack des einzelnen in der Liebe hin. Während Caroline und Laurence sich auf dem Weg zur nächsten Kneipe befanden, sagte dieser Freund von Laurence: «Larrys Mädchen sind alle Neurotikerinnen gewesen.» Zufällig stimmte das.

Später, im Taxi, fragte Caroline: «Was meinst

du, Laurence, merkt man's mir an, daß ich neurotisch bin?»

Ihre tiefliegenden Augen waren unruhig und unnatürlich geweitet, doch der Gesamtausdruck ihres Gesichtes verriet ungetrübte Urteilskraft.

«Ja», antwortete er, «aber nicht auf besorgniserregende Art.» Und einen Augenblick später fügte er hinzu: «Alle meine Mädchen waren Neurotikerinnen.»

Caroline wußte das, war aber froh, es noch einmal von Laurence zu hören; er faßte in Worte, was ihrem Gefühl nach hinter ihrem Rücken in der Kneipe ausgesprochen worden war. Sie kannte die meisten von Laurences früheren neurotischen Mädchen; sie selbst war die bleibende.

Und wieder sprach Laurence aus, womit sie sich halb unbewußt beschäftigte: «Neurotische Frauen sind viel interessanter. Man weiß nie, was einen bei ihnen erwartet, und ihre Reaktionen sind im allgemeinen nicht vorauszusehen.»

In der zweiten Kneipe sagte ein dicker blonder Dichter zu Caroline: «Erzählen Sie mir *alles* über Ihre Visionen, meine Liebe»; und eine in ein Cape gehüllte Dichterin mit einem breiten Mund fragte: «Gibt es eigentlich heutzutage viel Satanismus in der Katholischen Kirche?» und ein anderer Auch-Schriftsteller, ein Mann über fünfzig, fragte Caroline nach ihrem Psychoanalytiker und nannte ihr den seinen – in dieser Kneipe erfuhr Caroline durch die eine oder andere Bemerkung, daß der Baron gegenüber diesen alterslosen Jungen und Mädchen, die ihn zwanglos in seiner Buchhandlung in der Charing Cross Road besuchten, allerlei über sie ausgeplaudert hatte.

Der dicke Dichter redete unentwegt über Carolines ‹Visionen›; sie seien gut für ihre Publizität, meinte er. Caroline und Laurence hatten eine Menge getrunken und waren beide schon recht beschwipst.

«Wunderbare Publizität», stimmten sie zu.

Und der über fünfzig in dem braunen Webpelzmantel betonte immer wieder: «Ich könnte Ihnen einen Psychiater nennen, der –»

«Wir kennen einen», fiel Laurence ein, «der analysiert wahnsinnige Pflastersteine.»

Caroline fragte das Mädchen im Cape, ob sie wüßte, daß Eleanor Hogarth den Baron verlassen hatte.

«Nein!»

«Ja. Ich habe letzte Woche einmal in seiner Wohnung übernachtet. All ihre Sachen sind fort. Nicht einmal ein Photo von ihr ist mehr da. Er hat sie lediglich einmal erwähnt; sagte, sie sei auf Tournee, und das stimmt auch – aber daß sie sich entzweit haben, hat er nicht gesagt. Laurence hat es dann herausbekommen – er bekommt einfach alles heraus.»

«Ist sie mit jemand anders abgehauen?»

«Das weiß ich wirklich nicht. Aber ich weiß, daß sie ihm den Laufpaß gegeben hat, nicht er ihr.»

«Armer Willi.»

«Oh, *ihr* kann man keinen Vorwurf machen», erwiderte Caroline, die voller Genugtuung notierte, daß diese Geschichte sich nun ausbreiten würde.

Das Mädchen in dem Cape fragte: «Haben Sie versucht, den Baron zu bekehren?»

«Ich? Nein.»

«Katholiken versuchen doch gewöhnlich, jedermann zu ihrem Glauben zu bekehren, wenn es auch noch so hoffnungslos ist. Ich dachte, das sei so eine Art Pflicht.»

Um ihrer Geschichte noch ein wenig Nachdruck zu verleihen, zitierte Caroline einen Satz, den sie einmal von jemand anders über den Baron gehört hatte: «Als er Engländer wurde, ist ihm jegliche Eignung zur Konversion abhanden gekommen.»

Der Baron nahm es in der Tat sehr genau mit den englischen Gepflogenheiten und war überzeugt, daß er ihnen aufs genaueste nachlebte; und seine Geringschätzung der Engländer, ihres Intellekts und ihrer Lebensart entsprang der fixen Idee, daß sie dieser Vorstellung nicht besser entsprachen. In diesem Sinne tauschte Caroline mit dem Mädchen im Cape ihre Ansichten über den Baron aus.

«Aber wissen Sie», sagte das Mädchen, «Willi Stock hat noch eine andere Seite. Er feiert im verborgenen Orgien.»

«Was tut er?»

«Besucht die Schwarze Messe. Er ist Teufelsanbeter. Wahrscheinlich hat Eleanor ihn deshalb verlassen. Sie ist furchtbar bourgeois.»

Die Atmosphäre der Kneipe und die Leute bedrückten Caroline plötzlich. Das Wort ‹bourgeois› wirkte an diesem Abend deprimierend auf sie – es war ein Teil der trostlosen, unpräzisen Sprache jener Halbwelt, die sie vor mehr als zwei Jahren hinter sich gelassen hatte.

Laurence unterhielt sich mit dem dicken blonden Dichter, der ihn soeben zu einer Party im Haus von jemand anders für nächste Woche einlud und ihm die Leute beschrieb, die daran teilnehmen würden; Laurence fing ihren Blick auf, als Caroline sich erhob und der Mann gerade sagte: «Sie können es sich einfach nicht leisten, das zu versäumen.»

Laurence dirigierte sie am Arm zum Taxi hinaus, denn schon bei ihrer Ankunft war sie nicht mehr ganz sicher auf den Beinen gewesen. Doch der plötzliche Gefühlsumschlag hatte sie ernüchtert.

Sie tranken irgendwo Kaffee und fuhren dann weiter zum *Pylon* im Westend, wo Caroline dachte, ‹Gott sei Dank sind die Lichter gedämpft und die Leute nicht so deutlich zu erkennen›. Das Westend war eine andere Halbwelt aus Carolines Vergangenheit.

Eleanor Hogarth musterte intensiv das Paar, das sich in dem einschläfernden Dämmerlicht durch den Raum bewegte. Nur ungefähr dreißig Quadratzentimeter Tanzfläche standen ihnen zur Verfügung, die sie mit verblüffendem Geschick ausnützten; ihre Bewegungen auf diesem kleinen Raum waren vollendet aufeinander eingespielt –

wie Fische im Aquarium, dachte Eleanor. Sie war fasziniert; einen Augenblick lang konnte sie kaum glauben, Caroline und Laurence in dieser Umgebung zu sehen, da sie ihnen noch nie in einem Nachtklub oder in einem Tanzlokal begegnet war.

Eleanor winkte von ihrem Tisch aus; zum Rufen war die Entfernung zu groß. Schließlich bemerkte Caroline sie. «Oh, sieh nur, dort sitzt Eleanor.»

Und dort saß sie, mit ihrem Geschäftspartner, dem weißhaarigen Ernest Manders mit dem Jungengesicht. Er war Laurences Onkel, der jüngere Bruder seines Vaters, der sich statt Manders' Feigen in Saft dem Ballett zugewandt hatte.

Als Laurence noch ziemlich klein war, hatte er seine Mutter informiert: «Onkel Ernest ist ein Warmer.»

«Das ist er, mein Liebling», bestätigte sie glücklich und wiederholte die Worte des Kindes vor mehreren Leuten, ehe ihr Mann sie über die unterschiedlichen Bedeutungen des Wortes ‹warm› aufklären konnte. Danach wurde es zur Familienpflicht, für Onkel Ernest zu beten; man war sich einig, keine Gelegenheit zum Gebet verstreichen zu lassen, ohne diesen Onkel darin einzuschließen. Und anscheinend geschah dies mit Erfolg, denn in seinem vierzigsten Lebensjahr, als seine Beziehungen zu Männern immer ungezügelter wurden, gab er sie der Bequemlichkeit halber ganz auf; er ließ sich aber auch niemals als Ersatz dafür mit Frauen ein.

Laurence hatte später einmal zu Caroline gesagt: «Ich habe regelrecht Schritt für Schritt meine frühere Geringschätzung von Onkel Ernest überwinden müssen.»

«Weil er homosexuell war?»

«Nein. Weil wir dauernd ein besonderes Gebet für ihn sprechen mußten.»

Ernest Manders war ein religiös veranlagter, angenehmer Mensch. Caroline kam gut mit ihm aus. Er war ein Katholik, wie sie ihn schätzte: selbständig denkend, aber sich in den Rahmen der Kirche einfügend. Ernest stimmte mit Caroline stets darin überein, daß die wahre Kirche ein Ärgernis, unglücklicherweise aber, man konnte es nicht abstreiten, wahr sei.

Sie konnte Eleanor neuerdings nicht besonders gut ausstehen, obgleich Eleanor ihr die Bekanntschaft mit Laurence vermittelt hatte. Früher einmal waren diese beiden Frauen sehr eng miteinander befreundet gewesen; ihre Freundschaft hatte in Cambridge begonnen, als sie in ihren spartanisch ausgestatteten Zimmern, auf die mit Ringen von Kakaobechern verunzierten billigen Holzmöbel gestützt, über die verschiedensten Dinge diskutierten; meist ging es dabei um die Überheblichkeit ihrer Kommilitonen und die Einsichtslosigkeit ihrer Eltern, denn beide Mädchen verfügten über erhebliche, nicht die rechte Anerkennung findende Begabungen. Sie waren vereint in der Unzufriedenheit über die ganze Atmosphäre an der Universität, über die wie in öffentlichen Bedürfnisanstalten gekachelten

Waschräume, über die Wohnschlafzimmer und über die anderen, so primitiv angelegten Räumlichkeiten. Eleanor hatte die Universität nach zwei Trimestern verlassen, um sich als Ballettmanagerin zu betätigen. Sie hätte auch ohne weiteres an eine Kunstschule gehen können, denn auch dafür besaß sie die erforderliche Begabung. Eleanor war es, die eines Abends das Porträt eines früheren Rektors von der Wand eines der Korridore im Erdgeschoß abgenommen und auf ihr Zimmer getragen hatte, wo sie während der Nacht mit unzähligen kleinen Retuschen eine subtile, aber wesentliche Veränderung des Bildnisses erzielt hatte, die bis auf den heutigen Tag nicht entdeckt worden ist.

Das Tollste an Eleanor aber war nach Carolines Ansicht ihre Begabung zur Nachahmung, ihr schauspielerisches Talent; sie konnte mit Leichtigkeit jeden beliebigen Beruf aufgreifen, denn sie brauchte nur das Beste nachzuahmen, das auf einem Gebiet bereits getan war, um den Eindruck einer Expertin zu erwecken.

Als Eleanor heiratete, hatte Caroline sich im Ausland aufgehalten; sie wußte nicht viel mehr über diese Zeit, als daß Eleanor ihren Mann während des Krieges verlassen und unter ihrem ehelichen Namen mit einem Partner, Ernest Manders, eine Schule für Ausdruckstanz eröffnet hatte. Ein paar Monate später hatten Caroline und Laurence sich gefunden, und um diese Zeit etwa festigte sich auch die Beziehung zwischen Eleanor und dem Baron. Auf Caroline wirkte ihre alte

Freundin jedoch immer ein wenig aufreizend, da sie sich anscheinend seit den Tagen in Cambridge nicht wesentlich verändert hatte und damit offenbar auch ganz zufrieden war. Mit Laurence war das zwar nicht anders, aber an ihm liebte Caroline viele Charakterzüge, mit denen sie sich bei anderen nicht abfinden konnte. Dabei war sie sich völlig klar über die Unvernunft und Voreingenommenheit all dieser Gefühle, ohne jedoch etwas dagegen tun zu können.

In dem Bemühen, ihre Abneigung gegen Eleanor zu verbergen, sagte sie jetzt: «Sieh dir mal den Kapellmeister an. Weißt du, wem er ähnlich sieht?» Sie nannte einen Dozenten an der Universität von Cambridge, der genau so eine randlose Brille trug und genau so einen schiefen Mund hatte. Eleanor lachte und lachte. Sie hatte an diesem Abend noch mehr als Caroline getrunken. «Tatsächlich», bestätigte sie. Dann erzählte sie Caroline eine umständliche Geschichte, aus der schließlich hervorging, daß dieser Dozent inzwischen gestorben war.

«Das wußte ich nicht», sagte Caroline, schokkiert, daß Eleanor trotzdem über ihren Scherz gelacht hatte. Als Eleanor sah, daß Caroline unwillkürlich ein ernstes Gesicht aufsetzte, beeilte sie sich zu versichern: «Aber dieser Bursche sieht wirklich wie ein Zwillingsbruder des Mannes aus.»

Und dann begann Eleanor, weitere Mitglieder der Tanzkapelle herauszugreifen und mit Männern zu vergleichen, in deren Ablehnung sie sich in den Tagen ihrer Freundschaft einig gewesen waren. Damit brachte sie Caroline wieder zum Lachen und stellte ihre Begegnung auf die erträgliche Basis gemeinsamer Heiterkeit, denn schließlich nahm man ja an, daß sie sich gut unterhielten; und dies war nur möglich, wenn sie sich dabei der einzigen freundschaftlichen Bindung erinnerten, die zwischen den beiden Frauen bestand: ihrer gemeinsamen Studienzeit. Caroline überwand langsam ihre Verärgerung darüber, daß sie von Eleanor mit ernstem, frommem Gesicht ertappt worden war, als diese über einen Toten gelacht hatte. Und während sie in Eleanors Heiterkeit einstimmte, kam sie sich beinahe dumm vor wegen ihres Verdachtes, daß Eleanor sie nur auf Grund ihrer Neurose aufzuheitern versuchte. Sie hatte recht; genau das war Eleanors Absicht, während sie sich mit ihrem dunkelbraunen Haarschopf zu Carolines schwarzbraunem Kopf hinüberbeugte.

Zwei Flaschen Gin waren aus dem Dämmerlicht aufgetaucht. Laurence, der bei seinem dritten Glas aus der ersten Flasche war, sagte: «Noch nie in meinem Leben habe ich mich nüchterner gefühlt. Bei manchen Gelegenheiten wirkt einfach gar nichts, man kann sich beim besten Willen nicht betrinken.»

Eleanor blickte ihn mitleidig an, als ob sie wüßte, daß er sich wegen Caroline Sorgen machte. Darüber ärgerte sich Caroline, weil sie wußte, daß er sich in der Hauptsache um seine Großmutter sorgte.

Während sie mit Ernest tanzte, dessen geschmeidige, kaum fühlbare Bewegungen ihr das merkwürdige, ein wenig unheimliche Gefühl verliehen, wie ein ferngelenktes Geschoß durch den Raum gesteuert zu werden, sah sie Laurence auf seine neugierige Weise Eleanors Zigarettenetui untersuchen und dachte: ‹Was auch immer er vom Leben erwarten mag, er gibt's nicht auf, überall danach zu suchen.› Sie bewunderte seine Fähigkeit und seinen Mut, unermüdlich von neuem zu beginnen, und wenn es sich nur um ein Zigarettenetui handelte.

Laurence und Eleanor begannen ebenfalls zu tanzen, doch bald sah Caroline, wie sie sich wieder setzten und Eleanor vertraulich auf ihn einredete; Eleanor beschrieb kleine kreisförmige Bewegungen mit ihrem Glas, die sie nur unterbrach, um vor dem nächsten Schluck bedeutungsvoll seufzend hineinzustarren, wie man das oft bei einer Frau am Ende einer durchzechten Nacht beobachten kann, wenn sie einem Manne über einen anderen Mann Geständnisse macht.

So weit man in dem Dämmerlicht sehen konnte, hingen rundherum an den Wänden des *Pylon* große vergoldete Bilderrahmen. Anstelle des Bildes aber befand sich in jedem ein quadratisches Stück schwarzer Samt, die ‹besondere Note› des *Pylon*. Während sie ihre müden Füße neben Ernest über ihr Stückchen Tanzboden schleppte, erblickte Caroline für einen Moment Eleanors Kopf vor dem Hintergrund eines dieser schwarzen Samtquadrate, wie ein gerahmtes Porträt, verschwommen und etwas retuschebedürftig.

«Und da hab' ich gesagt: ‹Willi, so kann's nicht weitergehn, so kann das einfach nicht weitergehn›.» Eleanor wurde rührselig. Man konnte sie kaum als echte Neurotikerin bezeichnen, aber das war nicht der Grund, warum Laurence sich so wenig aus ihr machte; vielmehr lag es daran, daß er den Baron recht gern mochte und Eleanor ihre Seitensprünge – außer vor dem Baron selbst, der dies nie argwöhnte – nicht gerade geheimhielt.

Laurence betrachtete so eingehend ihr kleines goldenes Zigarettenetui, als sei es das Buch des Lebens; dabei nickte er von Zeit zu Zeit beifällig zu ihren vertraulichen Mitteilungen.

«Wenn er mir untreu gewesen wäre», fuhr sie fort, «hätte ich das verstehen, ja sogar vergeben können. Aber diese Obszönität – und offenbar geht das schon seit Jahren so – hätte ich nie vermutet. Natürlich wußte ich seit langem, daß er sich für Teufelskult und ähnliche Dinge interessiert, aber ich dachte, das sei nur ein theoretisches Interesse. Er besitzt alle Bücher darüber, und ich meinte, das sei eben reine Sammelleidenschaft, weißt du? Aber anscheinend geht das schon seit Jahren so mit den Schwarzen Messen, und dabei geschehen entsetzliche Dinge; frag nur Caroline, die weiß alles über die Schwarze Messe. Ich betrachte das als eine persönliche Beleidigung – so wie wenn ich ihn dabei ertappe, daß er sich mit einer Hure einläßt. Ich habe ihm gesagt:

‹Willi, du mußt dich entscheiden: entweder ich oder dieses Teufelszeug – beides kannst du nicht haben.› Er antwortete, meine Einstellung amüsiere ihn. Er amüsiert sich! Ich sage dir, Laurence, diese Sache ist eine Beleidigung meiner Intelligenz, von allem anderen ganz abgesehen. Ich bin weder melodramatisch *noch* religiös, aber ich weiß, daß die Schwarze Messe einen durch und durch bösen Einfluß auf den Menschen ausübt, Laurence. Ich wäre wirklich nicht überrascht, wenn er Caroline etwas angetan hätte.»

«Wie meinst du das, meine Liebe?»

«Nun ja, ich weiß nicht, ob es wahr ist, aber ich hab' gehört, daß sie kürzlich eine Nacht bei Willi verbracht hat –»

«Ja, er war wirklich reizend zu ihr. Sie war damals recht krank. Aber ich nehme an, das war die eigentliche Krisis. Ich glaube, es geht ihr jetzt zusehends besser.»

«Aber man erzählt, daß sie nach jener Nacht angefangen hat, allerlei zu hören; wie man sagt, kann man sich gar nicht dagegen wehren, wenn einem das jemand einredet, so unwahrscheinlich das auch klingen mag.»

Laurence kam nicht recht hinter den Sinn dieses Satzes, und während er noch daran herumrätselte, drang Eleanor weiter in ihn: «Stimmt's nicht, daß Caroline allerlei gehört hat?»

«Über dich, meinst du?»

«Nein, Stimmen. Geister. Allerlei –»

«Laß uns tanzen», erwiderte Laurence.

Es war ihr zweiter Versuch. Sie bewegte sich

womöglich noch unsicherer als beim ersten Mal, und er mußte alles daransetzen, sie auf den Füßen zu halten. «Zu großes Gedränge hier», sagte er; «meinst du nicht auch?»

«Ja», antwortete sie; «wollen uns setzen und trinken.»

Ernest und Caroline saßen bereits wieder am Tisch. Eleanor fragte sofort: «Caroline, was hältst du von der Schwarzen Messe?»

Caroline befand sich in körperlicher und seelischer Hochstimmung; sie klopfte mit den Händen den Takt zur Musik. «Keine Ahnung», antwortete sie; «aber frag doch den Baron. Wie ich gehört habe, ist er Experte dafür.» Im selben Augenblick fiel ihr ein, daß Eleanor den Baron ja verlassen hatte, daher sagte sie rasch: «Laurence, hör auf, Eleanors Zigarettenetui zu beäugen wie ein alter Jude, der den Karatstempel sucht.»

«Ich versuche den Wahlspruch zu entziffern», antwortete Laurence.

Auf der Vorderseite des Etuis befand sich ein kleines erhabenes Wappen. Mit übertriebener Neugier steckte Caroline ihren Kopf neben den von Laurence. «Ein Wolfsschädel», sagte Laurence. «Wie lautet der Wahlspruch? Ich kann ihn nicht lesen.»

«Fidelis et – ich kann mich im Augenblick nicht darauf besinnen», erwiderte Eleanor. «Ich hab's aber gewußt. Es ist das Wappen der Hogarths. Bloß eine viktorianische Nachahmung, nehme ich an. Mein ehemaliger Mann hat mir das Etui zur Hochzeit geschenkt. Das Wappen war seine Leidenschaft; überall ließ er's anbringen, auf Löffeln und Haarbürsten, so was habt ihr noch nicht gesehen. Aber im Ernst, Caroline, glaubst du nicht auch, daß diese böse Macht, die auf uns alle einwirkt, nur von diesen Schwarzen Messen herrührt? Ich bin Willi auf die Schliche gekommen. Wahrscheinlich hast du's die ganze Zeit gewußt, aber ich hätte nicht im Traum daran gedacht. Und die Zusammenkünfte finden in Notting Hill statt, wie du sicher weißt.»

Laurence hatte ihr ein Glas Fruchtsaft eingeschenkt, aber als sie einen Schluck davon nahm, merkte sie es sofort und sagte tadelnd zu Ernest: «Das ist ja reine Limonade. Sei nicht so geizig mit dem Gin, Ernest.»

Caroline war fasziniert von Eleanors Vorstellung. Eleanor spielte tatsächlich nur Theater; ihre Faszinationskraft beruhte in dem völligen Aufgehen in jeder Rolle, die sie gerade zu spielen hatte. Dabei deutete nichts darauf hin, daß Eleanor ihre Rollen selbst wählte; sie stand wie unter einem Zwang, wurde völlig von ihrem Part aufgesogen. Jetzt schien sie zum Beispiel unter dem beherrschenden Einfluß des Alkohols zu stehen; aber zugleich und in noch stärkerem Maße wurde sie von ihrem bühnenreifen Auftritt beherrscht: dem Auftritt einer leicht frivolen, flatterhaften und durch Enttäuschung ein wenig boshaften Frau, die zuviel getrunken hatte; sie war so mit Leib und Seele bei der Sache, daß man unmöglich zwischen Eleanor und der Person unterscheiden konnte, in der sie während dieser

Stunden aufgegangen war. Genauso gut könnte man versuchen, zwischen dem Meer und dem Wasser darin zu unterscheiden.

Caroline war fasziniert und entsetzt. In früheren Tagen war Eleanors Mimikry zu erkennen gewesen. Sie pflegte ihre Persönlichkeit zu wechseln, je nach Erfordernis, wie andere Leute ihre Kleider; es war ein bewährter Scherz von Eleanor gewesen, und man hatte mit Vergnügen zugesehen. Aber inzwischen hatte sie den letzten Rest Objektivität sich selbst gegenüber verloren; ihr jetzt zuzusehen, kam dem Beobachten einer Verdammten gleich. Wenn Caroline als Kind Grimassen schnitt, hatte man sie gewarnt: «Wenn du damit nicht aufhörst, wird dein Gesicht eines Tages so stehen bleiben.» Während sie Eleanor ansah, hatte sie das Gefühl, daß dieser Frau gerade genau so etwas widerfuhr. Ihre angenommenen Charaktere begannen haften zu bleiben; bald würde einer davon ihr seine Züge aufprägen, grotesk und unauslöschlich.

«Sie kommt nicht mehr von der Schwarzen Messe los», seufzte Laurence.

«Dir würd's nicht anders gehen, wenn du mit einem Teufelsanbeter gelebt hättest», erwiderte Eleanor, das Gesicht entsprechend ihrer augenblicklichen Rolle verzerrend. Und indem sie eine Hand über Carolines Hand legte und ihr tief in die Augen sah, sagte sie mit schleppender Stimme: «Caroline, meine arme Caroline. Du wirst von Geistern verfolgt, nicht wahr? Und du weißt auch, wer dahintersteckt, ist's nicht so?»

Die Vorstellung glitt mehr und mehr ins Kitschige ab. Caroline versuchte, das Gespräch wieder auf die scherzhaften Vergleiche der Musiker mit ihren Cambridger Bekannten zurückzuführen.

«Aber sie sieht gehetzt aus», sagte Eleanor, unverwandt Caroline anstarrend.

Caroline hatte sich nie weniger gehetzt gefühlt. Sie war fast betroffen bei der Entdeckung, daß sie aus dem offenkundigen Verfall ihrer Freundin Ruhe und neue Kraft zu schöpfen schien.

«Ich habe mich noch nie weniger gehetzt gefühlt», entgegnete Caroline.

«Aber *ich* fühle mich gehetzt», sagte Ernest, «und zwar von der Tatsache, daß wir fast bankrott sind und Eleanor unsere einzige Quelle der Sicherheit verschüttet hat.»

«Willi kann seine finanzielle Unterstützung nicht zurückziehen. Aber er wird uns alle auf andere Weise ruinieren. Ich weiß das; ich fühle es. Er setzt eine ungeheure Macht gegen uns ein», plapperte Eleanor.

«Wie hieß doch gleich dein Mann?» fragte Laurence sie.

«Du *wirst* von Geistern verfolgt, mein liebes Mädchen», bestand Eleanor auf ihrer Behauptung, Caroline weiter ins Gesicht starrend.

«Hogarth.» Die Information kam von Ernest, der dabei lächelte wie ein Zauberer, der gerade das Kaninchen aus dem Hut gezogen hatte.

«Mervyn», ergänzte Eleanor.

«Ich glaube, ich bin ihm schon begegnet. Wohnt er nicht in Ladle Sands, in Sussex?»

«Ja», antwortete Eleanor. «*Bitte,* erinnere mich nicht an ihn. Er gehört eigentlich ins Gefängnis. Ich habe ein tragisches Leben geführt, Laurence. Hab' ich nicht ein tragisches Leben geführt, Ernest?»

«Hoffnungslos», sagte Ernest.

«Und dann das tragische Schicksal dieses armen verkrüppelten Jungen», fuhr Eleanor fort. «Caroline, ich hab' nie mit dir über meine Ehe gesprochen. Was für ein Elend! Er hatte einen Sohn aus früherer Ehe, völlig hilflos. Was konnte ich tun? Überall ereignen sich solche Tragödien durch den Einfluß böser Geister, daran glaub' ich nun mal. Du hast mir reine Limonade eingegossen, Ernest, sei doch nicht so knickerig mit dem Gin.»

«Du wirst langsam blau», sagte Ernest.

«Kannst du mir das übelnehmen? Caroline, bist du dir eigentlich der Macht der Schwarzen Messe bewußt? Sie wirkt ununterbrochen auf uns ein.»

«Ich würde mir darüber keine Gedanken machen», sagte Caroline. «Das ist nur ein kindischer Exzeß, der nicht viel Schaden anrichten kann.»

«Hast du jemals an einer Schwarzen Messe teilgenommen?»

«Nein. Die weiße Messe am Sonntag nimmt schon alle meine Zeit in Anspruch.»

«Was ist die weiße Messe? Ernest, erklär mir, was die weiße Messe bedeutet!»

«Sie meint die richtige Messe, Liebling. Die normale katholische Messe», antwortete Ernest.

«Oh; aber hier geht es um etwas ganz anderes. Die Schwarze Messe hat eine ungeheure Kraft. Sie kann tatsächlich Gegenstände in Bewegung setzen. Niemand berührt sie. Sie bewegen sich. Ich habe haufenweise Bücher darüber gelesen. Auch nackte Mädchen nehmen daran teil, und sie sprechen alles rückwärts. Und alles ist so unanständig. Ernest, du nimmst mich nicht ernst, aber geh nur selbst zu einer Schwarzen Messe und sieh sie dir an. Sieh sie dir nur an. *Ich* hätte nicht den Mut dazu. Ich würde sterben.»

Caroline und Laurence erwiderten gleichzeitig: «Katholiken können keine Schwarze Messe besuchen.»

«Nicht gestattet», erklärte Ernest.

«Man behandelt euch wie Kinder», sagte Eleanor; «stimmt's nicht, Laurence?» forderte sie ihn heraus, denn sie wußte, daß er vom Glauben abgefallen war.

«Da hast du recht», stimmte er versöhnlich zu.

«Warum ist euch die Schwarze Messe verboten, wenn nicht etwas ungeheuer Böses darin steckt?» fragte sie hartnäckig, ihre Hand auf die Carolines legend.

«Daß sehr viel Böses daran ist, habe ich ja nie bestritten», entgegnete Caroline; «ich sage nur, daß sie eine große Dummheit ist.»

«So geringschätzig würde ich die Sache auch wieder nicht abtun», wandte Ernest ein.

«Das hängt davon ab, von welchem Standpunkt aus man das Böse betrachtet», erwiderte Caroline. «Ich meine, verglichen mit der Macht des Guten. Die Wirksamkeit der Schwarzen Messe muß zum Beispiel unerheblich bleiben, solange wir die richtige Messe haben.»

«Ich würde die Macht des Bösen trotzdem nicht so leichtfertig abtun», beharrte Ernest; «denn offensichtlich existiert sie doch.»

«Ich habe immer gedacht», sagte Eleanor, «daß die Katholiken alle dasselbe glaubten. Aber wie ich sehe, ist das nicht der Fall.»

«Caroline beginnt zu schwärmen», sagte Ernest.

«Caroline *ist* eine Schwärmerin», behauptete Eleanor. «Das hab' ich schon immer gesagt. Sie ist doch eine Schwärmerin, nicht wahr, Laurence?»

«Immer», stimmte Laurence freundlich lächelnd zu.

«Und der Ärger mit diesen Schwärmern ist, daß sie über die Leiden *anderer* Leute theoretisieren, und zum Schluß finden sie alles Leid unbedeutend. Caroline, wenn du erlitten hättest, was ich gelitten habe, würdest du nicht so weltfremd daherreden.»

«Nun, in der Frage des Leidens möchte ich mich nicht mit dir messen», sagte Caroline mit beißender Schärfe, denn letzten Endes hielt sie sich selbst für vom Schicksal als Dulderin auserkoren.

«Armes Mädchen, du bist wirklich von bösen Geistern besessen», stellte Eleanor fest, was im Augenblick besonders aufreizend klang.

«Ich würde mich an deiner Stelle nicht viel mit

Willi einlassen», fuhr Eleanor fort. «Hör lieber auf meinen Rat und halte dich fern von ihm.»

«Armer Willi!» rief Caroline mit einem befreiten Lachen, obgleich diese Feststellung boshaft gemeint war.

«Der Baron ist ein reizender Mensch, der Gute», sagte Laurence zerstreut, denn er verhandelte gerade mit Ernest über die Bezahlung der Rechnung.

«Willi verdient sein Geld mit Hilfe der Schwarzen Messe», behauptete Eleanor. «Ich bin sicher, daß er es daher hat.»

«Aber das ist doch gewiß kein Geschäftsunternehmen?» mischte Laurence sich wieder ein.

«Ach, sie treiben einen ganz netten Handel mit geweihten Oblaten», entgegnete Eleanor.

«Mit *was?*» fragte Caroline, zum ersten Mal ernstlich beunruhigt, seit diese Angelegenheit zur Sprache gekommen war.

«Ich kann mir eigentlich nicht vorstellen», sagte Laurence, «daß sie auf die Konsekration der Oblaten besonderen Wert legen.»

«Ich glaube doch», meinte Ernest. «Unglücklicherweise scheint es das Wesentliche an der Schwarzen Messe zu sein.»

«Schwarze Messen sind heutzutage aber sehr selten geworden», schaltete Caroline sich ein. «Der Teufelskult ist in den zwanziger Jahren ziemlich zum Erliegen gekommen.»

«Ach, meinst du wirklich?» sagte Eleanor, bereit, die Sache mit ihr auszufechten.

Laurence kam mit der Frage dazwischen: «Warum meintest du vorhin, daß dein verflossener Ehemann eigentlich im Gefängnis sitzen sollte?»

«Kümmre dich um deine eigenen Angelegenheiten, Liebling», entgegnete Eleanor mit schwerer Zunge; ihr Gesicht verzog sich zu einem betrunkenen Lächeln.

«Weißt du, ob er eine Verwandte mit Namen Georgina Hogg hat?» erkundigte sich Laurence.

«Ich stelle fest», sagte Caroline, «daß wir ein Stadium erreicht haben, in dem jeder nur noch auf seine Privatinteressen versessen ist, ohne Rücksicht auf –»

«Ich hätt' es nur gern gewußt», erklärte Laurence, «weil das Wappen auf Eleanors Zigarettenetui dasselbe ist wie auf einigen von Georginas Sachen.»

Eleanor antwortete nicht. Ihr Gesicht hatte jenen Ausdruck berauschten Nichtverstehens, der jede Gemütsbewegung überdecken mochte.

«Vielleicht leiten beide ihren Namen auf dasselbe Geschlecht zurück», regte Caroline an. «‹Hogg› und ‹Hogarth›.»

Als sie ihre Mäntel holen gingen, mußte Caroline Eleanor stützen, obgleich sie selbst ein merkwürdig leichtes Gefühl in den Gliedern spürte.

In der Garderobe kam Eleanor wieder etwas zu sich, und während sie sich die Lippen nachzog, wechselte sie plötzlich ihre Haltung und begann wie von Frau zu Frau zu reden.

«Männer sind gefühllose Tölpel», verkündete sie. «Und halt dich von dem Baron fern, Caroline, denk dran. – Übrigens, hat Laurence vorhin nicht etwas über eine Frau mit Namen Hogg gesagt? Ich hab's nicht ganz mitbekommen – ich bin so müde, so voll.» Zum Beweis riß sie den Mund von einem Ohr zum andern auf und gähnte herzhaft.

Caroline antwortete mit übertriebener Genauigkeit, verärgert darüber, daß sie etwas wiederholen mußte, was Eleanor bereits wußte.

«Ja. Sie war vor Jahren Kinderfräulein oder Gouvernante bei den Manders. Laurence vermutete, daß zwischen ihr und deinem ehemaligen Mann eine Verbindung bestehen könnte, weil das Wappen auf deinem Zigarettenetui offensichtlich das gleiche ist wie das Wappen auf Mrs. Hoggs Sachen.»

«Ein Kinderfräulein mit einem Familienwappen?»

«Warum nicht? Auch das gibt es», antwortete Caroline.

«Vielleicht bestand ursprünglich einmal eine Verbindung zwischen den Namen ‹Hogg› und ‹Hogarth›», meinte Eleanor, als hätte sie Carolines Bemerkung dazu vorhin nicht gehört und eben erst selbst daran gedacht.

«Ganz recht», sagte Caroline kurz, mußte aber feststellen, daß ihr schroffer Tonfall keinen entsprechenden Eindruck auf Eleanor machte.

Während sie auf ihre Mäntel warteten, fragte Eleanor: «Wo wohnst du denn jetzt?»

«In Queen's Gate, ganz in der Nähe unserer alten Wohnung.»

«Und Laurence?»

«Laurence ist immer noch in der alten Wohnung.»

«Das ist die offizielle Version, nicht wahr?» meinte Eleanor.

«Was willst du damit sagen?»

«Nun, meine liebe Carrie, ich habe gehört, daß Laurence sich nicht von dir losreißen kann und zu dir in deine neue Wohnung gezogen ist.»

«Ach, das ist nur eine vorübergehende Übereinkunft. Mir ging es nicht gut.»

«Eine vorübergehende Übereinkunft! Ihr Katholiken könnt euch aber auch über alles hinwegsetzen. Ihr braucht sozusagen nur zwischen vorübergehenden Übereinkünften in den Beichtstuhl zu schlüpfen.»

«Zufällig schlafen wir aber in getrennten Räumen.» Kaum war ihr diese Entgegnung herausgerutscht, war Caroline wütend über sich selbst, daß sie sich verteidigt hatte, obgleich dazu nicht der geringste Anlaß bestand. Laurence hätte das sicher auch nicht gern gehört. «Ich schätze Freundschaft unendlich viel höher als erotische Liebe», fügte sie rasch hinzu, machte die Dinge damit aber nur noch schlimmer anstatt besser.

Sie fanden Laurence und Ernest draußen mit einem Taxi.

«Laß uns doch ein Stück zu Fuß gehen und frische Luft schnappen», sagte Caroline zu Laurence.

«O fein, wir kommen mit euch», meinte Eleanor.

Aber Ernest, mit seinem Taktgefühl, verfrachtete sie ins Taxi. Bevor sie sich verabschiedeten, erklärte Eleanor großsprecherisch und mit schwerer Zunge: «Also, Laurence, gib gut auf Caroline acht. Sie hat mir grad erzählt, daß ihr beide in getrennten Zimmern schlaft. Wirklich, eine feine Geschichte, ihr dürft euch nur nicht davon abbringen lassen. Aber so oder so, eine schreckliche Nervenbelastung muß es trotzdem sein. Kein Wunder, daß Caroline sich verfolgt fühlt.»

Anstatt mit dem Zug zu fahren, verließen sie London am nächsten Tag mit Laurences Wagen, obwohl sein M.G. schon längst hätte in die Werkstatt müssen. Schuld daran waren ihr spätes Aufstehen und die Tatsache, daß sie den Rest des Tages mit Plaudern vertrödelten; zuerst einigten sie sich darüber, daß Eleanor ein bedauernswertes Geschöpf sei, und danach schwatzten sie über ihre eigenen Angelegenheiten.

Caroline hatte in der Nacht nicht viel geschlafen. Es begann damit, daß sie sich noch bis nach vier Uhr unterhalten hatten, ehe Laurence sich auf sein Feldbett in der Küche zurückzog. Sie lag noch ungefähr eine halbe Stunde wach, und dann hörte sie plötzlich die Stimmen, denen das übliche Schreibmaschinengeklapper voranging. Es geschah zum ersten Mal, während Laurence sich in der Wohnung aufhielt.

Sobald sie das bekannte Tippen hörte, rief sie leise Laurence; er lag ganz in der Nähe, nur ein paar Meter entfernt hinter der offenen Tür.

«Bist du noch wach?»

Er war sofort munter. «Ja?»

«Steh nicht auf. Hör nur zu. Es fängt wieder an. Bleib ganz ruhig liegen.»

Der Sprechgesang hatte bereits begonnen. Sie knipste das Licht an und griff nach Stenogrammblock und Bleistift. Den Anfang verpaßte sie, konnte aber noch mitschreiben: «... *am nächsten Tag mit Laurences Wagen, obwohl sein M.G. schon längst hätte in die Werkstatt müssen. Schuld daran waren ihr spätes Aufstehen und die Tatsache, daß sie den Rest des Tages mit Plaudern vertrödelten; zuerst einigten sie sich darüber, daß Eleanor ein bedauernswertes Geschöpf sei, und danach schwatzten sie über ihre eigenen Angelegenheiten. Klick. Klick.*»

«Hast du das gehört?» rief Caroline zu Laurence hinüber.

«Nein, mein Liebes, ich habe überhaupt nichts gehört.»

Er stand auf und trat mit besorgtem Gesicht ins Zimmer. «Ist alles in Ordnung?»

Sie hatte sich aufgesetzt und starrte auf ihr Stenogramm.

«Ich werde nicht klug daraus», sagte sie. «Ich finde überhaupt keinen Sinn darin.»

Sie las es ihm vor.

«Deine Gedanken wandern voraus. Mach dir über morgen keine Sorgen. Wir können uns ausschlafen und einen Nachmittagszug nehmen.»

«Ich hab' diese Worte aber nicht ausgedacht. Ich habe sie gehört», stellte sie sachlich fest, ohne zu protestieren.

«Soll ich mich zu dir legen?»

«Mach uns erst einen Tee.»

Während Caroline weiter auf ihren Stenogrammblock starrte, brühte er Tee auf.

Als er den Tee brachte, sagte er: «Ich werde mich neben dich legen.»

Es war eine dreiviertel-Bettcouch, so daß der Platz gerade ausgereicht hätte. Während Caroline ihren Tee trank, dachte sie über die Situation nach. Schließlich sagte sie: «Ich fürchte mich wirklich nicht, Laurence, du kannst mich gern allein lassen.»

«Es ist kalt in der Küche», entgegnete Laurence.

Er begann, zu ihr ins Bett zu kriechen.

«Ich werde ein Kissen in die Mitte legen», sagte Caroline.

«Ein Brotmesser und ein Gebetsbüchlein wären sicher besser geeignet, meinst du nicht?»

«Verschwinde», erwiderte Caroline.

«Ich möchte nur vernünftig schlafen können.»

«Ich auch», antwortete sie.

Schließlich einigten sie sich darauf, das Feldbett aus der Küche zu holen und neben Carolines Couch aufzustellen. Während er lag, dachte er darüber nach, daß sexuelle Beziehungen zwischen ihnen nahezu unmöglich sein würden, nachdem Caroline sie neuerdings für sündhaft hielt. Ihre Gedanken kreisten um dasselbe Thema.

Als sie am nächsten Morgen aufwachten, war es nach elf Uhr.

Während sie gemeinsam Omeletts zum Lunch bereiteten, erklärte sie Laurence – und zwar so, als sei es eine unumstößliche Tatsache – ihre Theorie über die Stimmen: daß ein unbekannter Autor ein Buch über ihrer beider Leben verfasse.

Laurence wußte, daß Leute mit Wahnvorstellungen gewöhnlich nie um Beweise für ihre verrücktesten Überzeugungen verlegen waren. Seit er zum ersten Mal von den Stimmen erfuhr, hatte er sich darüber klar zu werden versucht, was dies für einen Einfluß auf seine Beziehungen zu Caroline haben könne. Er hatte gehofft, daß der vergebliche Versuch mit dem Tonbandgerät, die Stimmen und Geräusche aufzunehmen, für sie ein Beweis ihrer Selbsttäuschung sein würde. Und als dies keinen Eindruck auf sie machte, hatte er darüber nachzudenken begonnen, ob es ihm auf die Dauer möglich sein würde, bereitwillig auf ihre Phantastereien einzugehen, damit sie, ungeachtet ihrer unterschiedlichen Wirklichkeitsauffassung in dieser einen Sache, die gleiche Caroline für ihn bliebe; oder ob die Wirklichkeit stärker sein und sie auseinanderreißen würde, wenn er sich eines Tages gezwungen sähe, ihr zu sagen: ‹Caroline, das stimmt alles nicht; du irrst dich, du bist verrückt. Es gibt keine Stimmen; es gibt keine Schreibmaschine; das sind alles nur Wahnvorstellungen. Du mußt dich wegen Geistesstörung behandeln lassen.›

Die Worte lagen bereits auf seiner Zunge, als sie ihm, im Morgenrock vor den brutzelnden Schinkenomeletts am Herd stehend, erklärte: «Ich weiß jetzt, was die ganze Sache zu bedeuten hat»; und dann rückte sie mit ihrer sagenhaften

Idee heraus, daß sie beide und ihre Freunde als Charaktere eines Romans Verwendung fänden.

«Woher weißt du, daß es ein Roman ist?»

«‹Die Charaktere dieses Romans sind alle frei erfunden›», zitierte sie als Antwort mit einem beinahe irren Lachen.

«Wirklich», fuhr sie fort, «ich habe begonnen, diese Erscheinung objektiv zu studieren. Das ist doch ein Zeichen dafür, daß ich wieder ganz in Ordnung bin, nicht wahr?»

Er glaubte das nicht. Er ging so weit, vorzuschlagen: «Du arbeitest doch gerade an der Form des Romans – wäre es da nicht möglich, daß dein Unterbewußtsein –»

«Es kommt mir jetzt allerdings gut zustatten, daß ich ein wenig über die Form des Romans Bescheid weiß», erwiderte Caroline.

«Ja», sagte er.

Er diskutierte noch ein wenig mit ihr, fragte sie aus. Ob denn dieser Autor körperlos sei? – Das wisse sie nicht. Wenn das aber der Fall sei, wie könne er dann eine Schreibmaschine benutzen? Wie könne sie ihn überhaupt hören? Wie könne ein Autor einen Sprechchor anstimmen? – Dies wisse sie nicht, jenes wisse sie nicht. Ob der Autor ein Mensch oder ein Geist sei, und wenn –

«Wie soll ich diese Fragen beantworten können? Ich habe eben erst angefangen, sie mir selbst zu stellen. Der Autor existiert offenbar in einer anderen Dimension. Das erschwert natürlich die Ermittlungen.»

Da wurde ihm klar, daß er nur die eine Verrücktheit gegen die andere ausspielte, daß er gegen eine private Offenbarung anzukämpfen hatte. Fast wünschte er, noch gläubig zu sein, damit er um so nachdrücklicher mit irgendeiner katholischen Polemik gegen ihre Eigenbrötelei zu Felde ziehen könnte.

«Vom katholischen Standpunkt aus gesehen, scheinen mir in dieser Überzeugung beträchtliche Gefahren für die Seele zu liegen.»

«Gefahren für die Seele lauern überall. Vom katholischen Standpunkt aus betrachtet, liegt die größte Gefahr in der Versuchung, eine innere Überzeugung zu leugnen, besonders wenn man sich ihrer Sündhaftigkeit bewußt ist.»

«Aber man ist verpflichtet, sie vernunftgemäßen Überlegungen unterzuordnen.»

«Das tue ich ja», erwiderte Caroline. «Ich habe mit der Untersuchung der Sache begonnen.» Die Unterhaltung begann ihr Spaß zu machen.

«Meinst du nicht», fragte er, «daß diese Vorstellung von einer unsichtbaren Person, die sich in dein Leben einschaltet, möglicherweise deinen Glauben erschüttern könnte?»

«Natürlich», antwortete sie. «Deshalb muß ich ihr ja gerade mit Vernunftgründen zuleibe rükken!»

«Nun gut», sagte er erschöpft, «jedenfalls habe ich nie gehört, daß ein Katholik auf diese Weise mit dem Unbekannten in Verkehr treten darf.»

«Der Verkehr geht absolut eingleisig von dem Autor aus», erklärte sie. «Aber ich werde es ihm in Zukunft schwer machen, du wirst schon sehen.»

«Die ganze Angelegenheit ist viel zu gnostisch», sagte er.

Darüber amüsierte sie sich. «Das macht mir Spaß», sagte sie; «ausgerechnet du mußt dich so orthodox ausdrücken.»

«Mir persönlich macht es nicht das geringste aus, daß du dich als Ketzerin betätigst, Liebling, weil du einfach süß bist. Aber früher oder später wirst du mit der Kirche zusammenstoßen. Hast du Vater Jerome von dieser Idee erzählt?»

«Ich habe sie nur als Möglichkeit erwähnt. Sie war mir gerade erst selbst aufgegangen.»

«Hat er keinen Einspruch erhoben?»

«Nein, warum sollte er? Es ist schließlich keine Sünde, einen kleinen Dachschaden zu haben.» Sie fügte hinzu: «Ich weiß, daß ich nicht ganz normal bin.»

«Nein», erwiderte er zärtlich, «du bist völlig normal, Caroline.»

«Deiner Meinung nach», beharrte sie, «bin ich nicht ganz bei Sinnen. Vom menschlichen Standpunkt gesehen wäre es entwürdigend, das abzustreiten.»

Laurence dachte: ‹Wie listig sie diesen Punkt zur Sprache gebracht hat›, und erinnerte sich gleichzeitig, daß mit dem Wahnsinn auch die List kommt.

«Deine Nerven sind ein wenig zerrüttet», sagte er.

«Du kannst ruhig sagen, daß ich unter Wahnvorstellungen leide. Für jeden normalen Menschen ist das eine Tatsache.»

«Caroline, Liebste, quäle dich doch nicht selbst.»

«Die normale Ansicht muß mich aber quälen, weil sie genauso den Tatsachen entspricht wie mein Autor und die Grundsätze des Glaubens. Sie alle sind schmerzhaft für mich, wenn auch auf verschiedene Art.»

«Was kann ich tun?» fragte er, wie schon so oft in den vergangenen Tagen. «Was kann ich tun, um dir zu helfen?»

«Wirst du es über dich bringen können, der Logik meiner Verrücktheit gelegentlich Konzessionen zu machen?» fragte sie ihn. «Denn das wird notwendig sein für unsere Freundschaft. Anderenfalls werden wir wirklich getrennt sein.» Der Gedanke an eine völlige Trennung von Laurence war ihr schrecklich.

«Habe ich nicht immer versucht, mit dir in deiner Welt zu leben?»

«Ja; aber die Welt, in der ich jetzt lebe, ist eine sehr ferne Welt.»

«Nicht gänzlich», erwiderte er, «denn in jeder anderen Beziehung bist du so gut wie normal.»

Er hätte gern gewußt, ob sie sich durch diese Bemerkung verletzt fühlte. Gleichzeitig wunderte er sich, daß er nicht den Mut aufbrachte, sie zu einem Nervenarzt zu schicken.

«Wir müssen diese Sache für uns behalten», sagte sie. «Ich möchte nicht für verrückter gehalten werden, als unbedingt notwendig. Der Baron hat schon mehr als genug ausposaunt.»

Es war ein Abkommen. Doch weniger als zwei Stunden später erkannte er bereits, wie lästig es sein konnte.

Den größten Teil des Tages hatten sie schon vertrödelt, und es war bereits nach vier Uhr, als Laurence wegen der Züge den Bahnhof anrief.

Er legte den Hörer auf und sagte: «Wir sollten lieber mit dem Wagen fahren. Für diese eine Fahrt ist er noch hinreichend in Ordnung, und in Hayward's Heath kann ich ihn rasch repariert bekommen. Dann haben wir ihn wenigstens gleich dort, das ist viel bequemer für uns.»

«Oh, du kannst ebenso gut in Hayward's Heath einen Wagen mieten», entgegnete Caroline rasch. «Ich möchte mit dem Zug fahren. Wir müssen mit dem Zug fahren.»

«Mach keine Geschichten. Zieh dich an, und ich hole inzwischen den Wagen aus der Garage. Nichts ist gräßlicher als die Eisenbahn, wenn man einen Wagen zur Verfügung hat.»

Caroline begann ihren Stenogrammblock zu suchen.

«Mir ist gerade wieder zum Bewußtsein gekommen», entgegnete sie, «daß unser Tag genauso verläuft, wie die Stimmen es vorhergesagt haben. Zuerst haben wir über Eleanor geredet. Dann über uns. In Ordnung. Wir haben den Tag vertrödelt. Hier steht, daß wir mit dem Wagen gefahren sind; also müssen wir den Zug nehmen. Das siehst du doch ein, Laurence, nicht wahr? Wir müssen uns versichern, daß wir uns frei entscheiden können.»

Er sah völlig klar. ‹Warum zum Teufel sollen wir uns von ihren Phantastereien versklaven lassen?› dachte er.

«Ich sehe absolut nicht ein», antwortete er, «warum wir uns deshalb auf die eine oder andere Weise Unannehmlichkeiten bereiten sollen. Laß uns doch so handeln, wie es den Umständen entspricht.»

Aber er merkte, daß Caroline regelrecht darauf versessen war, ihr Phantom in diesem speziellen Fall zu überlisten.

«Na schön», sagte er resignierend. Ihm war, als ob seine Aufrichtigkeit erstickt zu werden drohte. Er wünschte sehnlichst, daß ihre Beziehung so unverändert wie möglich andauern möge, doch schon seit ihrer Konversion hatte sie sich stetig geändert. Laurence empfand nicht, daß sie sich fremder geworden waren; aber er hatte das Gefühl, daß Caroline jetzt, da sie sich auf schwankendem Grund befand, jeden Moment von seiner Seite und aus seiner Welt gerissen werden könne. Er war weder sicher, ob er genügend geistige Beweglichkeit aufbrächte, um mit ihr in Kontakt zu bleiben, noch ob diese Anstrengung sich jenseits eines Punktes, nach welchem Caroline sich bis zur Unkenntlichkeit verändert hätte, überhaupt lohnen würde.

Diese Zweifel würgten ihm fast die Kehle ab, während er zu Caroline sagte: «Also gut, wir fahren mit dem Zug.»

Doch als sie daraufhin wieder fröhlich wurde, dachte er in erster Linie: ‹Sie wird mir, trotz ihrer Krankheit, bei Großmutter sehr behilflich sein. Die Ferientage werden Caroline gut tun. Wir brauchen einander immer noch.› Und weiter dachte er: ‹Ich liebe dieses Mädchen.› Seine freudige Spannung bei dem Gedanken, wie sie gemeinsam dem Geheimnis seiner Großmutter auf den Grund gehen würden, ließ ihm Caroline irgendwie noch liebenswerter erscheinen.

Sie war angezogen und hatte inzwischen für beide die Koffer gepackt, um Laurence für sein Zugeständnis auch ihrerseits entgegenzukommen. Es war halb sechs. Laurence gab gerade telephonisch ein Telegramm an seine Großmutter auf, daß sie gegen acht Uhr mit ihrer Ankunft rechnen könne.

«Wahrscheinlich hat sie schon das Mittagessen für uns bereit gehabt», sagte er, während er den Hörer auflegte.

«Wir sind wirklich schlechte Menschen, Laurence.»

«Aber sie wird sich so freuen, wenn wir kommen, daß sie kein Wort darüber verlieren wird. Bist du fertig?»

Während er noch nach dem Telephongespräch an ihrem Schreibtisch stand, hatte Laurence ein paar alte Blätter vom Kalender abgerissen.

«Damit du wieder auf dem laufenden bist», sagte er.

«Wenn ich am Schreibtisch sitze», erwiderte sie schuldbewußt, «reiße ich die Wochenblätter ganz automatisch ab. Es ist eine Schande, wenn der Kalender hinter der Zeit zurückbleibt. Ich muß mich jetzt wirklich bald an mein Buch machen.»

Sie waren reisefertig. Laurence nahm ihre Koffer. Doch Caroline stand immer noch da und starrte auf den Kalender.

«Welches Datum haben wir heute?» fragte sie. «Ist es nicht der erste November?»

«Ganz recht. Bereits der erste November. Nun mach schon zu.»

«Allerheiligen», fuhr sie fort. «Weißt du, was das bedeutet?»

Wie die meisten Leute, die im katholischen Glauben aufgewachsen sind, erinnerte sich Laurence rasch an solche Dinge. «Ein kirchlicher Pflichtfeiertag», antwortete er.

«Und ich bin nicht zur Messe gewesen!»

«Das ist nun nicht mehr zu ändern. Mach dir deswegen keine Gewissensbisse. Es wird nicht als Todsünde betrachtet, wenn man es wirklich nur vergessen hat.»

«Aber da ich mich nun einmal erinnert habe, bin ich verpflichtet, die Messe zu besuchen, wenn noch eine Möglichkeit dazu besteht. In der Klosterkapelle ist wahrscheinlich noch eine Spätmesse. Wahrscheinlich um halb sieben. Ich muß hingehen. Das siehst du doch ein, Laurence, nicht wahr?»

«Ja, ich verstehe vollkommen.» Und das war ehrlich gemeint; es fiel ihm leicht, die Pflichten des katholischen Glaubens zu verstehen, da er in dieser Umwelt aufgewachsen war. Deshalb konnte er sich auch viel leichter mit Carolines neugefundenem katholischen Glauben abfinden als mit ihrem frischentdeckten Spiritismus. Aber es fiel ihm auch leicht zu sagen: «Wir können Großmutter doch nicht schon wieder versetzen. Wäre das nicht ein triftiger Entschuldigungsgrund dafür, nicht zur Messe zu gehen?»

Ihre Antwort: «Fahr du schon mit dem Wagen voraus, und ich komme mit einem späteren Zug nach», hatte er allerdings vorausgesehen.

Glücklich, seine Entscheidungsfreiheit in bezug auf die Benutzung des Wagens wiedergewonnen zu haben, erwiderte er gelöst: «Es würde mehr Spaß machen, wenn wir nach deiner Messe zusammen fahren. Gegen acht Uhr könnten wir hier fort.»

Sie fühlte sich im großen und ganzen erleichtert. Ihr sehnlicher Wunsch, mit dem Zug zu fahren, hatte sich angesichts des unumgänglichen Messebesuchs und ihres Bedürfnisses, Laurence nicht länger an der Nase herumzuführen, Schritt für Schritt verflüchtigt.

«Du hast doch nichts dagegen?» fügte er hinzu, denn er merkte wohl, daß dieser Punkt jetzt für sie erledigt war, und er wollte nicht den Tyrannen spielen. Daher genoß er die Wohltat, sie mehrere Male zu fragen: «Ist es dir auch wirklich recht, Liebling? Macht es dir bestimmt nichts aus, mit dem Wagen zu fahren?»

«Schließlich ist es keine moralische Niederlage mehr», erwiderte sie. «Der Besuch der Messe ist für mich Pflicht. Aber sich in die Erfordernisse von jemandes Roman fügen zu müssen, wäre unwürdig gewesen.»

Er erwog diese Feststellung vom akademischen Standpunkt aus und bemerkte: «Dieses Sichfügen ist rein zufällig, woraus sich ergibt, daß die Würde hinter der Pflicht zurückstehen muß.»

‹Es ist toll›, dachte sie, ‹selbst das versteht er. Warum ist er eigentlich nicht Katholik geblieben?› Über dem Rand ihres Glases lächelte sie ihm zu; denn da sie sich jetzt nicht mehr zu beeilen brauchten, hatte Laurence inzwischen die Flasche aus seinem Koffer gefischt, die Caroline sorgfältig in ihre angestammte Ecke gepackt hatte.

Der mächtige Raum der Klosterkapelle in Brompton wirkte bedrückend auf sie, wenn sich die Leute darin drängten. Wie gewöhnlich kam ihr beim Eintreten eine Zeile aus dem Buch Hiob ins Gedächtnis: ‹Siehe da den Behemoth, den ich neben dir gemacht habe.›

Ehe die Messe zum Allerheiligenfest ihren Anfang nahm, spielten sich unzählige Andachts- und Weihehandlungen vor den plumpen steinernen Statuen ab. Der Anblick der Votivkerzen, die in großen Mengen um jeden Altar flimmerten, war schon der Mühe wert; Caroline stellte ihre Kerze zu der nächsten Gruppe. Ihr kam in den Sinn, daß diese Kapelle zu den Orten gehörte, die einem nach längerer Abwesenheit besonders teuer werden können. Sie wurde nicht sofort mit dieser überwältigenden Umgebung fertig, da sie im Widerstreit zu der Sorgfalt stand, mit der Caroline sonst die Dinge, Stück für Stück, zu verarbeiten und in sich aufzunehmen pflegte.

Die vergangenen vierzehn Tage hatte sie fast ausschließlich in der Gesellschaft von Laurence verbracht; allein zwischen diesen vielen Gesichtern, inmitten eines erschreckenden Kollektivs, kam ihr heftiger denn je die ihr vom Schicksal auferlegte Isolation zum Bewußtsein. Dabei spürte sie mit jeder Faser, daß sie ununterbrochen unter der Beobachtung eines unbekannten Eindringlings stand. Sehr bald begannen ihre Gedanken zu wandern, verweilten bei der neuen, merkwürdigen Form, die ihr Leben angenommen hatte, und obgleich ihre Augen und Ohren der Messe ununterbrochen gefolgt waren, kam sie erst bei den einleitenden Worten des Offertoriums wieder recht zur Besinnung: *Justorum animae* ... da jetzt der Höhepunkt der Messe nahte, ließ ihre geistige Anpassungsfähigkeit sie vorübergehend das Brüten über ihrer Heimsuchung einstellen.

«Nach der Messe bist du regelmäßig schlecht gelaunt», bemerkte Laurence, während sie durch die Neubausiedlungen am Stadtrand fuhren.

«Ich weiß», sagte sie. «Aber für mich ist das ein Beweis meines Glaubens. Es ist ein Beweis für die Wahrhaftigkeit der Messe, verstehst du das nicht? Das Fleisch verzweifelt.»

«Reiner Subjektivismus», entgegnete er. «Ich glaube, du bist beinahe ein Quietist. Und ein wenig Manichäer. Ein Katharer.» Er war in der

Entdeckung der verschiedenen Arten von Häresie geschult.

«Sonst noch was?»

«Schriftgelehrter und Pharisäer», antwortete er, «je nach Laune.»

«Wenn ich die Dekoration der Brompton-Kapelle sehe, wird mir übel», brachte sie als weitere Entschuldigung an; denn als er sie nach der Messe abgeholt hatte, war sie äußerst übellaunig gewesen.

«Man spricht nicht von der ‹Dekoration› einer Kirche», bemerkte er – «wenigstens glaube ich das nicht.»

«Wie nennt man es dann?»

«Ich weiß nicht genau, wie die richtige Bezeichnung lautet. Jedenfalls habe ich nie gehört, daß man ‹Dekoration› dazu sagt.»

«Wie nützlich, daß du eine katholische Erziehung genossen hast», bemerkte Caroline. «Konvertiten können sich stets auf Leute deines Schlages verlassen, wenn sie sich über Nebensächlichkeiten informieren wollen.»

Schließlich ließen sie die bebaute Gegend hinter sich und bekamen freie Fahrt. Caroline langte sich den Dufflecoat vom Rücksitz und zog ihn sich über Kopf und Schultern, so daß sie darin wie in einem Zelt vor Laurence verborgen saß; er vermutete, daß sie ihre unberechenbare Gereiztheit zu unterdrücken versuchte. In der Tat fiel ihr mehr und mehr das Gefühl auf die Nerven, daß die Augen eines Beobachters unerlaubterweise auf ihnen ruhten. Ihre Entschlossenheit, sich angesichts dieser Situation ungezwungen zu benehmen, machte sie nur noch befangener.

Laurence dachte an seine Großmutter; unwillkürlich trat er bei seinen Überlegungen stärker aufs Gaspedal.

Zwei Tage waren vergangen, seit Helena den freudlosen Besuch von Mrs. Hogg empfangen hatte. Merkwürdigerweise hatte Caroline damals ungläubig auf seinen Bericht reagiert, und als er jetzt wieder dieses Thema anschnitt, sagte sie: «Nein. Helena muß sie mißverstanden haben. Ich kann mir Mrs. Hogg nicht als Erpresserin vorstellen.»

« Aber du hast doch selbst erlebt, wie sie ist.»

«Ich glaube kaum, daß eine solche Heimtücke ihrer Veranlagung entspricht. Daß sie deinen Brief öffnet – das kann ich mir vorstellen. Sie scheint mir zu dem Typ zu gehören, der instinktmäßig, spontan handelt: unter dem Mantel der guten Tat wäre sie zu jeder Schlechtigkeit fähig. Aber eine vorsätzliche Bosheit würde sie nie begehen. Sie ist zu abergläubisch. Mrs. Hogg ist einfach ein Auswuchs des Katholizismus, eine Geschmacklosigkeit wie die Amulette und die blutenden Herzen. Ich kann sie mir nicht als kaltblütige Erpresserin denken. Helena muß sich diese angedeuteten Drohungen eingebildet haben.» Und so redete Caroline unentwegt weiter; von einem inneren Drang zum Sprechen getrieben, wiederholte sie alle möglichen Verteidigungsgründe, um nur kein absolutes Schweigen aufkommen zu lassen. Denn in einem solchen Schweigen bewahrte Caroline auch ihre ärgste Wahnvorstellung – eine Furcht bar jeden Beweises, einen Verdacht, dem sie von vornherein mißtraute. Wie ein Klumpen in ihrem Halse, der nicht vor- und nicht zurückgehen wollte, steckte tief in ihr der Argwohn, daß Mrs. Hogg auf irgendeine Weise mit ihrem unsichtbaren Verfolger verbündet sein könne. Sie wagte nicht, über diese Vermutung zu sprechen, noch sie in Gedanken in Worte zu kleiden.

Laurence konnte ihr Gesicht, das hinter dem Dufflecoat verborgen war, nicht sehen. Er ärgerte sich darüber, daß Caroline so offen für Mrs. Hogg eintrat, wenn auch nur in diesem einen Punkte.

«Wir kennen sie seit über zwanzig Jahren, Liebling. Wir kennen sie besser als du. Sie ist infam.»

Caroline antwortete in heftigem Ton. Und da er großen Wert darauf legte, wieder auf gutem Fuß mit ihr zu stehen, sagte er friedfertig: «Nun ja, wahrscheinlich meint Georgina es nur gut. Aber so oder so hat sie viel Schaden angerichtet, und diesmal ist sie übers Ziel hinausgeschossen. Wir können nicht zulassen, daß Großmutter ausgerechnet jetzt, wo sie sich am wohlsten fühlt, in Unannehmlichkeiten verwickelt wird, ganz gleich, was die alte Dame im Schilde führen mag. Wir können's einfach nicht, oder?» So versuchte Laurence ihre Starrköpfigkeit zu besänftigen und ihr Mitgefühl zu wecken.

Caroline ließ sich besänftigen. Aber sie überraschte ihn, als sie mit Nachdruck erklärte: «Ich kann mir nicht denken, daß Mrs. Hogg deiner Großmutter Unannehmlichkeiten bereiten will. Ich glaube auch nicht, daß deine Großmutter wirklich in irgendwelche verdächtigen Dinge verwickelt ist. Ich meine vielmehr, daß du dir das alles einbildest, weil du ein paar merkwürdige Dinge beobachtet hast, die zufällig während deiner Anwesenheit zusammentrafen.»

Es war seltsam. Normalerweise hätte Caroline auf sein Zugeständnis, sein: ‹Nun ja, wahrscheinlich meint Georgina es nur gut›, viel versöhnlicher reagieren müssen.

Er versuchte es deshalb noch einmal. «Da ist noch ein Punkt, den wir berücksichtigen müssen. Ich meine die Spur, die mir Eleanors Zigarettenetui in die Hand gab. Das Wappen ist meiner Überzeugung nach das gleiche wie Georginas. Ganz bestimmt besteht zwischen Georgina und diesem Ehepaar Hogarth eine Verbindung.»

Sie antwortete nicht.

«Ist doch merkwürdig, nicht wahr, daß ich so zufällig dieses Wappen entdecken mußte.»

«Zufällig?» Caroline wiederholte das Wort mit besonderer Betonung.

Laurence mißverstand sie. «Ich meine», sagte er entgegenkommend, «daß Gott es mich tun ließ, Gott segne ihn dafür. Jaja, die Welt ist klein. Wir brauchen bloß Eleanor zu treffen, und schon –»

«Laurence», unterbrach Caroline ihn, «ich glaube nicht, daß ich dir in Ladylees eine große

Hilfe sein werde. Ich habe lange genug Ferien gemacht. Zwei Tage will ich gern bleiben, aber dann muß ich wirklich zurück nach London und an die Arbeit gehen. Es tut mir leid, daß ich meine Meinung geändert habe, aber –»

«Ach, geh zum Teufel», erwiderte Laurence. «Tu mir wenigstens diesen Gefallen.»

Gleich darauf hielten sie an einer Gaststätte. Als sie wieder weiterfuhren, begann Caroline geduldig ihre Ansicht darzulegen. Sie hatten eine halbe Stunde durch den Aufenthalt verloren, und Laurence fuhr rasch nach Sussex hinein.

«Wie ich die Dinge sehe, scheint es völlig klar zu sein, daß dir diese Ideen von einem Schriftsteller in den Kopf gesetzt werden, der sich eine unwahrscheinliche Handlung ausdenkt. Ich kann deutlich erkennen, daß dein Verstand unter dem Zwang der Erfordernisse eines fremden Willens arbeitet; und unter dem hypnotischen Einfluß eines verantwortungslosen Autors gibst du dich dazu her, einen Amateurschnüffler in einem billigen Kriminalstück zu spielen.»

«Woher weißt du, daß die Handlung unwahrscheinlich ist?» fragte Laurence, was unter diesen Voraussetzungen wirklich lieb von ihm war.

«Schließlich habe ich mich drei Jahre lang mit der Form des Romans befaßt; da bleibt schon einiges von der Technik hängen. In diesem Falle scheint mir der Versuch gemacht zu werden, unser Leben in eine raffiniert vorbereitete Handlung einzubauen. Hältst du es für wahrscheinlich, daß deine Großmutter eine Verbrecherin ist?»

Direkt vor ihnen glitt ein glänzender schwarzer, offener Sportwagen mit zwei Mädchen über die nasse Straße. Automatisch gab Laurence Gas, hörte jedoch gleichzeitig aufmerksam Caroline zu, denn es war schwierig, ihren so phantastischen Gedankengängen zu folgen.

«Ein Sunbeam Alpine», bemerkte er.

«Hörst du zu, was ich sage, Liebling?»

«Ja, gewiß», erwiderte er.

«Sich deine Großmutter als Verbrecherin vorstellen, hieße die Dinge zu weit treiben. Sie ist eine unglaubwürdige Person, siehst du das nicht ein?»

«Sie ist die glaubwürdigste Person, die ich kenne. Sie würde es mit jedermann aufnehmen. Das ist ja die Schwierigkeit.»

«Ich meine, als Romanfigur, verstehst du? Da ist sie unwahrscheinlich. Und Mrs. Hogg genauso. Kannst du dir die fromme alte Kuh als Erpresserin vorstellen?»

«Jedenfalls kann ich mir vorstellen, daß sie *dir* eine Menge angetan hat. Sie muß dir ganz schön auf die Nerven gefallen sein. Sie übt einen bösen Einfluß aus. Seit du ihr begegnet bist, hast du dich völlig verändert.»

Über dem Trommeln und Klopfen der Maschine und des Regens hörte er sie sagen: «Du weißt nicht, wovon du sprichst!»

«Nein», erwiderte er.

«Glaubst du wirklich, Laurence, daß diese Übereinstimmung der Wappen auf Eleanors Zigarettenetui und auf Mrs. Hoggs Haarbürsten plausibel ist?»

«Nun», entgegnete er, «ich habe diese Übereinstimmung nicht erfunden. Sie war einfach da.»

«Eben», meinte sie.

Sie blieben hinter dem Sunbeam Alpine zurück. Laurence beschleunigte den Wagen, so daß der Lärm des Motors die Unterhaltung unmöglich machte. Doch als er den Vorsprung wieder aufgeholt hatte und sie gleichmäßig mit achtzig Kilometern pro Stunde über den glänzenden nassen Asphalt sausten, fragte sie ihn: «Legst du überhaupt Wert darauf, meinen Standpunkt zu verstehen, Laurence?»

«Aber ja, Liebling, wirklich. Versuch doch mal, unvoreingenommen zu denken.»

«Entscheidend ist dabei, wie du dich verhältst», fuhr sie fort. «Wenn du nicht so nach einer Verbindung zwischen den Hogarths und der armen Mrs. Hogg ausgeschaut hättest, wäre dir das Wappen gar nicht aufgefallen. Und du hättest nicht danach gesucht, wenn du nicht in dieser Richtung beeinflußt worden wärest. Als ich damals die Nacht bei dem Baron verbrachte, wäre ich beinahe selbst auf diesen Trick hereingefallen. Er machte zufällig eine Bemerkung, die den Verdacht aufkommen lassen wollte, daß er während des vergangenen Jahres heimlich mit deiner Großmutter zusammengetroffen war, und zwar recht oft. Aber ich für meine Person weise diesen Verdacht von mir – ich weigere mich, meine Gedanken und Handlungen von irgendeinem unbekannten, möglicherweise auf Unheil sinnenden Wesen kontrollieren oder steuern zu lassen. Ich beabsichtige, ihm mit Vernunft zu begegnen. Zufällig bin ich eine Christin. Zufällig –»

«Du glaubst, der Baron hat sich mit Großmutter getroffen?» drang Laurence in sie. «Wie kommst du darauf? Bitte, Liebling, erzähl es mir, das kann sehr wichtig sein.»

Der Sunbeam Alpine war immer noch vor ihnen. Das Mädchen am Steuer sagte etwas zu ihrer Gefährtin, die sich daraufhin umsah. Offensichtlich erwarteten sie ein Wettrennen. Laurence gab mehr Gas.

«Nein», antwortete Caroline. «Das ist es ja eben. Ich möchte keinesfalls in diese erfundene Handlung verwickelt werden, wenn ich es irgendwie vermeiden kann. Am liebsten möchte ich sie sogar vereiteln. Wenn es nach mir ginge, würde ich die Handlung des Romans aufhalten. Das ist meine Pflicht.»

«Erzähl mir doch, was der Baron über meine Großmutter gesagt hat», bat Laurence. «Das wäre wirklich am vernünftigsten, Liebling.»

«Nein, damit würde ich hineingezogen. Ich möchte aus der Sache herausbleiben und beobachten, ob der Roman außer seinem künstlichen Gerippe auch eine tatsächliche Form aufweist. Zufällig bin ich eine Christin.»

Sie führte noch eine Menge Gründe gegen den Handlungsablauf an. Laurence dachte in seinem Schmerz: ‹Anscheinend ist sie wirklich verrückt. Man kann's nicht länger leugnen, Caroline ist wahnsinnig.› Und er dachte an die vielen Monate und vielleicht Jahre, in denen er den Anblick

Carolines, seiner geliebten Caroline, als geistiges Chaos würde ertragen müssen, vielleicht als Insassin einer Irrenanstalt, monatelang, jahrelang.

Sie sagte noch viel über die unechte Handlung. Einmal unterbrach sie sich, um ihn zu warnen: «Laurence, versuch nicht, diese Mädchen zu jagen. Ihr Wagen hat einen Kompressor.»

Doch er nahm keine Notiz davon, und sie fuhr fort, ihn ihrer Entschlossenheit zu versichern, sich nicht in irgendeines Menschen Geschichte hineinziehen zu lassen.

Es war völlig in Ordnung, daß Caroline ihre Einwände und Wünsche in bezug auf ein wirklichkeitsnahes Handlungsgerippe darlegte; schön und gut, daß sie entschlossen war, die Handlung aufzuhalten; ein leichtes für sie, Kritik zu üben. Laurence gab Gas. Die Nadel pendelte um hundertundfünfzehn, als der Wagen ins Schleudern geriet und sich überschlug. Der Sunbeam Alpine bremste ab und wendete. Trotz des brennenden Schmerzes in seiner Brust war Laurence noch bei Bewußtsein, als die Mädchen aus ihrem glänzenden Sportwagen sprangen; unter den Trümmern seines M.G. eingeklemmt, sah er, wie sie auf ihn zuliefen.

Er sah auch Caroline, ihr blutverschmiertes Gesicht neben sich, ein Bein unnatürlich unter ihren Körper zurückgebogen – ein unerträglich schmerzlicher Anblick, nachdem er sie nur einmal schwach aufstöhnen gehört, nur einmal krampfhaft zusammenzucken gesehen hatte.

ZWEITER TEIL

SECHSTES KAPITEL

An drei Tagen in der Woche kam eine Putzfrau zu Louisa Jepp ins Haus. Es traf sich, daß Mrs. Hogg gerade an einem dieser Tage vorsprach.

Mrs. Jepp empfing sie an der Türschwelle und sagte: «Ich kann Sie nicht hereinbitten, Mrs. Hogg. Meine Putzfrau bearbeitet gerade die Zimmerböden. Führt etwas Besonderes Sie zu mir?»

«Vielleicht könnte ich am Nachmittag wiederkommen?» meinte Mrs. Hogg, während sie über Louisas Schulter hinweg quer durch die Wohnung bis in den grünen Garten hinter dem Haus blickte.

«Nein. Heute nachmittag gehe ich meinen Enkel im Krankenhaus besuchen. Der junge Herr Laurence hatte einen Unfall. Haben Sie etwas Besonderes auf dem Herzen, Mrs. Hogg?»

«Ich möchte mich gern nach Laurence erkundigen.»

«Das ist sehr freundlich von Ihnen. Der junge Herr Laurence befindet sich auf dem Wege der Besserung, und auch Miss Caroline geht es besser, wenn sie auch schlimmer dran ist. Ich werde ausrichten, daß Sie sich erkundigt haben.» Nicht um alles in der Welt hätte Louisa zu erkennen gegeben, daß sie vielleicht noch mehr von Mrs. Hogg zu hören erwartete.

«Ich habe eine Nachricht für Laurence. Deshalb bin ich persönlich gekommen.»

«Den ganzen weiten Weg von Nordengland her», stellte Louisa fest.

«Von London», erwiderte Mrs. Hogg. «Und zwar nur für heute.»

«Kommen Sie ums Haus herum; wir können uns in den Garten setzen.»

Es war ein milder, sonniger Novembertag. Louisa führte ihre Besucherin zwischen ihren Tauben hindurch über den kleinen Rasenflecken zu der Bank vor dem Loganbeerstrauch.

Mrs. Hogg setzte sich neben sie, wühlte in ihrer Reisetasche und angelte ein altes gelbes Fuchscape heraus, das sie sich demonstrativ um die Schultern legte.

«In dieser Jahreszeit ...», sagte sie.

Louisa dachte: ‹Meine Putzfrau hat mehr Lebensart; und dabei stammt dieses Weibsbild hier aus guter Familie.› Zu Mrs. Hogg sagte sie: «Ist es eine wichtige Nachricht, die Sie für den jungen Herrn Laurence haben?» Und da sie nicht sofort Antwort erhielt, fügte sie nach kurzem Überlegen hinzu: «Falls Sie ihm etwas aufschreiben wollen – er darf sich zwar noch nicht im Bett aufrichten, kann aber schon gut lesen.»

«Oh, nein», entgegnete Mrs. Hogg.

Louisa dachte: ‹Das hab' ich mir gedacht.›

«Nein, ich möchte ihn nicht mit einem Brief belästigen, den armen Laurence – Briefe können Unheil anrichten», fuhr Mrs. Hogg fort. Sie schien froh zu sein, daß sie sich nach dem bergan führenden Weg von der Bahnstation ausruhen konnte. Offensichtlich sammelte sie ihre Kräfte, während Louisa still neben ihr saß und absichtlich nicht antwortete.

«Ich habe erfahren», sagte Mrs. Hogg, «daß Sie mich eine Giftspritze nennen.»

«Man lernt eben nie aus», erwiderte Louisa, während sie rasch überlegte und die schwarzen Augen einmal kurz hin und her schossen. Mrs. Hogg sah nur die schmalen gefalteten Hände im Schoß auf dem braunen Rock.

«Halten Sie es nicht für an der Zeit», fragte Mrs. Hogg, «daß Sie alle Ihre Sünden bedenken und sich auf den Tod vorbereiten?»

«Dasselbe haben Sie auch zu meinem Mann gesagt», erwiderte Louisa. «Durch Ihre Einmischung wurde ihm das Sterben zur Qual.»

«Ich habe Mr. Jepp Tag und Nacht gepflegt –»

«Nein», stellte Louisa richtig, «nur nachts. Und auch nur so lange, bis ich hinter Ihr Gerede kam.»

«Sie hätten einen Priester zu ihm rufen sollen, wie ich es gesagt hatte.»

«Mrs. Hogg, wie lautet Ihre Nachricht für den jungen Herrn Laurence?»

«Nur, daß er sich keine Sorgen zu machen braucht. Gegen *ihn* werde ich keine gesetzlichen Schritte einleiten. Er wird verstehen, was ich damit meine. – Und, Mrs. Jepp», fuhr sie fort, «Sie müssen sich hier sehr einsam fühlen, so ganz allein.»

«Ich fühle mich nicht im geringsten einsam. Und ich werde keine so närrische Nachricht an den jungen Herrn Laurence weiterleiten. Wenn

Sie irgendeinen Grund zur Klage über ihn haben, würde ich vorschlagen, daß Sie an Sir Edwin schreiben. Mein Enkel darf gegenwärtig auf keinen Fall beunruhigt werden.»

«Es handelt sich um üble Nachrede. In meiner augenblicklichen Lage kann ich es mir nicht leisten, daß die Welt schlecht über mich denkt.»

«Sie haben sich in den Besitz des Briefes des jungen Herrn Laurence an Miss Caroline gesetzt», sagte Louisa in einem Tonfall, den sie manchmal anwendete, wenn sie beim Rommé mit Raten Erfolg gehabt hatte.

«Sie müssen wirklich an Ihr Alter denken», meinte Mrs. Hogg. «Es ist nicht gut, wenn Sie weiter so tun, als seien Sie noch in Ihren besten Jahren.»

«Jedenfalls möchte ich Sie nicht im Hause haben», sagte Louisa.

«Sie brauchen eine Gefährtin.»

«Ich fühle mich noch ganz rüstig. Und ich vertraue darauf, daß ich nie so schwach sein werde, Sie als Gefährtin zu wählen.»

«Warum verstecken Sie Diamanten im Brot?»

Louisa zuckte nur unmerklich zusammen und zögerte überhaupt nicht mit der Antwort, während ihr gleichzeitig durch den Kopf schoß: ‹Wie typisch für Laurence, daß er das Versteck gefunden hat!›

«Ich will's nicht abstreiten, aber das ist nun mal meine Gewohnheit», sagte sie.

«Sie sind voller Sünde.»

«Verbrechen», berichtigte Louisa. «Ich würde keinen so starken Ausdruck wählen ...»

Mrs. Hogg erhob sich, ihre wimpernlosen Augen fest auf Louisas braune Hände auf ihrem braunen Rock gerichtet. ‹Ob die Frau wirklich senil ist?› dachte sie.

«Bleiben Sie noch. Setzen Sie sich wieder», sagte Louisa. «Ich möchte Ihnen alles über dieses Verbrechen erzählen.» Sie blickte auf und sah Mrs. Hogg offen aus ihren schwarzen, alten Augen an. Der bittende Ausdruck wirkte völlig überzeugend.

Auf diese Weise ermutigt, erklärte Mrs. Hogg: «Sie müssen sich einem Priester anvertrauen.» Nichtsdestoweniger setzte sie sich wieder, um Louisas Beichte anzuhören.

«Ich schmuggle», sagte Louisa. «Wegen meines schlechten Gedächtnisses will ich auf das Wie und Warum nicht näher eingehen, aber ich habe dazu eine eigene Bande gebildet. Was halten Sie davon, meine liebe Georgina?» Louisa sah Mrs. Hogg aus den Augenwinkeln an und spitzte die Lippen, als küsse sie die Brise. Mrs. Hogg starrte sie an. War sie vielleicht betrunken? Aber schließlich, mit achtundsiebzig Jahren –

«Eine *Bande?*» brachte Mrs. Hogg endlich heraus.

«Eine Bande. Wir sind vier. Ich bin die Anführerin. Die übrigen drei sind Herren. Sie schmuggeln die Diamanten aus dem Ausland herein.»

«In Broten?»

«Auf die Einzelheiten möchte ich nicht näher eingehen. Aber dann stoße ich die Steine über meine Verbindung in London ab.»

Mrs. Hogg erwiderte: «Ihre Tochter weiß davon nichts. *Falls* es überhaupt wahr ist.»

«Natürlich haben Sie Lady Manders aufgesucht, nicht wahr? Sie haben ihr erzählt, was in dem Brief steht, den Sie gestohlen haben?»

«Lady Manders macht sich große Sorgen um Sie.»

«Ah, ja. Das bringe ich schon in Ordnung. Doch nun möchte ich Ihnen auch die Namen der Leute nennen, die an meinem Schmuggelgeschäft beteiligt sind. Ich bin überzeugt, daß Sie meine Tochter nicht weiter beunruhigen werden, wenn Sie alles wissen.»

«Sie können mir vertrauen», erklärte Mrs. Hogg.

«Davon bin ich überzeugt. Da wäre zunächst ein Mr. Webster, er ist der Bäcker hier im Ort. Ein wirklich feiner Mensch, er fährt aber nicht selbst ins Ausland. Welche Rolle er in meinem Schmuggelgeschäft spielt, verrate ich lieber nicht. Dann wären da noch ein Vater mit seinem Sohn – eine zu traurige Geschichte, der Junge ist ein Krüppel, aber die Reisen ins Ausland tun ihm so gut, dem Vater übrigens auch. Hogarth heißen sie. Mervyn ist der Vater und Andrew der Sohn. Das ist meine Bande.»

Doch Mrs. Hogg schien dieses Geständnis sehr schlecht bekommen zu sein. Sie sah blaß aus. Das gräßliche, pluderige Pelzcape rutschte ihr von einer Schulter. «Mervyn und Andrew!» stieß sie heftig hervor.

«Ganz recht. Hogarth nennen sie sich mit Familiennamen.»

«Sie sind durch und durch verdorben!» zischte Mrs. Hogg Louisa an.

«Den Brief werden Sie nicht mehr benötigen», sagte Louisa, «aber Sie dürfen ihn gern behalten, das spielt keine Rolle.»

Mrs. Hogg stand auf. Sie zog das Fuchscape fest über ihren gewaltigen Brüsten zusammen, und ohne die Oberlippe zu bewegen – Louisa war fasziniert von diesem Anblick – sagte sie: «Sie sind eine böse Frau. Eine verruchte alte Verbrecherin, ein gottloses altes Weib.» Und mit diesen Worten zog sie davon.

Louisa kletterte auf ihren Dachboden, von wo aus sie die in einer Geländefalte liegende Bahnstation erkennen konnte; durch das alte Fernrohr ihres Vaters sah sie schließlich Mrs. Hogg, verschwommen und einer gelben Wespe nicht unähnlich, auf dem Bahnsteig erscheinen.

Als Louisa wieder unten war, sagte sie zu ihrer Putzfrau: «Sie haben doch die Besucherin gesehen, die eben gegangen ist.»

«Ja, Mrs. Jepp?»

«Sie wollte hierbleiben und sich um mich kümmern, weil ich so alt werde.»

«Oh!»

Louisa zog eine Schublade in ihrem Küchenschrank auf, nahm ein zusammengefaltetes weißes Tischtuch heraus und breitete es sorgfältig über das dem Fenster zugewandte Ende des Tisches aus. Dann holte sie Luftpostpapier und Füllfederhalter und schrieb eine Botschaft von sechs Zeilen. Als sie fertig war, faltete sie den Brief und legte ihn auf die Küchenanrichte, während sie das Tischtuch in der Schublade versorgte. Sie brachte den Füllfederhalter fort, dann das Schreibpapier, nahm den Brief und ging damit in den Garten hinaus. Dort setzte sie sich in der milden Novemberluft auf die Bank und stieß wiederholt leise, gurrende Laute aus. Bald schoß eine Taube aus ihrem hochgelegenen Schlag, flatterte zu Louisa herab und landete neben ihr auf der Bank. Sie rollte das dünne Papier zu einem winzigen Stäbchen, befestigte es an dem Fußring des silbrigen Vogels, streichelte mit ihren braunen Fingern seinen Schnabel und ließ ihn fliegen. Er erhob sich hoch in die Luft und schlug die Richtung nach Ladle Sands ein.

Ein Mensch, der in einem halben Jahrhundert peinlichster Befolgung seiner religiösen Pflichten gereift ist, der langsam und voll selbstloser Hingabe an sein Ziel vorangeschritten ist, vertrauensvoll die Stufen der Wendeltreppe seines Glaubens erklimmend, und der, um sich der Gewißheit göttlicher Gnade doppelt zu versichern, seine frommen Betrachtungen zweimal täglich mit Atemübungen ergänzt, kann völlig rat- und fassungslos einer tiefergehenden Störung seines Lebens gegenüberstehen, die sich nicht in eine der bekannten Kategorien einordnen läßt. Ein solches Ereignis, falls es einmal eintritt, ruft bei den Außenstehenden Bestürzung hervor. Auf jeden, der die Weisheit und Selbstkontrolle eines kontemplativen Menschen zu respektieren gewohnt ist, wirkt die Offenkundigkeit seines Versagens, mit einer normalen Notlage fertig zu werden, schmerzlich. Nur die Extremisten beider Lager frohlocken – der Teufel über seinen groben Triumph, und die überaus frommen Seelen, weil sie in einem solchen Verhalten den Beweis der Erkenntnis sehen, daß es in der Natur des Menschen liegt, trotz regelmäßiger Gebete und Atemübungen versagen zu können.

Aber glücklicherweise ergibt sich diese Situation nur selten. Die meisten Leute spüren instinktiv, wie weit die Grenzen der Unverletzbarkeit eines Menschen gesteckt sind; und jedermann, der wegen seiner Gebete, Atemübungen und ein oder zwei annehmbar guten Taten in den Ruf der Frömmigkeit gekommen ist, hat seinen Mitmenschen schon so viel voraus, daß nur wenige ein außergewöhnliches Problem an ihn herantragen werden.

Das war der Grund, warum kaum jemand Sir Edwin Manders um einen Gefallen bat oder ihm verhängnisvolle Dinge zu Gehör brachte.

Mit dem Schock über den Autounfall, das ließ sich nicht leugnen, war er fertig geworden; Laurence und Caroline befanden sich in guten Händen. Standhaft und gefaßt nahm er die verängstigte Helena sozusagen unter seine Fittiche. Vielleicht hätte er Helena auch in ihrer anderen Sorge –

dem Verdacht, daß ihre Mutter sich kriminell betätigte – stützen und trösten können. Vielleicht hätte er diesen Einbruch in seinen geregelten Lebenswandel, diesen Anschlag auf sein Standesbewußtsein, in einen persönlichen und religiösen Gewinn umgemünzt; aber ebenso hätte auch das Gegenteil eintreten können. Helena scheute instinktiv davor zurück, ihn mit diesem Problem auf die Probe zu stellen. Sie wußte nicht genau, worin Louisa eigentlich verwickelt war, aber sie spürte, daß diese Sache sich nicht mit dem Scheckbuch regeln lassen würde. Helena hätte es nicht über sich gebracht, ihren Mann hilflos zu sehen. Er ging jeden Morgen zur Messe, einmal in der Woche zur Beichte, empfing Kardinäle als Gäste in seinem Haus. Manchmal saß er, in religiöse Betrachtungen versunken, eine volle Stunde lang in so tiefem Schweigen da, daß man eine Fliege hätte atmen hören können. Und jedesmal, wenn Helena sich vorzustellen versuchte, wie dieser selbe Edwin sich mit dem Wissen herumschlagen müsse, daß seine Schwiegermutter eine Bandenchefin sei und Diamanten im Brot verstecke – gestohlene Diamanten womöglich – dachte sie: ‹Nein, auf keinen Fall!› Sie trug ihre Sorgen zu Edwins Bruder Ernest, der sich durch das Leben treiben ließ, wohin immer der günstigste Wind ihn blies, und für den sie immer so inständig gebetet hatte.

«Ich darf Edwin damit nicht beunruhigen. Er hat sich eine gewisse Unschuld bewahrt. Das verstehst du doch, Ernest, nicht wahr?»

«Ja, selbstverständlich, liebe Helena; aber du weißt doch, ich bin der letzte, der es mit Louisas großen Gangstern aufnehmen kann. Wenn ich sie zum Lunch in meinen Klub einladen könnte–»

«Mit den Spießgesellen meiner Mutter könntest du das bedenkenlos machen», sagte Helena.

Eine Woche später fuhr Helena zu Carolines Wohnung in Queen's Gate, um ihre Sachen zusammenzupacken. Bis zur Ausheilung ihres komplizierten Knochenbruchs würde Caroline noch mindestens einen Monat im Krankenhaus bleiben müssen. Der Hausverwalter, ein dünner, gefährlich aussehender Mann, ließ sie ein; auf ihre taktvollen Fragen stellte sich jedoch heraus, daß er nicht gefährlich, sondern lediglich ein ehemaliger Leichtgewichtboxer war. Netter Mensch, dachte sie und sagte sich, daß sie eine glückliche Hand im Umgang mit Menschen habe: Laurence und Caroline hatten ihr erzählt, daß er gräßlich sei.

Helena wartete auf Ernest, mit dem sie sich hier verabredet hatte. Sie setzte sich für einen Augenblick auf Carolines Couch; doch da es so wohltuend war, entschloß sie sich, die Füße hochzulegen und sich bis zu seiner Ankunft auszuruhen. Das Zimmer war aufgeräumt worden, ließ aber noch deutlich erkennen, daß Laurence und Caroline eine Art Heim daraus gemacht hatten. Diese Erkenntnis schockierte Helena jedoch nicht sehr; ihre anfänglich etwas unangenehme Überraschung war bald überwunden. Schon vor Jahren hatte sie sich mit dem Verhältnis zwischen

Laurence und Caroline abgefunden und eine Art romantische Traurigkeit empfunden, als die beiden schließlich auseinandergingen, wenn auch ihr frommes Pflichtgefühl gleichzeitig darüber frohlockte – sie hatte gewünscht, die zwei möchten ihr unverständliches Zögern überwinden und heiraten. Aber dennoch war es ein wenig bestürzend, den Beweis dessen vor Augen zu haben, was sie bereits wußte: daß Laurence und Caroline dieselbe Wohnung miteinander geteilt hatten, unschuldig zwar, doch ohne den äußerlichen Nachweis dieser Unschuld. Der Hausverwalter hatte sie gefragt: «Wie geht es Mr. und Mrs. Manders? Wie schrecklich, so jung verheiratet.» Helena hatte sich beherrscht und nichts verraten. Aber diese Bemerkung – und dieses Zimmer, in dem noch eine Krawatte von Laurence über einer Stuhllehne hing – hatten jene kurze, rasch überwundene Beklemmung hervorgerufen.

«Ich hab' mich ein wenig ausgeruht. Dieses Hin- und Herfahren aufs Land hat mich doch arg mitgenommen», erklärte sie Ernest, als er von dem netten kleinen Mann ins Zimmer geführt wurde.

Während der ersten paar Tage nach dem Autounfall, bis Caroline aus ihrem langen, zermürbenden Schlaf erwachte, hatte Helena abwechselnd in einem Hotel am Orte und in Ladylees bei ihrer Mutter gewohnt. Sie hatte die Augen offengehalten, aber nichts gesagt, was die alte Dame hätte beunruhigen können. Einmal, als sie nachts wachlag, hatte sie sich in Gedanken mit dem Wunsch auseinandergesetzt, offen mit Louisa zu reden – Mutter, ich bin halb wahnsinnig vor Sorge wegen dieses Unfalls, ich halte es nicht mehr aus, mich auch deinetwegen noch ängstigen zu müssen. Laurence hat mir erzählt ... seine Eindrücke ... deine Bande ... Diamanten im Brot ... sag mir, ist es wahr oder nicht? Was machst du nur für Sachen ... woher hast du dein Geld ...?

Aber angenommen, das Ganze war ein blinder Alarm? Die alte Frau war achtundsiebzig. Helena überlegte und überlegte. Wenn sie nun einen Schlaganfall bekäme! Schon oft hatte sie davon abgesehen, offen mit Louisa über Dinge zu sprechen, die sie bewegten, weil sie ständig befürchtete, die alte Dame könne der Schlag treffen; seit langem hegte Helena diese Befürchtung.

Deshalb sagte sie nichts, was die alte Dame aus der Fassung bringen konnte, und war wachsamer denn je, als sie eines Abends nach ihrer Rückkehr vom Krankenbesuch von Louisa erfuhr: «Deine Mrs. Hogg hat mich besucht.»

Da konnte Helena ihre Besorgnis nicht länger verbergen.

«Aber ich habe sie fortgeschickt», erklärte Louisa, «und ich glaube auch nicht, daß ich sie wiedersehen werde.»

«Oh, Mutter, was wollte sie von dir?»

«Meine Gesellschafterin werden, Liebling. Aber ich kann noch sehr gut allein fertig werden.»

«Bedrückt dich wirklich nichts, Mutter? Ach, wenn du dir nur von uns helfen lassen würdest!»

«Du liebe Güte!» sagte Louisa. «Allein daß ihr da seid, ist doch für mich ein großer Trost, und wenn die Kinder erst wieder auf den Beinen sind, bin ich wunschlos glücklich.»

«Schön», meinte Helena. «Ich habe dir übrigens aus Hayward's Heath etwas mitgebracht; ich bin ja so glücklich, daß es Laurence wieder besser geht.»

Es war eine Maschine zum Dosenöffnen. Die alte Frau holte das Spankörbchen hervor, in dem sie die meistgebrauchten Werkzeuge aufbewahrte. Helena hielt die Maschine gegen die Tür der Spülküche, während ihre Mutter sie festschraubte; die alten Hände drehten den Schraubenzieher langsam, aber sicher und ohne zu zittern.

«Das Leben ist großartig, man darf nur nicht schwach werden», bemerkte Louisa, während sie die Schrauben festzog.

«Die wird dir gute Dienste leisten, nicht wahr?» meinte Helena.

«Ja, bestimmt», antwortete Louisa. «Wir wollen sie gleich einmal ausprobieren.» Sie öffnete eine Dose mit Stachelbeeren. «So etwas habe ich mir schon immer für meine Dosen gewünscht», sagte sie. «Du mußt es erraten haben. Du hast ein wenig von dem Zigeunerscharfsinn unserer Familie geerbt, Liebling. Nur leider pflegst du diese Anlage so gar nicht.»

«Jetzt übertreibst du aber wirklich, Mutter. Wenn ich dir einen Dosenöffner kaufe, bezeuge ich doch damit noch lange keine übersinnlichen Fähigkeiten, nicht wahr?»

«Wenn du es von dieser Seite siehst, natürlich nicht», antwortete Louisa.

Helena hatte die Abwesenheit ihrer Mutter an einem der vergangenen Tage genützt, um ihren Brotkasten zu revidieren. Sie fand jedoch nirgends Diamanten, nicht im Brot und nicht in den Reis- und Zuckerdosen, weder zwischen den Teeblättern noch auf den Borden der kleinen Speisekammer. Hier bewahrte Louisa auch die säuberlich beschrifteten Flaschen mit konservierten Lebensmitteln auf, die sie jedes Jahr zur Erntezeit einkochte.

«Georgina war doch nicht häßlich zu dir – oder?» versuchte Helena es zum letzten Mal.

«Sie ist von Natur aus kein angenehmer Mensch. Mir ist es schleierhaft, wieso du dich jemals mit ihr eingelassen hast. Ich hätte sie nie in meinem Haus haben wollen.»

«Sie hat's im Leben sehr schwer gehabt; deshalb tat sie uns leid. Ich glaube nicht, daß sie etwas Böses tun kann. Zumindest ... nun ja, ich glaube es nicht, oder bist du anderer Ansicht?»

«Jeder Mensch kann Böses tun, sei es absichtlich oder unabsichtlich. Aber Mrs. Hogg ist kein anständiger Mensch.»

Ihre Mutter strahlte so viel Ruhe aus, daß Helena zu zweifeln begann, ob Laurence sich nicht doch getäuscht habe und sein törichter Brief in Mrs. Hoggs Händen ungefährlich gewesen sei.

Diese Ansicht vertrat sie auch Ernest gegenüber, als er in Carolines Wohnung geführt wurde. In den Wochen nach dem Unfall – während sie manchmal allein, manchmal in Begleitung ihres Mannes zwischen London und dem Landkrankenhaus mit dem Wagen hin- und herfuhr – hatte sie diese Hoffnung in sich wachsen lassen. Laurence hatte eine Rippe gebrochen; er konnte bald nach Hause. Auch Caroline war über das Schlimmste hinweg; ihr Kopf steckte noch in Bandagen, ihr Bein war eingegipst und hing im Streckapparat. Sie machte bereits viel Aufhebens wegen der Schmerzen, was bei ihr ein gutes Zeichen war. Alles hätte schlimmer sein können.

«Ich bezweifle sehr, daß Laurences Verdacht irgendwie begründet war. Mir hat er nur viel Sorge gemacht, und obendrein noch dieser Unfall. Natürlich hätte alles noch schlimmer kommen können, aber ich bin völlig erledigt.»

«Mir geht's nicht anders», sagte Ernest.

Diese verräterischen Töne und Gesten! – Sie beobachtete Ernest, wie er Carolines blauen Brokatmorgenrock ergriff, in der Absicht, ihn zusammenzulegen und Helena beim Packen zu helfen – aber ehe er merkte, was er tat, stand er schon vor dem Ankleidespiegel und drapierte sich den Stoff über eine Hüfte. «Ein herrliches Material!»

Helena war überrascht, wie wenig widerwärtig sie das fand.

«Das Zimmer ist noch ganz von Carolines Wesen erfüllt», bemerkte sie. «Mir ist, als sähe ich alles mit Carolines Augen, weißt du.»

«Mir geht's genauso», sagte Ernest, «jetzt, da du das erwähnst.»

Helena kniete vor dem großen Koffer, den sie mitgebracht hatte. Ihr Gesicht unter dem schwachen Make-up wirkte abgespannt.

«Wir könnten eine Tasse Tee vertragen, Ernest. Vielleicht mußt du einen Shilling in die Gasuhr werfen.»

Während er den Kessel aufsetzte, dachte sie darüber nach, wie er im Leben einzustufen sei. Caroline hatte stets für Leute seines Schlages Verständnis aufbringen können. Seit er seine unglückliche Neigung aufgegeben hatte und zur Kirche zurückgekehrt war, konnte man sich leichter mit seiner Feminität abfinden, dachte Helena; aber selbst vor diesem Wendepunkt hatte Caroline einmal erklärt, als sie über Ernest sprachen: «Ich glaube, Gott würde sagen: ‹Verachtet mir nicht Meine geliebte Mißgeburt, Meinen Homosexuellen.›»

Helena hatte geantwortet: «Natürlich. Aber wenn man eine solche Abneigung gegen ihn empfindet, daß man in seiner Gegenwart nicht zu atmen wagt –? Oh, es ist sehr schwer, jemanden zu lieben.»

«Ich habe meine eigenen Vorurteile», hatte Caroline geantwortet, «und deshalb habe ich Verständnis für deine. Ernest fällt bei mir zufällig nicht unter diese Kategorie, und daher brauchen wir nicht weiter darüber zu reden.»

Helena, völlig ihren Erinnerungen hingegeben, ertappte sich dabei, daß sie Ernest anstarrte.

Sie nahm den Telephonhörer ab und antwortete auf die Frage des Hausverwalters: «Ja, welche Nummer?» – «Würden Sie uns bitte etwas Milch bringen? Wir haben uns gerade ein wenig Tee gemacht und haben keine Milch.»

Seine Erwiderung ließ Helena, nachdem sie den Hörer auf die Gabel gelegt hatte, empört ausrufen: «Wie abscheulich unhöflich dieser Kerl ist! Und dabei fand ich ihn zuerst so nett.»

Als der Mann die Milch brachte, entschuldigte sie sich wegen der Störung, worauf er jedoch überhaupt nicht antwortete.

«Der Mann ist ein Rohling, Ernest», erklärte sie. «Er kennt den traurigen Grund für unser Hiersein.»

Aber sie gab sich rasch wieder mit der Beobachtung von Ernest zufrieden, dessen merkwürdige Haltung seines Handgelenks beim Eingießen des Tees sie faszinierte; er zeigte überhaupt viel und gern seine Handgelenke. Caroline würde in ihrem Hang zur Mythologie einen schönen Hermaphrodit in ihm sehen, dachte sie, und kam dabei fast selbst zu dieser Ansicht über Ernest.

«Ich hab's geschafft, Laurence gestern zu besuchen», sagte Ernest. «Geht ihm eigentlich bemerkenswert gut, nicht wahr?»

«Gott sei Dank», erwiderte Helena.

«Er gab mir dies hier» – er zeigte ein rotes Notizbuch – «und erzählte mir, was er über die Freunde deiner Mutter weiß.»

«Weißt du, Ernest, ich glaube nicht, daß wir irgend etwas zu befürchten haben. Während der paar Tage, die ich in ihrem Häuschen verbrachte, habe ich die Augen offen gehalten, aber nichts Verdächtiges bemerkt. Ich kann mir nur denken, daß Laurence sich getäuscht hat. Und offenbar ist Mrs. Hogg zu dem gleichen Schluß gekommen; sie hat sich tatsächlich in meiner Abwesenheit an meine Mutter herangemacht. Mutter hat es sehr gelassen aufgenommen – hat sie einfach wieder fortgeschickt. Aber ich zweifle nicht daran – obgleich Mutter mir nichts davon gesagt hat – daß Mrs. Hogg wegen des Briefes von Laurence gekommen war.»

«Genau das hätte ich auch angenommen. Genau dasselbe.» Ernest faltete jetzt sehr sorgfältig Carolines blauen Morgenrock zusammen. «Aber», fuhr er fort, «zufällig kenne ich entfernt einen der Männer aus Mrs. Jepps Bande.»

«Ach, wen denn?»

«Mervyn Hogarth. Eleanor war mit ihm verheiratet. Er ist wirklich ein merkwürdiger Mensch. Laurence glaubt, daß Mrs. Hogg vielleicht mit ihm verwandt ist.»

Helena sagte, daß sie dies für unwahrscheinlich halte. «Ich habe nie gehört, daß sie den Namen Hogarth erwähnt hat.» Sie ließ sich das Notizbuch von ihm geben und blätterte darin. Das knappe Dossier, das Laurence angelegt hatte, machte auf sie einen unbarmherzig wahren Eindruck. Es ließ Helenas Ängste wieder aufleben. Sie war am glücklichsten, wenn das Leben sich auf eine harmlose Metapher reduzieren ließ; die hochragenden, schroffen Klippen des wirklichen

Lebens bedrückten sie. Helena starrte auf die kräftigen Schriftzüge ihres Sohnes.

«Was hältst du davon, Ernest? Hat meine Mutter etwas damit zu tun oder nicht?»

«Warum fragst du sie nicht?»

«Oh, sie würde es nie zugeben.»

«Laurence meint, wir sollten Nachforschungen anstellen», sagte Ernest. «Ich habe es ihm übrigens versprochen.»

Helena las laut den unerträglichen Text einer Seite aus dem Notizbuch vor: «Mervyn Hogarth: The Green House, Ladle Sands. Wohnt mit verkrüppeltem Sohn zusammen (siehe Andrew Hogarth). Keine Bediensteten. Ehemalige Bibliothekswerkstatt. Arbeitstisch mit Handwerkszeug. Repariert (?) zerbrochene Gipsfiguren. St. Antonius. St. Franziskus. Unbefleckte Empfängnis. – Andere nicht erkennbar. Keine Eintragung im S.H. Exgattin Eleanor.»

Sie schüttelte den Kopf. «Ich werde nicht schlau daraus», sagte sie. «Zerbrochene Gipsfiguren von Heiligen – sind sie denn katholisch, die Hogarths?»

«Ich glaube nicht», antwortete Ernest.

«Und was bedeutet dieses ‹S.H.›?»

«Somerset House. Anscheinend stehen sie dort nicht im Einwohnerregister von England. Vielleicht sind sie im Ausland geboren. Ich werde Eleanor fragen, sie weiß es sicher.»

«Hat Laurence dir alle seine Notizen erklärt?»

«So ziemlich. Bitte, reg dich nicht auf, Helena.»

«Ach, und ich hatte gehofft, daß wir uns keine

Sorgen mehr zu machen brauchten. Erklär mir bitte alle diese Aufzeichnungen.»

Sie blätterte weiter in dem Büchlein, hoffte, irgendeine kleine Ungereimtheit zu finden, durch welche die ganze Vorstellung, daß ihre alte Mutter in ein organisiertes Verbrechen verwickelt sei, sich als widersinnig erweisen möge. Sie spürte ein heftiges Verlangen, das Notizbuch in Stücke zu reißen.

«Die Zeit reichte nicht, alles mit Laurence durchzusprechen. Er möchte, daß ich für zwei Wochen herausfahre und in seiner Nähe wohne, damit ich unter seiner Anleitung Nachforschungen anstellen und ihn bei meinen täglichen Besuchen um Rat fragen kann.»

«Nein», entgegnete Helena, «das wäre nicht angebracht. Wir dürfen Laurence in seinem augenblicklichen Zustand nicht zu sehr anstrengen. Ich möchte, daß er so rasch wie möglich nach London überführt wird.»

Ernest stimmte zu. «Mir würde es auch nicht gut passen, London um diese Jahreszeit zu verlassen. Aber Laurence war sehr erpicht darauf. Vielleicht gibt es eine andere Möglichkeit –»

Helena sah Ernest an, der jetzt zurückgelehnt und wie ausgehöhlt auf Carolines Couch saß. ‹Treibsand, auf dem man keine Häuser bauen kann›, dachte Helena; aber sie war sich nicht sicher, ob er nicht doch einige zuverlässige Eigenschaften besitzen mochte – trotz der Meinung, die in seiner Familie über ihn herrschte. Sie bedachte, wie wenig sie Ernest eigentlich kannte;

Caroline konnte sich ein deutlicheres Bild von ihm machen.

«Natürlich würde es Laurence gewaltigen Auftrieb geben», sagte Helena, «wenn jemand ihn täglich besuchen käme. Jetzt, da sie beide außer Gefahr sind, kann ich nur noch zweimal wöchentlich hinausfahren. Du würdest doch auch Caroline besuchen, nicht wahr?»

«Ich glaube kaum, daß ich mich hier freimachen kann.»

«*Selbstverständlich* würde ich alle deine Unkosten tragen, Ernest.» Sein Widerstand machte sie beinahe froh; er bewies, daß der Mann wenigstens ein Minimum von Substanz hatte.

«Wenn du das tätest», sagte er, «wäre mir das schon eine große Hilfe. Aber ich muß erst mit Eleanor reden. Um diese Jahreszeit ist es schwierig, und wir machen im Augenblick kein gutes Geschäft.»

«Bitte», sagte sie, «verrate Eleanor nichts.»

«Oh, ich würde natürlich nichts von unseren Familienangelegenheiten erwähnen.»

Sie redeten so lange hin und her, bis es für Helena geradezu ein Bedürfnis wurde, Ernest für zwei Wochen nach Hayward's Heath zu schicken.

«Wir müssen dieser Intrige auf den Grund kommen, ohne meine Mutter aufzuregen», erklärte sie. «Laurence versteht das vollkommen. Ich bin sicher, daß seine Genesung weitgehend davon abhängt, daß wir etwas Wirksames unternehmen. Wir *müssen* etwas tun, Ernest. Ich weiß, daß du diskret bist. Ich möchte nicht, daß Mutter einen Schlaganfall bekommt, Ernest. Und wir müssen beten.»

«Ich werde versuchen, Hogarth zu sehen», versprach er. «Vielleicht kann ich ihn dazu bewegen, sich mit mir in London zu treffen.»

Er goß ihnen die zweite Tasse Tee ein, mit jener femininen Haltung seines weit aus dem Ärmel vorstehenden Handgelenks, die so an Helenas Vertrauen in ihn nagte.

«Ich zweifle nicht daran, daß du es schaffen wirst», erklärte sie. «Ich vertraue dir absolut, Ernest.»

«Du meine Güte», sagte Ernest.

Sie dachte daran, wie Caroline mit ihrem Hang, für alle Leute einen ‹passenden› Platz in der Geschichte zu suchen, Ernest einmal in den französischen Hof des siebzehnten Jahrhunderts eingereiht hatte. «Er ist nach seiner Zeit geboren», hatte Caroline erklärt, «und das begründet zum Teil seinen Wert in unserem Zeitalter.» Laurence hatte vor nicht langer Zeit gelassen erzählt: «Ernest kauft nie eine Krawatte im Laden; er läßt sie sich anfertigen. Fünfzehn Millimeter breiter als alle anderen.»

Eltern können viel in der Kunst, das Leben zu meistern, von ihren Kindern lernen. Eltern können von ihren Kindern moralisch verdorben oder geläutert werden. Durch Laurence, und in den letzten Jahren auch durch Caroline, war Helenas vorgefaßtes geistiges Weltbild umgeprägt worden. Sie war zumindest für die Auffassung vorbereitet, daß man Ernest nicht nur in einem Geiste, den sie als christliche Nächstenliebe verstand, tolerieren dürfe, sondern daß man ihn auch als Persönlichkeit werten müsse, die von der Norm abwich. Helena bewunderte ihn tatsächlich ein wenig wegen seiner ‹Reform›, wie sie es nannte. Aber als er seine Beziehungen zu Männern aufgab, hatte sie auch halbwegs einen äußerlichen Wandel von Ernest erwartet und war enttäuscht und verwirrt, daß sein Auftreten und seine Gebärden so unveränderlich feminin blieben; doch sie begriff, daß Leute wie Laurence und Caroline dieses unnatürliche Benehmen nicht anstößig fanden. Helena besaß einige französische Prozellanfigurinen aus dem siebzehnten Jahrhundert, die sie sehr schätzte; aber um in Ernests Gegenwart Achtung für ihn zu empfinden, mußte sie hart gegen eine instinktive Abneigung ankämpfen, einen inneren Widerstand überwinden.

Während Ernest die Sachen zusammenlegte, hatte Helena fast alles eingepackt. Was sich nicht verpacken ließ, stand bereit, zum Wagen getragen zu werden. «Laß uns eine Zigarette rauchen», schlug Ernest vor, «wir haben schwer gearbeitet.»

«Ich nehme an», sagte sie, «daß dieser Apparat da auch Caroline gehört. Am besten rufen wir den Mann herauf, um sicher zu gehen, daß wir nichts von den beiden liegengelassen oder etwas eingepackt haben, was hierher gehört.»

Ernest setzte sich auf eine Fußbank und nahm den Deckel des Apparates ab. «Es ist ein Tonbandgerät. Wahrscheinlich hat Caroline es für ihre Arbeit gebraucht.»

«Ich habe absolutes Vertrauen zu dir, Ernest. Ich bin zuallererst zu dir gekommen. Natürlich möchte ich dir keine Unbequemlichkeiten bereiten, und wenn es eine Frage des Geldes ist –»

«Vielen Dank, Helena. Aber ich kann nichts versprechen – selbstverständlich will ich mein möglichstes tun, doch in dieser Jahreszeit haben wir unsere Verpflichtungen, unsere Unterrichtsklassen. Vielleicht ist Hogarth bereit, nach London zu kommen.»

«Ich bin dir so dankbar, Ernest.»

Er spielte an dem Tonbandgerät herum, drückte auf den Startknopf. Zuerst ertönte ein leises Surren, und dann setzte mit übertrieben sentimentalem Quäken eine Stimme ein: «Liebste Caroline ...»

In wenigen Sekunden hatte Helena die Stimme von Laurence erkannt; nach einer kurzen Pause folgte die Carolines. Die erste Erklärung war schockierend, die zweite ergab keinen Sinn.

«Hihi», lachte Ernest, «die lieben Kleinen.»

Helena griff nach ihrem Mantel und ließ sich von Ernest hineinhelfen.

«Rufst du bitte den Mann, Ernest? Gib ihm ein Pfund und frag ihn, ob alles so in Ordnung ist. Ich bringe inzwischen schon ein paar von den losen Sachen zum Wagen. Nein, zehn Shilling sind auch genug.»

Sie kam sich fast allein in der Welt vor, zu müde und untauglich für die Aufgabe, Laurence und

Caroline zu verstehen. Diese neuen Erschütterungen und plötzlichen neuen Erkenntnisse, diese dauernde Verpflichtung zu akzeptieren, was ihr zuinnerst gegen den Strich ging ... Sie sehnte sich nach einem entspannenden, warmen Bad zu Hause; sie war erschöpft und von Sorgen zerquält und fand sich nicht mehr zurecht.

Sie wollte gerade hinausgehen, als Ernest, der ans Telephon getreten war, um den Hausverwalter zu rufen, sagte: «Sieh mal, hier ist noch etwas. Ein Notizblock, der sicher Caroline gehört.»

Ein roter Taschennotizblock lag auf der unteren Ablageplatte des Telephontischchens. Er nahm ihn und gab ihn Helena.

«Wie gut, daß du ihn gesehen hast. Ich hatte gar nicht mehr daran gedacht. Caroline hatte extra darum gebeten. Sie sagte, es sei ein Notizblock mit Aufzeichnungen in Kurzschrift.» Helena schlug ihn auf, um sich zu vergewissern. Das meiste war in Kurzschrift, aber auf einer Seite fand sie eine Liste in Normalschrift. Die Worte: *Mögliche Identität* sprangen ihr beim Durchblättern ins Auge.

«Das hat gewiß etwas mit den Nachforschungen von Laurence zu tun», meinte Helena.

Während sie im Wagen saß und auf Ernest mit den Koffern wartete, schlug sie diese Seite wieder auf, aber sie konnte nichts damit anfangen. Unter *Mögliche Identität* waren aufgeführt:

Satan
eine Frau

Hermaphrodit
eine arme Seele im Fegefeuer

«Ich finde mich nicht mehr zurecht», sagte Helena, während sie den Block sorgfältig zwischen Carolines anderen Sachen verstaute. «Ich finde mich wirklich nicht mehr zurecht.»

SIEBENTES KAPITEL

Kurz nach zwei Uhr an einem milden, leicht verhangenen Nachmittag betrat ein hochgewachsener, trotz seines Alters ungebeugter Mann die Buchhandlung. Baron Stock war allein und erwartete ihn bereits.

«Ah, Mr. Webster, wie pünktlich Sie sind; wie überaus freundlich von Ihnen, die Reise zu machen. Kommen Sie nur einfach hindurch, kommen Sie nach hinten.»

Baron Stock war nicht mit vielen Leuten näher befreundet, aber wenn sie oder einer seiner zahlreichen guten Bekannten seiner Buchhandlung in der Charing Cross Road einen Besuch abstatteten, begrüßte er sie unweigerlich mit der Aufforderung: «Kommen Sie nach hinten.» Kunden, Reisende und Vertreter durften nicht weiter als bis in den großen, repräsentativen Verkaufsraum; der Baron hütete eifersüchtig sein ‹Hinten›, jenes schäbige, aber dabei behagliche und völlig harmlose Hinterzimmer, wo überall Türme und Stöße von Büchern und Aktenordnern herumlagen, außer auf den drei alten Lehnsesseln und dem abgetretenen, quadratischen roten Teppich, in dessen Mitte ein fremdländisch aussehender und geräuschvoll puffender Petroleumofen stand. Sofern diese Auserwählten, denen der Zutritt in das Hinterzimmer gestattet war, die Gepflogenheiten des Barons kannten, warteten sie, bis er auf der Sitzfläche eines jeden Sessels einen Zeitungsbogen ausgebreitet hatte. «Hier ist es leider furchtbar staubig, meine Lieben, ich lasse hinten nie etwas von einer Putzfrau anrühren.» Wenn dann die Nachmittage kürzer wurden, pflegte der Baron bei Einbruch der Dunkelheit eine Petroleumlampe auf seinem Schreibtisch zu entzünden: die elektrischen Leitungen in diesem Hinterzimmer hatten schon vor langer Zeit ihren Dienst aufgegeben, «und glauben Sie mir», sagte der Baron, «Elektriker kann ich in meiner Stube nicht dulden, sie machen zuviel Schmutz.» Gelegentlich sagte vielleicht einer seiner Freunde: «Es scheint kein schlimmer Defekt zu sein; ich glaube, ich kann dir deine Lichtleitung leicht wieder in Ordnung bringen, Willi.» «Wie reizend von dir, dich so zu bemühen.» «Oh, das macht gar keine Mühe, ich tu's gleich nächste Woche.» Aber nächste Woche kam niemand, um die Leitungen anzuschließen.

«Und wie geht es Mrs. Jepp?» fragte der Baron, nachdem er frisches Zeitungspapier ausgebreitet und Mr. Webster sich gesetzt hatte.

Mr. Webster saß steif und aufrecht und drehte seinen Oberkörper aus der Hüfte heraus, um den Baron bei seiner Antwort sehen zu können.

«Es geht ihr gut, kann ich Ihnen erfreulicherweise mitteilen, aber leider macht sie sich Sorgen um ihren Enkel.»

«Ja, ein gräßlicher Unfall. Ich kenne Laurence natürlich seit Jahren. Ein schlechter Fahrer. Aber wie ich gehört habe, kommt er nächste Woche zurück nach Hause.»

«Ja, er ist noch gut dabei weggekommen. Die arme junge Dame hat einen komplizierten Beinbruch, aber wie es heißt, hätte auch sie schlimmer dran sein können.»

«Arme Caroline, ich kenne sie auch seit Jahren. Ihre Stirn war regelrecht aufgeplatzt, wie ich gehört habe.»

«Nur leichte Abschürfungen, soviel ich weiß, nichts Ernsthaftes.»

«Welch eine Erleichterung. Ich höre zwar alles in diesem Laden, aber meine Informanten übertreiben stets. Entweder sind es angehende Dichter oder professionelle Schwindler, so daß man gezwungen ist, Einschränkungen zu machen. Ich bin nur froh, daß Caroline nicht für dauernd ein Loch in der Schädeldecke zurückbehält. Ich kenne sie seit Jahren. Nächste Woche werde ich sie besuchen.»

«Verzeihen Sie bitte, Baron, daß ich Ihnen das sagen muß, aber falls Sie sich in unsere Gegend begeben wollen, empfehle ich Ihnen, Mrs. Jepp nicht zu besuchen. Die Hogarths haben ihre Reise zum Festland aufschieben müssen und sprechen zur Zeit häufig in dem kleinen Häuschen vor.»

«Was ist denn dazwischengekommen? Warum sind sie nicht gefahren?»

«Mrs. Jepp hatte das Gefühl, daß die Manders sich um ihre Angelegenheiten zu kümmern begännen. Sie hält es für besser, bis zum Frühling keine weiteren Reisen zu unternehmen. Die Hogarths waren bereits reisefertig, aber sie konnte sie noch in letzter Minute aufhalten. Im übrigen ist sie völlig unbesorgt.»

«Mir klingt das jedenfalls ziemlich besorgniserregend. Die Hogarths vermuten doch nicht etwa, daß ich etwas mit Ihren Dispositionen zu tun habe?»

«Ich glaube, in dieser Beziehung brauchen Sie nichts zu befürchten. Mrs. Jepp und ich erwähnen nie irgendwelche Namen. Sie sind einfach Mrs. Jepps ‹Londoner Verbindung›. Die beiden haben nie eine weitergehende Neugier bekundet.»

«Und die Manders? Ich nehme an, daß Laurence sie auf irgend etwas gestoßen hat, er ist so aufmerksam, daß es direkt unangenehm ist. Ich bin nie recht froh, wenn er zu jenem Häuschen hinausfährt.»

«Mrs. Jepp hält sehr große Stücke auf ihn.»

«Nun ja, natürlich. Auch *ich* mag Laurence sehr gern. Ich kenne die Manders seit Jahren. Aber Laurence ist überaus neugierig. Glauben Sie, daß die Manders Anlaß haben könnten, meine Beteiligung an dieser Geschichte zu vermuten?»

«Wenn sie überhaupt Verdacht geschöpft haben sollten, richtet er sich gewiß nur auf mich und die Hogarths. Ich glaube nicht, daß Sie sich Sorgen zu machen brauchen, Baron.»

«Ich will Ihnen sagen, warum ich ängstlich bin. Weder von seiten der Hogarths noch von seiten der Manders besteht für mich eine Gefahr der Bloßstellung. Die Hogarths sind selbst in die Sache verwickelt; und die Manders würden natürlich alles, was sie herausfänden, zu vertuschen versuchen, weil auch die alte Dame darin steckt.

Aber zufällig bin ich in Verbindung mit einer anderen Angelegenheit an Mervyn Hogarth interessiert. Ich habe Vorkehrungen getroffen, mit ihm bekanntgemacht zu werden, und ich möchte auf keinen Fall die beiden Dinge miteinander verquicken.»

Mr. Webster dachte: ‹Ah, das hängt sicher mit der Frau zusammen, Hogarths früherer Gattin.› Aber er irrte sich.

«Hogarth ist heute in London», informierte er den Baron. «Ich sah ihn im Zug, hielt es aber für das beste, mich selbst nicht sehen zu lassen.»

«Hat er Sie auch bestimmt nicht gesehen? Besteht keine Möglichkeit, daß er Ihnen aus reiner Neugier hierher gefolgt ist?»

«Nein, im Gegenteil, ich habe *ihn* im Auge behalten, bis er in einem Klub in der Piccadilly verschwand. Hoho, Baron!»

Er reichte dem Baron ein hübsch zurechtgemachtes kleines Päckchen. «Damit ich's nicht womöglich vergesse», sagte er, immer noch nach Art eines alten Mannes in sich hineinlachend.

Der Baron öffnete es liebevoll und nahm eine Dose heraus, die in Louisa Jepps klaren Schriftzügen mit ‹Weicher Heringsrogen› gekennzeichnet war.

«Mrs. Jepp legt besonders großen Wert darauf, daß Sie den Heringsrogen darin auch wirklich essen», erklärte Mr. Webster. «Sie läßt Ihnen sagen, daß der Rogen sehr nahrhaft und keinerlei Verunreinigung durch den anderen Inhalt der Dose möglich ist.»

«Das werd' ich auch», sagte der Baron, «das werd' ich.»

Er ließ die Dose in seine Aktentasche gleiten und öffnete dann eine zweifach verschlossene Schublade, aus der er ein Bündel weißer Banknoten herausnahm. Er zählte sie. Darauf nahm er ein zweites Bündel heraus, das er gleichfalls durchzählte, danach ein drittes; aus einem vierten Bündel zog er eine Anzahl Noten heraus, die er zu den drei anderen Häufchen legte. Die restlichen Noten verschloß er wieder in seiner Schublade, ehe er die abgezählten Mr. Webster aushändigte. Dann schrieb er drei Schecks aus, die er ebenfalls Mr. Webster gab.

«Ich habe sie im Abstand von je einer Woche datiert. Bitte, prüfen Sie die Summe», sagte er, «und dann werde ich Ihnen diesen guten, starken Briefumschlag für die Noten geben.»

«Die allersicherste Art», erklärte Mr. Webster wie jedesmal, womit er jedoch nicht den Umschlag meinte, sondern die Zahlungsweise. «Die allersicherste Art, um Nachforschungen zu begegnen», fügte er wie immer hinzu.

Nachdem diese Angelegenheit erledigt war und die Noten sicher im Umschlag in Mr. Websters Aktentasche ruhten, sagte der Baron: «Und nun eine Zigarre, Mr. Webster, und ein Schlückchen Curaçao.»

«Danke sehr, gern. Aber in dieser Jahreszeit darf ich mich nicht lange aufhalten.»

Die Ladentür läutete. «Klingling», sagte der Baron, während er sich erhob und durch einen

Spalt im Vorhang spähte, der den mit grauem Spannteppich ausgelegten Ladenraum von dem warmen und schäbigen Hinterzimmer trennte. «Ein Barbar, der ein Buch möchte», bemerkte der Baron, während er ging, um seinen Kunden zu bedienen.

Als er wenig später zurückkehrte, fragte er: «Verstehen Sie etwas vom Teufelskult?»

«In den alten Tagen, lange vor Ihrer Zeit, Baron, habe ich sehr häufig Zauberei erlebt; meist in südamerikanischen Häfen.»

«Sie sind also Seemann», sagte der Baron. «Ich hab' mir schon immer gedacht, daß Sie ein Seemann seien.»

«Ich war bei der Handelsmarine. Ich habe Zauberei gesehen, Baron. In jenen Ländern kann sie furchtbar wirken, das können Sie mir glauben.»

«Ich interessiere mich für den Teufelskult; natürlich nur streng wissenschaftlich.»

«Ho, das glaube ich Ihnen gern, Baron. Die Sache ist nichts für ein gemäßigtes Klima.»

«Das ist es eben», entgegnete der Baron, «warum ich so an Mervyn Hogarth interessiert bin. Würden Sie ihn einen sanften, gemäßigten Mann nennen?»

«Was soll ich darauf antworten, Baron? Er sagt nicht viel, obgleich er eine Menge redet. Ich selbst halte nicht viel von ihm. Aber Mrs. Jepp ist nachsichtig, zu nachsichtig. Sie denkt vielleicht an den armen Sohn. Unser *Handel,* wissen Sie, gibt ihm etwas im Leben. Armer Junge, armer Junge.»

«Würde es Sie überraschen zu erfahren, Mr. Webster, daß Mervyn Hogarth der hervorragendste Teufelsverehrer auf diesen Inseln ist?»

«Ich hätte diesen Mann nie auf irgendeinem Gebiet für hervorragend gehalten.»

«Was für einen Eindruck macht er auf Sie, erzählen Sie bitte.»

«Unter uns gesagt, Baron, er macht auf mich den Eindruck eines Zynikers und eines Menschenfeindes, unter uns gesagt. Er geht mir auf die Nerven.»

«Seinen Sohn aber liebt er abgöttisch?»

«Ich weiß nicht, ich weiß nicht. Er behandelt den Burschen gut. Mrs. Jepp glaubt – und das muß auch unter uns bleiben, Baron – daß er nur aus Gehässigkeit seiner früheren Frau gegenüber zu dem Jungen hält. Zumindest war das ihr Eindruck, als sie die beiden kennenlernte.»

«Dieser Diamantenhandel war Mrs. Jepps Idee, nicht wahr?»

«O ja. Mrs. Jepp wäre die letzte, die das bestreitet. Sie findet großartigen Spaß daran.»

«Und die Hogarths, brauchen sie Geld?»

«Nein. Hogarth ist sehr wohlhabend. Aber der bedauernswerte junge Mann hat so viel Freude daran, den Zoll an der Nase herumzuführen, Baron.»

Der Baron legte lächelnd einen Finger an die Lippen. Mr. Webster senkte die Stimme, als er seinem Gastgeber für das Nachfüllen seines Glases dankte.

«Der junge Andrew Hogarth ist ein völlig anderer Mensch geworden, seit es ihm gelingt, den Zoll zu umgehen. Er hat darin Selbstvertrauen gefunden», sagte er mit gedämpfter Stimme.

«Als Mrs. Jepp mit dem Vorschlag zu diesem Geschäft an mich herantrat – denn wie Sie wissen, war sie es, die diese Idee entwickelte – kam sie geradewegs hier in meinen Laden, kurz nachdem ich sie durch Laurence kennengelernt hatte. Sie legte ihren Vorschlag auf bewundernswerte Art dar; ihre hervorragenden Qualitäten waren mir sofort klar. Kurz und gut, als sie an mich herantrat, machte sie für den Fall meiner Beteiligung zur Bedingung, daß ich keinen Versuch unternehmen dürfe, die *Methoden* der mit der Beschaffung Beauftragten zu ergründen. Nachdem ich mir ihren Vorschlag überlegt und mich vergewissert hatte, daß der Plan originell und gut durchdacht war – das übliche Risiko, das ich nicht unangenehm empfinde, mit eingerechnet – stimmte ich Mrs. Jepps Bedingungen vorbehaltslos zu. Ich erwähne dies, weil ich offen gesagt meine Befugnisse überschreite, wenn ich Sie um Auskunft darüber bitte, auf welche Weise die Hogarths ihre Wertgegenstände befördern. Noch bis vor wenigen Monaten hat mich diese Seite unserer Transaktionen nicht besonders interessiert, jetzt aber dafür um so mehr, da ich an den übrigen Aktionen von Mervyn Hogarth großen Anteil nehme.»

«Ich kenne ihre Methode nicht», sagte Mr. Webster, und der Baron konnte nicht erkennen, ob er dabei die Wahrheit sprach, so unverändert blickten seine scharfen blauen Augen.

«Hogarth ist ein Teufelsanbeter. Mein Interesse an Hogarth ist so überaus groß, weil ich mich für die psychologischen Hintergründe des Teufelskultes interessiere. Sie kennen nicht die Verbissenheit, den Rausch wissenschaftlicher Neugier, Mr. Webster. Interessiert zu sein und gleichzeitig objektiv sein zu müssen ...»

«Das kann ich gut verstehen, Baron; aber ich hätte nie vermutet, daß Mr. Hogarth senior sich mit exotischen Praktiken abgäbe. Er scheint mir ein völlig illusionsloser Mensch zu sein, das Gegenteil eines Enthusiasten.»

«Das ist ja gerade das Interessante daran», erklärte der Baron angeregt. «Nach allem, was ich über diesen Mann in Erfahrung gebracht habe, ist er ein restlos enttäuschter, gelangweilter, dabei aber intelligenter Mensch; erfolglos bei Frauen, Freundschaften abhold. Und doch ist er ein fanatischer Teufelsanbeter. Sie werden meine Mitteilungen für sich behalten, Mr. Webster.»

«Aber selbstverständlich, Baron. Und jetzt muß ich mich auf den Weg machen.»

«Ein Fanatiker», sagte der Baron, während er Mr. Webster aus dem Hinterzimmer nach vorn geleitete. «Ein Jammer, daß die Hogarths nicht ins Ausland gefahren sind. Ich hätte Mrs. Jepp sonst besucht. Vielleicht hätte ich sie überreden können, mir mehr über Mervyn Hogarth zu erzählen. Je nun, ich werde ihn wahrscheinlich sehr bald selbst sehen.»

«Leben Sie wohl, Baron.»

«Meine Empfehlungen an Mrs. Jepp.» Und er

fügte hinzu: «Seien Sie versichert, Mr. Webster, das Risiko ist bedeutungslos.»

«Oh, Hogarth ist ungefährlich.»

«Ich meine nicht Hogarth. Ich meine unseren fröhlichen Handel. Wir sind Amateure. Und über Amateure hält die Vorsehung ihre schützende Hand. Wie leicht kommen doch die mächtigen, organisierten Berufsverbrecherbanden zu Fall! Sie fallen wie Luzifer –»

«Sie haben völlig recht, Baron.»

«Aber wir Unschuldige sind schwerer zu ertappen.»

«*Unschuldig* würde ich uns nicht gerade nennen. Ho!» sagte Mr. Webster im Gehen.

«Damit berühren Sie einen Punkt ...», aber inzwischen war der alte Mann bereits außer Hörweite.

«Ich will nicht behaupten, daß ich die Frauen verstehe», erklärte Mervyn Hogarth über seinem Glas Brandy. Er blickte seinen Gastgeber unsicher an, als wisse er nicht recht, ob seine Bemerkung auch passend sei, denn der babygesichtige, weißhaarige Mann mit dem sinnenden Ausdruck ihm gegenüber hatte etwas Weibisches an sich.

«Der Lammbraten war nicht ganz in Ordnung – oder sollte es vielleicht die Soße gewesen sein?» meinte Ernest Manders sinnend. Er war schließlich doch nicht nach Sussex gefahren. Er hatte einen besseren Plan gemacht.

«Ich nehme an, daß Sie aufrichtig mit mir sprechen?» ließ Mervyn Hogarth sich vernehmen.

«Das Lamm –?»

«Nein, nein, ich meine das Thema, über das wir vorhin redeten. Ich nehme an –»

«Wir wollen es beide annehmen, Mr. Hogarth.»

«Manders, ich wollte Sie nicht verletzen. Ich möchte nur völlig klar sehen – weiter nichts. Mir kommt es entschieden merkwürdig vor, daß Eleanor diesen Vorschlag gemacht hat; sie kennt doch meine Vermögenslage ganz genau.»

«Es handelt sich nur darum, Sie verstehen, daß wir augenblicklich vorübergehend etwas knapp bei Kasse sind. Baron Stock hat seine Unterstützung zurückgezogen. Natürlich dachte Eleanor da zuerst an Sie. Sozusagen ein Kompliment für Sie.»

«Oh, entschieden.»

«Und wenn Sie nicht können, können Sie eben nicht, das ist völlig klar», sagte Ernest.

«Sind Sie schon an Ihren Bruder herangetreten?»

«Ja. Mein Bruder Edwin ist Mystiker. Er interessiert sich nicht für Tanz und investiert sein Geld nur in Dinge, die ihn interessieren. Aber er gab uns fünfzig Pfund. Eleanor hat sich ein Kleid gekauft.»

«Das kann ich mir gut vorstellen.»

«Ich für meine Person stehe Geld völlig gleichgültig gegenüber», bemerkte Ernest, «und deshalb brauche ich so viel davon. Man nimmt einfach keine Kenntnis von dem Zeug; es rinnt einem nur so durch die Finger.»

Er lehnte sich in seinem Sessel zurück, als hätte

er den ganzen Nachmittag Zeit. Sein Gast hatte herausgefunden, daß der geschäftliche Vorschlag, zu dem man ihn hergebeten hatte, unrentabel war.

«Viertel vor drei», sagte Mervyn Hogarth. «Wie die Zeit verrinnt. Ich muß heute nachmittag noch ein oder zwei Dinge erledigen. Leute aufsuchen. Lästige Angelegenheit.»

«Da war noch etwas *anderes*», erklärte Ernest, «aber wenn Sie's eilig haben, dann vielleicht ein andermal.»

Vielleicht ein andermal – aber Mervyn Hogarth stellte im Geist eine kleine Berechnung an, die überhaupt keine Zeit in Anspruch nahm, die jedoch folgendermaßen ausgesehen hätte, würde er sie bis ins einzelne durchdacht haben:

Fahrgeld dreizehn Shilling, mußte aber sowieso nach London; Essen jämmerlich, aber umsonst; Thema der Unterhaltung eine Enttäuschung (Ernest hatte ihn hergebeten, um eine ‹für Sie interessante Angelegenheit mit Ihnen zu besprechen›), aber Genugtuung über Eleanors Bruch mit Stock und anschließende finanzielle Schwierigkeiten; verärgert, weil um Geld angegangen, aber Befriedigung in Ablehnung gefunden; Zeitverschwendung, aber Manders möchte jetzt noch etwas sagen, was möglicherweise dafür entschädigen oder andererseits die Nutzlosigkeit des Treffens bestätigen könnte.

Dieser Gedankengang nahm nicht mehr Zeit als ein Fingerschnippen in Anspruch, und als Ernest sagte: «Da war noch etwas *anderes,* aber wenn Sie's eilig haben –», erkundigte Hogarth sich sofort danach.

«Etwas anderes?» fragte er.

«Vielleicht ein andermal», erwiderte Ernest.

«Oh, eine halbe Stunde kann ich noch bleiben. Bitte, fahren Sie nur fort.»

«Nun ja», meinte Ernest, «vielleicht interessiert es Sie, vielleicht auch nicht. Wissen Sie, ich habe das Gefühl, daß ich Sie aus einem für Sie enttäuschenden Anlaß nach London geholt habe – ich hatte wirklich ehrlich geglaubt, es würde Ihnen Freude machen, finanziell mit unserer Tanzschule verbunden zu sein – und Eleanor war so davon überzeugt – ich hoffe nur, Sie halten uns nicht für unverschämt.»

‹Er ist wie eine Frau›, dachte Mervyn Hogarth. ‹Ein Gefühl, als ob man mit einer Frau beim Lunch sitzt.› Und er versicherte Ernest, daß ihm sein Ansinnen nicht im geringsten unangenehm gewesen wäre: «Es tut mir nur zu leid, daß ich keinen Penny entbehren kann. Aber Sie wollten doch noch eine andere Angelegenheit erwähnen?»

«Ja, richtig, vielleicht interessiert es Sie, vielleicht auch nicht. Das liegt ganz bei Ihnen. Der Lammbraten war wirklich sehr merkwürdig; ich muß mich bei Ihnen entschuldigen. Der schlechteste Lunch in diesem Klub, an den ich mich erinnern kann. Ich würde einen Beschwerdebrief schreiben, wenn ich nicht zufällig während des Krieges mit dem Küchenchef Brandwache geschoben hätte; er ist wirklich ein reizender Kerl und hat fast nie einen so schlechten Tag wie heute.»

«Das Essen war sehr gut», erklärte Mervyn betrübt.

«*Reizend* von Ihnen, das zu sagen», versicherte Ernest.

«Diese andere Angelegenheit –?»

«Haben Sie auch wirklich noch Zeit? Ich würde Ihnen so gern noch ein paar Worte sagen – über etwas, das Sie vielleicht interessieren dürfte. Sie kennen meinen Bruder Edwin?»

«Ich habe Sir Edwin Manders noch nie gesehen.»

«Er ist sehr reich. Sie kennen Helena?»

«Seine Frau, nicht wahr? Ich habe von ihr gehört.»

«Sie ist ganz reizend. Aber ihre Mutter haben Sie kennengelernt?»

«Ja, das stimmt; ich kenne Mrs. Jepp.»

«Mrs. Jepp», sagte Ernest.

«Eine feine alte Dame. Sie wohnt ganz in der Nähe meines Hauses.»

«Ja, das weiß ich», sagte Ernest. «Wie ich höre, besuchen Sie sie regelmäßig.»

«Ich habe gehört», erwiderte Mervyn, «daß ihr Enkel einen Autounfall gehabt hat.»

«Nur eine Rippe gebrochen. Er erholt sich sehr rasch.»

«Ah, diese jungen Leute. Ich habe ihren Enkel kennengelernt.»

«Ich weiß», sagte Ernest.

Die Zeiger krochen auf drei Uhr zu, und ihre Gläser waren zweimal nachgefüllt worden. Ernest glaubte, daß er seine Sache recht gut machte. Mervyn hoffte vergeblich, daß die Zeit seine Rettung bringen möge; aber für ein weiteres Hinausziehen des Nachmittags gab es wirklich keine Entschuldigung. Ernest hatte ihm auf eine weiche, gesittete, aber nichtsdestoweniger entschlossene Art klargemacht, daß die Familie Manders die Angelegenheiten von Louisa Jepp auszutüfteln begonnen hatte. Mervyn hätte Ernest wegen seiner weibischen Art ins Gesicht schlagen mögen.

Aber statt dessen sagte er: «Ich kann Ihnen nur antworten, Manders, daß ich das von Mrs. Jepp in mich gesetzte Vertrauen nicht enttäuschen darf.»

«Gewiß nicht. Reisen Sie bald ins Ausland?»

«Ich nehme an, daß diese Farce, mich zum Essen einzuladen und um eine Anleihe zu bitten, Ihnen in Wirklichkeit nur eine Gelegenheit verschaffen sollte, mich zu fragen –»

«Um Himmels willen», unterbrach Ernest ihn, «dafür kann ich nun wirklich nichts. Es tut mir so – so leid, wegen des Essens. ‹Farce› ist genau das richtige Wort. Hätte ich doch nur mehr darauf gedrungen, daß Sie eine Ente nehmen. Aber am meisten bedrückt mich, daß Sie sich nicht für Eleanors Akademie zu interessieren scheinen; dabei ist sie absolute Spitzenklasse, uns fehlt nur das Kapital. Wie schrecklich für Sie, wie entsetzlich, mein lieber Mann, für mich.»

«Ihre Fragen über Mrs. Jepp kann ich unmöglich beantworten», erklärte Mervyn und blickte unabsichtlich auf seine Uhr, während er sich bequemer im Sessel zurechtsetzte, so daß Ernest sich im Geist selbst die Hand drückte: ‹Er wartet auf weitere Fragen, weitere Andeutungen, wieviel ich weiß.›

«Ich darf Sie nicht länger aufhalten», sagte er zu seinem Gast. «Es war reizend.»

Mervyn erhob sich. «Hören Sie», begann er – und verstummte wieder.

«Ja?»

«Nichts, nichts.»

Aber als er auf der obersten Stufe des Ausgangs stand und sich von Ernest verabschiedete, sagte er: «Berichten Sie Eleanor, daß ich ihren Vorschlag überdenken werde. Vielleicht überlege ich's mir doch noch und kratze ein bißchen zusammen, damit ich ihr aushelfen kann. Aber Sie wissen selbst, wie schlecht die Zeiten sind, und außerdem habe ich meinen armen Jungen. Er stellt eine große finanzielle Belastung dar.»

«Denken Sie nicht mehr daran», sagte Ernest. «Bitte, denken Sie nicht im Traum daran.»

«Berichten Sie Eleanor, daß ich mein möglichstes tun werde.»

Ungefähr vier Minuten lang nach dem Abgang seines Gastes war Ernest ehrlich verblüfft über diese Bemerkungen in letzter Minute. Doch dann ließ er sich in einen weichgepolsterten, schokoladefarbenen Sessel sinken und lächelte über sein ganzes, jugendliches Gesicht, wobei lauter Falten seine Stirn hinaufkletterten, bis zu seinem sehr weißen Haar.

Eine halbe Stunde später war er in Kensington in ihrem Studio. Er sah Eleanor in einer der Umkleidekabinen hinter dem großen Tanzsaal im Obergeschoß und drehte eine wunderschöne Pirouette, um sie auf sich aufmerksam zu machen.

Sie strich sich die engen Samthosen über den Hüften glatt und zog den Gürtel fester, wie sie es stets tat, wenn sie sich auf etwas konzentrieren wollte.

«Wie war die Unterredung? Etwas erreicht?»

«Ich glaube schon», antwortete er.

«Du mußt einen regelrechten Zauber auf Männer ausüben, Ernest. Ich hätte schwören mögen, daß du Mervyn nicht einmal eine vergammelte Makkaronistange abluchsen könntest, besonders wenn er weiß, daß ich davon profitieren soll. Er ist gewöhnlich so niederträchtig. Was hat er gesagt? Wie hast du es angestellt?»

«Erpressung», erwiderte Ernest.

«Wie hast du's angestellt, Lieber?»

«Wie ich gesagt habe. Natürlich ist es noch nicht sicher. Und doch – ich bin ziemlich überzeugt, daß du das Geld bekommst, meine Liebe.»

«Wie hast du das fertiggebracht?»

«Erpressung durch Mißverständnis.»

«Was meinst du nur damit? Erklär's mir ausführlich.»

«Ich lud ihn zum Lunch ein. Ich erklärte ihm deine Schwierigkeiten. Bat ihn um ein Darlehen. Er lehnte ab. Dann stellte ich ihm ein paar Fragen in einer anderen Angelegenheit, was er als eine Form der Erpressung auffaßte. Und als er dann aufbrach, gab er klein bei.»

«Was waren das für Fragen – die er für einen Erpressungsversuch hielt, meine ich? – Worauf bezogen sie sich?»

«Bedaure, kann ich dir nicht sagen, meine Liebe. Eine ganz private Angelegenheit.»

«Betrifft sie mich?» fragte Eleanor.

«Nein, mit dir hat das überhaupt nichts zu tun, ehrlich.»

«Ganz bestimmt nicht?»

«Ganz bestimmt nicht.»

Mehr wollte sie nicht wissen. Als Ernest sie verließ, befaßte sie sich bereits eifrig mit Berechnungen, in welche sie die erwartete Unterstützung von Mervyn Hogarth schon einkalkulierte. Sie saß mit untergeschlagenen Beinen auf einem weißen Fellvorleger, Federhalter und Papier zur Hand, und addierte und multiplizierte, als hätte es die Sorgen der Vergangenheit nie gegeben, als hätten sie nicht erst gestern den ganzen Tag hin und her überlegt und über den bevorstehenden Bankrott gesprochen. Bevor er aus dem Zimmer ging, sagte sie noch zu Ernest: «Und vergiß nicht, den Lunch auf die Spesenliste zu setzen.»

«Helena?»

«Einen Augenblick bitte.»

«Helena?»

«Wer spricht da? Oh, du bist's, Ernest.»

«Ich habe Hogarth getroffen.»

«Schon? Wo?»

«In meinem Klub. Zum Lunch. Schrecklich ernster kleiner Mann in einem Harris-Tweed-Jackett.»

«Ernest, du bist ein Wunder. Deine Auslagen werde ich dir selbstverständlich erstatten.»

«Ich dachte, du wirst hören wollen, wie die Sache gelaufen ist. So ein sauertöpfischer kleiner Bursche!»

«Erzähl mir alles. Ich kann's kaum noch erwarten.»

«Laurence hat recht. Zwischen deiner Mutter und Hogarth scheint es tatsächlich irgendeine Geschichte zu geben.»

«*Was* für eine Geschichte?»

«Damit wollte er natürlich nicht herausrücken. Aber die Sache ist so bedeutend, daß er ganz unglücklich über unseren Verdacht ist und äußerst eifrig, uns zu beschwichtigen. Wirklich ein trübseliger kleiner Zwerg. Das Essen war leider sehr mißraten, ein Lammbraten wie Baumrinde, ohne Übertreibung. Er glaubt, daß wir mehr wissen, als es in Wirklichkeit der Fall ist. Ein großes Plus für uns, meine ich.»

«Bestimmt ist es das. Kannst du jetzt gleich zu mir kommen, Ernest? Du könntest ein Taxi nehmen.»

«Das würde zehn Shilling kosten.»

«Von wo sprichst du?»

«U-Bahnhof South Kensington.»

«Nun, wenn du willst, komm mit der U-Bahn. Aber du kannst wirklich gern ein Taxi nehmen.»

«Ich bin gleich bei dir.»

Während Ernest an jenem Nachmittag mit Helena telephonierte, kletterte Mervyn Hogarth die Treppe eines düsteren, vernachlässigten Hauses in Chiswick empor. Er drückte auf einen Klingelknopf. Da er kein Läuten hörte, drückte er noch einmal und ließ den Finger eine ganze Weile auf dem Knopf. Wahrscheinlich nicht in Ordnung. Gerade als er durch den Briefkastenschlitz spähte, um festzustellen, ob sich drinnen etwas tat, wurde die Tür geöffnet, so daß Mervyn beinahe über die Schwelle und in einen zweifelhaft aussehenden Mann in blauem Anzug und ohne Hemdkragen hineingestolpert wäre, der dahinter stand.

«Wohnt Mrs. Hogg zur Zeit hier?» fragte Mervyn.

Er kannte dieses Haus bereits, Georginas üblichen Unterschlupf, wenn sie sich in London aufhielt. Er war früher schon hier gewesen und mochte es nicht.

An jenem Tag hörte Caroline Rose im Krankenhaus das Klappern einer Schreibmaschine, gefolgt von den Stimmen:

Er kannte dieses Haus bereits, Georginas üblichen Unterschlupf, wenn sie sich in London aufhielt. Er war früher schon hier gewesen und mochte es nicht.

Es ist nicht so einfach, ohne Caroline Rose fortzufahren. An dieser Stelle der Erzählung ist sie an ein Krankenbett gefesselt, und keines ihrer Gefühle dürfte eigentlich in den Gang der Handlung eingreifen. Unglücklicherweise aber hatte sie einen unruhigen Schlaf. Sie schlief überhaupt nie gut. Und statt nach der Schwester zu läuten und um ein Schlafmittel zu bitten, zog sie es vor, während der Nachtstunden ihr Wachsein auszukosten, ein Genuß, der durch den tiefen Schlaf der sieben anderen Frauen im Krankenzimmer noch erhöht wurde. Wann immer ihr Bein sie nicht zu sehr quälte, befaßte sich Caroline inmitten der Schläferinnen im Geiste mit der Kunst des Romanschreibens, verbrachte viele Stunden mit Sinnen und Meditieren und übte einen unangebrachten, unberechenbaren Einfluß auf die Erzählung aus, in der sie eigentlich für einige Zeit nicht vertreten sein sollte.

Tap-tip-klick. Wann immer ihr Bein sie nicht zu sehr quälte, befaßte sich Caroline inmitten der Schläferinnen im Geiste mit der Kunst des Romanschreibens, verbrachte viele Stunden mit Sinnen und Meditieren und übte einen unangebrachten, unberechenbaren Einfluß auf die Erzählung aus, in der sie eigentlich für einige Zeit nicht vertreten sein sollte.

Ihr gewaltiger Busen war Mrs. Hogg sehr unangenehm – weniger aus Eitelkeit, da sie sich inzwischen nicht mehr zu den Jüngsten zählte, sondern weil sie einfach nicht wußte, was sie damit anfangen sollte.

Als sie mit fünfunddreißig Jahren Kindermädchen und Erzieherin für die Söhne der Manders wurde, hatte Edwin Manders seiner Frau gegenüber bemerkt: «Findest du nicht, daß sie für unseren Haushalt ein wenig zu gut gewachsen ist?»

«Bitte, Edwin, sei nicht so eklig. Sie hat einen feinen Charakter.»

Laurence und Giles (der ältere Sohn, im Kriege gefallen) fanden Georginas überquellenden Busen großartig. Giles war derjenige, der die mehr dichterischen Bilder zu seiner Beschreibung fand; er erklärte, daß sie unter ihrer Bluse ein Paar Eierkürbisse, zwei junge Walfische, zwei St. Paul's Kathedralen, zwei Goldfischbassins trüge. Laurence legte ein mehr dokumentarisches Interesse für Georginas hervorragende Frontpartie an den Tag. Er verschaffte sich Kenntnis ihres großen Vorrats an Büstenhaltermiedern, weiten Gebilden aus hellrosa oder teerosenfarbigen Stoffen, einige hart wie Leinwand, andere aus geschmeidigerem Material; einige mit gekreuzten Trägerbändern, andere mit Ösen zum raffinierten Festschnüren und noch andere mit schon recht strapazierten Haken und Ösen. Er wußte jederzeit genau, welches dieser Kleidungsstücke Georgina gerade trug; eines davon verlieh ihr vier Brüste, in einem anderen sah sie aus wie mit einer Schwimmweste angetan, ein Bild, das Laurence aus seinen Büchern mit gefahrvollen Seemannsabenteuern vertraut war. Er merkte auch sofort, als sie zum ersten Mal den von seiner Mutter bezahlten, teuren, nach Maß gearbeiteten Büstenhalter trug. Das war ungefähr um die Zeit, als Georgina sie verließ, um zu heiraten. Das neue Stück war für die Kinder eine Enttäuschung, da es sie ihrer Meinung nach normal erscheinen ließ, wenn das natürlich auch stark untertrieben war.

Und sie wußten, daß es ihrer Mutter beim Anblick dieser neuen, wohlgeformten Gebilde, die Georgina wie Herolde ihres Nahens weit voranzuschweben schienen, nicht ganz wohl war; die alten langen Büstenhalter waren unvorteilhaft, aber war dieses neumodische Ding schicklich?

«Ich hebe meine Augen auf zu den Bergen», sang der kleine Giles zur Belustigung der niederen Hausangestellten.

Die Jungen teilten nicht die Meinung ihrer Mutter über Georginas Charakter. Sie waren hocherfreut, als es hieß, daß Georgina sie verließe, um einen Vetter zu heiraten.

«Was habt ihr denn gegen ihren Vetter?»

«Sei still, Laurence, Miss Hogg könnte dich hören.»

Ihrer Erfahrung nach war Georgina eine Petzerin, verschlagen und tyrannisch. Die Vorbereitungsschule im nächsten Jahr war dagegen regelrecht befreiend.

Mit ihrem mattrotgoldenen Haar, ihren runden blaßblauen Augen und ihrem marzipanschweinchenhaften, ‹fleischfarbenen› Gesicht übte Georgina Hogg zur Zeit ihrer Heirat schon eine gewisse Anziehung aus. Während der folgenden ‹tragischen› Jahre (denn wenn leicht lächerlichen oder niederträchtigen Menschen ein Mißgeschick widerfährt, ist es in der Tat tragisch für sie – es bricht wie ein dumpfes Donnergrollen aus heiterem Himmel über sie herein und erregt viel eher Abscheu als Mitleid und Furcht bei den Außenstehenden; in diesem Sinne empfand man auch das Unglück, das Georgina Hogg heimsuchte, nicht als echte Tragik, sondern eher als Tragikomödie) – in diesen Jahren seit ihrer Heirat also hatte Mrs. Hogg vergeblich nach einem Kleidungsstück Ausschau gehalten, das die Flut ihres gewaltigen und noch zunehmenden Busens wirkungsvoll eindämmen sollte. Sie hatte mehr Geld dafür ausgegeben, als sie sich leisten konnte; es war wie ein Versuch, das Meer zurückzudrängen. Als sie später in ihrem Leben Caroline Rose in St. Philumena begegnete, hatte sie die Zwecklosigkeit ihres Unterfangens eingesehen und trug unbekümmert überhaupt nichts mehr unter ihren schwellenden Blusen. ‹Wie Gott mich geschaffen hat›, mochte sie als Rechtfertigung und in ihrer neu gefundenen Erlösung gedacht haben.

...‹Wie Gott mich geschaffen hat›, mochte sie als Rechtfertigung und in ihrer neu gefundenen Erlösung gedacht haben.

«Geschmacklos», kommentierte Caroline. «Direkt abstoßend.» Sie hatte in der Tat einen großen Teil des vorhergehenden Absatzes ‹mitbekommen›, alles über Mrs. Hogg und ihren Busen.

‹Geschmacklos› – eine für Caroline Rose typische Bemerkung. War es nicht überhaupt sie gewesen, die damals in St. Philumena unangenehm berührt auf die durchsichtige Bluse von Mrs. Hogg gestarrt hatte? Ja, Caroline selbst hatte Mrs. Hoggs Busen in der Erzählung zur Sprache gebracht.

Tap-tap. Ja, Caroline selbst hatte Mrs. Hoggs Busen in der Erzählung zur Sprache gebracht.

Caroline Rose seufzte, während sie im Krankenbett lag und ihre Gedanken bei der Begegnung mit Mrs. Hogg weilten. «Keine Gestalt des wirklichen Lebens», kommentierte sie schließlich, «nur eine Anomalie.»

Nachdem der faule, bei allen Hunderennen anzutreffende Sohn von Georginas Hauswirtin Mervyn Hogarth eingelassen hatte, führte er ihn zu Georginas Zimmer. Während er die Treppe dorthin erklomm, hörte er das geschwinde Huschen von Mäusen, als ob jener Teil des Hauses unbewohnt sei. Er klopfte und öffnete mit einem Ruck die Tür. Da stand sie, mit unglücklichem Lächeln und so merkwürdig angeordneten Brüsten, wie er sie noch nie gesehen hatte – und er hatte sie in vielen ungewöhnlichen Formen zu Gesicht bekommen – völlig schief, die eine Seite hochgeschnürt, die andere nach unten wallend; wahrscheinlich war ihr in der Aufregung und Hast, ihm gegenüberzutreten, der rechte Träger ihres Mieders gerissen.

Er nahm ihre Erscheinung in sich auf, ohne sich dessen recht bewußt zu sein, so sehr war ihm daran gelegen, ihr möglichst rasch seine Meinung zu sagen, sie zu warnen und wieder seine Ruhe zu haben.

Mrs. Hogg, die sich ungeachtet ihres Malheurs zusammennahm, sagte: «Du kommst spät, Mervyn.»

Er ging zur Seite und ließ sich in einen Sessel gleiten, während sie sich am Gas unter dem Teekessel zu schaffen machte.

«Für mich keinen Tee», sagte er. «Erklär mir bitte, warum du dich in unsere Angelegenheiten zu mischen beginnst. Du hast Mrs. Jepp besucht. Was für ein Spiel treibst du?»

«Deins kenne ich jedenfalls», erwiderte sie. «Schmuggel.» Sie setzte sich in ihren Stuhl am Fenster, so daß er die Seite, an der ihr der Träger gerissen war, nicht mehr sehen konnte.

«Das hat dir Mrs. Jepp erzählt.»

«Ja, und es stimmt auch. Sie kann es sich leisten, die Wahrheit zu sagen.»

«Andrew steckt mit darin», sagte er.

«O ja, das sieht dir ähnlich, Andrew hast du auch schon ruiniert. Es war ja nur zu erwarten, daß du aus ihm einen Verbrecher machen würdest.»

«Du bist doch aus einem bestimmten Grund zu Mrs. Jepp gegangen. Warum?»

«Ich weiß, daß ich ihr etwas Gutes tun kann, wenn ich nur die Gelegenheit dazu habe. Sie ist eine sündige alte Frau. Aber ich wußte nicht, daß sie mit dir und Andrew so unter einer Decke steckte. Als sie zu mir sagte: ‹Mervyn und Andrew Hogarth›, fühlte ich mich wie von einem Dolch durchbohrt, ins Herz getroffen!» Sie tupfte sich ungestüm mit einem Taschentuch die Augen.

Mervyn Hogarth sah sie an und dachte: ‹Ich bemitleide mich nie. Ein schwächeres Gemüt würde an der Verderbtheit meines Lebens zerbrechen. Es gäbe vieles zu bedauern, wenn ich ein Mann wäre, der sich in Selbstmitleid ergeht.›

Georgina fuhr fort: «Erst Bigamie und dann Diamantenschmuggel. Diamantenschmuggel» – sie wiederholte dieses Wort als Krone der Schlechtigkeit mit dramatischer Verachtung in der Stimme, während sie ihr Gesicht zur Decke hob. Im Profil sah sie Mervyn sehr ähnlich.

Er beschloß, sie einzuschüchtern, obgleich er ursprünglich nur beabsichtigt hatte, sie zu warnen.

Georgina Hogg brauchte sich wegen ihres merkwürdigen Aussehens an jenem Nachmittag keine Sorgen zu machen, denn Mervyn konnte sie nicht wirklich sehen, wenngleich er sie unverwandt anstarrte. Wie immer hatte sie in ihm ein Gebräu alter Ärgernisse und Leiden aufgerührt, bis er Georgina in ihren verwirrenden Dimensionen nur noch als mythische Figur sah, als Verkörperung des Irrtums seines Lebens; sie, die ihn aufsaugen und ertrinken lassen würde, wenn er ihr nicht Angst einjagte.

Er brauchte nicht zu befürchten, daß die Frau, deren Profil sich vor dem Fenster abzeichnete, ihn jemals öffentlich wegen seiner bigamistischen Ehe mit Eleanor anklagen würde.

In seiner Kindheit hatte er das Verhalten seiner Base Georgina gegenüber ihren anderen Vettern und Basen beobachtet – Georgina, die mit zehn Jahren für die Sommerferien auf den Gutshof kam, Georgina mit ihrem blutlosen Gesicht, dem rötlichen Haar, den wimpernlosen Augen und ihrer Gefräßigkeit, sagte zum Beispiel zu ihren Vettern: «Ich kann die Gedanken in euren Köpfen lesen.»

«Du weißt aber nicht, was ich jetzt gerade denke, Georgina.»

«Doch, das weiß ich.»

«Was denn?»

«Das sag' ich nicht. Aber ich weiß es, weil ich in eine Klosterschule gehe.»

Sie hatte ständig etwas im Mund: Gras, zum Beispiel – sie aß sogar Gras, wenn sie nichts anderes zu essen hatte.

«Georgina, du Vielfraß!»

«Warum hast du die Katze, das arme Tier, am Schwanz herumgeschwungen, he?»

Sie spürte ihre Vergehen auf und beutete sie aus, ohne sie jedoch jemals an die Erwachsenen zu verraten. Sie verdarb ihnen ihre Spiele.

«Ich bin Königin der Türken.»

«Seht nur Georgina, den Fettkloß, Georgina, die Elfenkönigin!»

Selbst Mervyn, der ein stilles Kind war, pflegte nachzuäffen: «Ich bin Königin der Truthühner!»

«Du hast zwei Pennies gestohlen!» Und bei dieser Entgegnung machte Georgina ein so glückliches Gesicht, als äße sie ein dickes Sandwich. Mervyn, der Angeklagte, war von diesen Worten überwältigt; er dachte, daß sie vielleicht wahr seien, und im weiteren Verlauf des Tages glaubte er schließlich daran.

In seinem zweiunddreißigsten Lebensjahr hatte

er sie geheiratet, anstatt ihr Bildnis in Stein zu hauen. Es war nicht sein erster Irrtum, und ihre Gegenwart, wie sie halb zum Fenster gewandt wütend ihre Augen mit dem Taschentuch betupfte, wühlte schmerzliche und unerwünschte Erinnerungen in ihm auf.

‹Ich habe die Anlage zum Bildhauer, ich muß nur die richtigen Mittel, das richtige Werkzeug finden ... die richtige Umgebung ... das richtige Klima ... unerhörte Vision der weiblichen Form, wenn ich nur das richtige Modell finden könnte ... unter dem richtigen Einfluß stände.›

Und als er das vierzigste Lebensjahr erreicht hatte, war daraus geworden: ‹Ich hatte die Anlagen ... wenn ich nur die richtigen Lehrmeister gefunden hätte.›

Doch in der Zwischenzeit hatte er Georgina geheiratet, statt ihr Profil in Stein zu hauen. Ein *Mißgriff*. Es stellte sich heraus, daß sie überhaupt nicht zu seiner Lebensauffassung paßte; so sinnlich ihre Figur war, so flachbrüstig waren ihre Moralbegriffe. Die Worte traten wie bittere Tropfen über ihre Lippen, während ihr Busen im Laufe der Schwangerschaft noch mehr anschwoll. Er verließ sie nach vier Monaten. Georgina verweigerte ihm die Scheidung: das war der Fehler, eine Katholikin zu heiraten. Sie ließ ihn den Sohn nicht sehen; ein weiterer Fehler, eine Base ersten Grades zu heiraten: das Kind war von Geburt an verkrüppelt, und Georgina zog mit ihm von Krankenhaus zu Krankenhaus, von Kloster zu Kloster, wohin immer ihre verschiedenen Stellungen sie führten. Aus ihren wenigen Briefen an Mervyn schielte ihn das Bild einer Märtyrerin an. Er schickte ihr Geld, aber nie eine Antwort.

Während der folgenden zwanzig Jahre pflegte Georgina in Abständen bei den Manders in Hampstead vorzusprechen, um dort ihre Sorgen und Nöte loszuwerden. Helena weigerte sich fast nie, sie zu empfangen, obwohl sie Georginas Gegenwart kaum ertragen konnte. Die ganzen Jahre hindurch erduldete Helena diese Sitzungen mit der ihr widerwärtigen früheren Dienerin, sprach in banalen Worten ihr Mitgefühl aus, drückte Georgina kleine Geschenke in die Hand und brachte ihre trübseligen Unterredungen, sobald die Frau gegangen war, als ‹Opfer› für die armen Seelen im Fegefeuer dar. Manchmal besorgte Helena ihr eine Anstellung, empfahl sie mit blindem, auswegslosem Schuldgefühl an Privatleute und Institute.

«Ich bin sicher, daß Sie ohne Mr. Hogg besser dran sind», sagte Helena oft, wenn Georgina darüber klagte, daß ihr Mann sie im Stich gelassen hatte.

«Es ist Gottes Wille, Georgina», versicherte Helena, wenn Georgina über die körperliche Mißbildung ihres Sohnes lamentierte.

Georgina pflegte zu antworten: «Ja, und besser, er ist ein Krüppel als ein Heide wie der junge Herr Laurence.»

So etwa sahen die Reden aus, die Helena über sich ergehen ließ, teils aus innerer Schwäche und teils aus Charakterstärke.

Als Georgina eines Tages nach langer Abwesenheit wieder auftauchte, schien sie in ihrer angriffslustigen, verwundete Rechtschaffenheit widerspiegelnden Haltung ganz die alte zu sein. Bei dieser Gelegenheit versetzte sie der Manders-schen Katze einen Fußtritt, als Helena gerade das Zimmer betrat. Helena tat so, als habe sie es nicht gesehen und setzte sich, um wie üblich Georginas Geschichten anzuhören.

«Lady Manders», begann Georgina, während sie ein Taschentuch an die Augen führte, «mein Sohn hat mich verlassen.»

Helena dachte zuerst, er sei gestorben.

«Verlassen?» fragte sie.

«Er hat mich verlassen, um bei seinem Vater zu leben», sagte Mrs. Hogg. «Dieser hinterlistige Betrug! Der niederträchtige Mensch hat den Jungen hinter meinem Rücken besucht, monatelang. Ein großes Unheil, Lady Manders. Der Vater hat Geld, wie Sie wissen, und mein armer Junge, ein guter Katholik –»

«Der Vater hat ihn fortgeholt?»

«Ja. Andrew ist zu ihm gezogen.»

«Aber Mr. Hogg hat doch gewiß kein Recht dazu. Sie können Ihren Sohn zurückfordern. Was sagen denn die Behörden dazu? Ich werde mich darum kümmern, Georgina.»

«Andrew ist volljährig. Er ist freiwillig mitgegangen. Ich habe ihm geschrieben, habe ihn um eine Erklärung oder um eine Aussprache gebeten, aber er will nicht, er will einfach nicht.»

«Hat die Heimleitung Sie nicht verständigt,

bevor Andrew fortgeholt wurde?» fragte Helena.

«Nein. Es geschah sehr plötzlich. Alles an einem Nachmittag. Die Leute sagen, sie hätten keine Macht gehabt, es zu verhindern, und ich hatte damals die vorübergehende Anstellung in Bristol. Es ist eine erschütternde Angelegenheit, eine Tragödie.»

Später sagte Helena zu ihrem Mann: «Die arme Mrs. Hogg. Sie hat allen Grund, unglücklich darüber zu sein. Ich wünschte, ich könnte die Frau gern haben; aber irgend etwas Unheilbringendes geht von ihr aus.»

«Was du nicht sagst!» entgegnete er. «Die Kinder haben nie etwas von ihr wissen wollen, weißt du noch?»

«Ich möchte gern wissen, ob ihr Sohn sie auch nicht gemocht hat.»

«Würde mich nicht überraschen.»

«Vielleicht ist er bei Mr. Hogg besser aufgehoben.»

«Würde mich nicht überraschen.»

Es gab nur eine verhängnisvolle Tatsache, die Georgina den Manders verschwieg: daß Mervyn unter dem angenommenen Namen Hogarth in Bigamie lebte.

Mrs. Hogg erhob sich und trat vom Fenster weg, um den Gasofen anzuzünden.

«Einen Verbrecher aus Andrew zu machen», sagte sie zu Mervyn.

«Ihm macht das Spiel Freude.»

«Bigamie», wiederholte sie, «und nun auch noch Schmuggel. Eines Tages könntest du eine böse Überraschung erleben. Ich werde nicht stillsitzen und zusehen, wie du Andrew ruinierst.»

Aber er wußte, sie würde niemals das kostbare Geheimnis, das sie als Waffe gegen ihn besaß, dem öffentlichen Skandal preisgeben. Er zählte stets und unfehlbar auf die moralische Erpresserin in Georgina, denn schon in ihrer Kindheit hatte er ihre räuberische Vorliebe für anderer Leute tiefste Geheimnisse kennengelernt. Am meisten aber kostete sie jene Vergehen aus, die das Gesetz unter Strafe stellte, und eben aus diesem Grunde achtete sie eifersüchtig darauf, daß das Auge des Gesetzes nicht auf ihr Opfer fiel. Das Wissen um ein Verbrechen war sicher bei ihr geborgen; der Verbrecher selbst war es, den sie verfolgte, an seinen Seelenfrieden versuchte sie zu rühren. Daher hatte Mervyn beruhigt ihre Wesensart ausgenutzt, ohne zu befürchten, daß sie jemandem seine Doppelehe (ein weiterer ‹Mißgriff› von ihm) verraten würde, geschweige denn seine Schmuggeltätigkeit. Es war jetzt drei Jahre her, seit Mrs. Hogg ihre wertvollste Entdeckung, seine Doppelehe, gemacht hatte. Ein anonymer Brief war ihr eines Tages einfach ins Haus geflattert. Er unterrichtete sie davon, daß ihr Mann sich unter dem Namen Hogarth standesamtlich mit einer Frau hatte trauen lassen, die seit längerer Zeit mit ihm zusammenlebte. Georgina hielt dies für sehr wahrscheinlich – für so wahrscheinlich, daß sie es nicht einmal Helena anvertraute, die womöglich Nachforschungen angestellt und einen öffentlichen Skandal entfacht hätte.

Statt dessen betrieb Georgina ihre eigenen Ermittlungen. Bei näherer Untersuchung fand sie zunächst heraus, daß der Brief offensichtlich von Andrew geschrieben war. Ihr Frohlocken über dieses Zeichen der Untreue war genauso groß wie ihr triumphierendes Gefühl über den Inhalt des Schreibens.

Der Inhalt stimmte. Georgina tauchte in Ladle Sands in Sussex auf, wo das Ehepaar sich niedergelassen hatte, und machte Eleanor eine Szene.

«Sie haben seit Jahren mit meinem Mann zusammengelebt.»

«Ganz recht», bestätigte Andrew, der dabei war.

«Ich muß Sie bitten, das Haus zu verlassen», hatte Eleanor, ihrer Sache sehr unsicher, mehrmals wiederholt.

So banal hatte es sich abgespielt.

Eleanor verließ Mervyn Hogg, jetzt Hogarth, kurz nach dieser Aufdeckung seiner Doppelrolle. Sie spielte den Zwischenfall in der Folgezeit viele Male dem Baron vor. Sie holte ihr möglichstes aus der Wiedergabe dieser Szene heraus, aber ihre schauspielerischen Fähigkeiten reichten nicht an ihren dramatischen Erfindungsreichtum heran; was Eleanor hinzufügte, minderte nur die herbe Eigenart des Originalauftritts, der unverfälscht nur noch in der Erinnerung von Andrew und Georgina weiterlebte. Beide dachten sie frohlockend daran zurück, so verschieden die

Ursachen ihrer Genugtuung auch waren und wie weit ihre Wesensart sie auch trennte. Aber nichtsdestoweniger war der Baron von Eleanors wiederholter Versicherung: «Mrs. Hogg ist eine *Hexe!*» sehr beeindruckt.

Georgina handhabte ihr Wissen um Mervyns Bigamie in ängstlichem Triumph. Ihre Furcht, daß Eleanor womöglich gesetzliche Maßnahmen gegen Mervyn einleiten könne, wurde allerdings zum Teil durch Eleanors Ruf gemildert, sich nie in einen Skandal hineinziehen zu lassen.

«Aber mein Name würde mehr darunter leiden als ihrer. Ich habe immer einem achtbaren Stande angehört, während sie eine Tänzerin ist», erklärte Georgina bei einem ihrer unwillkommenen Besuche in Ladle Sands. Das Wissen um seine Doppelehe hatte ihr freien Zugang zu Mervyns Haus verschafft.

«Und außerdem», fuhr sie fort, «muß die Affäre um Andrews willen totgeschwiegen werden.»

«Ich bin nicht empfindlich», meinte Andrew.

«Nicht auszudenken, wenn meine Freunde, die Manders', davon hören würden», sagte Georgina, während sie eine Postkarte mit dem Bild der heiligen Thérèse von Lisieux auf dem Kaminsims aufstellte.

Ein ganzes Jahr lang wiederholte sie häufig diese Besuche, bis Mervyn schließlich damit drohte, sich selbst bei der Polizei anzuzeigen. «Sechs bis zwölf Monate im Gefängnis wäre mir ein wenig Friede schon wert», erklärte er.

«Gute Idee», bemerkte Andrew.

«Du bist vom Teufel besessen», versicherte ihm seine Mutter, als sie zum letzten Mal das Haus verließ; dabei streifte sie mit einem verächtlichen Blick ein paar zerbrochene Gipsfiguren, die auf einem Tisch herumlagen. «Mervyn hat also zu modellieren begonnen!» stellte sie fest.

Während Mervyn an jenem späten Nachmittag in dem Zimmer in Chiswick saß, dachte er wiederholt daran, daß ihm ein weites Feld zum Selbstmitleid zur Verfügung stände, wenn er diese Befähigung besäße. Sein Leben bestand aus lauter Mißgriffen und Fehlern. Er erinnerte sich daran, wie er einmal während seiner Ehe mit Eleanor ausgerutscht war, als er ihren auf Hochglanz polierten Tanzboden überquerte. Gebohnerte Fußböden waren ein Fehler; er hatte sich bei dem Sturz einen Eckzahn abgebrochen und als weitere Folge, wie er behauptete, seinen Geruchssinn verloren. Die Erinnerung an andere Mißgeschicke, andere Fehler drängte sich ihm auf.

Er fürchtete nicht etwa eine Enthüllung seiner Verbrechen durch Georgina, er hatte vielmehr Angst vor dem Schaden, den sie ihm an Leib und Seele durch ihre fanatische moralische Aufdringlichkeit, die so sehr an gänzlich primitiven religiösen Irrsinn grenzte, zufügen könnte.

Georgina begann zu sprechen: «Bereue und laß dich bekehren, Mervyn.»

Er schauderte, zusammengesunken in seinem Sessel sitzend, vom Frosthauch der Gefahr durchweht. Georginas Sucht, Leute zum Glauben zu bekehren, war schreckenerregend; denn mit dem Glauben meinte sie sich selbst. Er fühlte sich zu einem mundgerechten Bissen zusammenschrumpfen, sah sich am Rande ihres ungeheuren Rachens kauern, um zu einer unkenntlichen Masse zermalmt zu werden und jenen widerwärtigen Schlund hinabzugleiten – durch jene Kehle, die er fast sehen konnte, während sie ihr allesvergebendes Lächeln lächelte. «Bereue, Mervyn. Laß dich umwandeln.» Und um nicht womöglich auf chemischem Wege umgewandelt zu werden und als winzige Zelle völlig in ihrem großen Nichts aufzugehen, stand er rasch auf und kicherte unmotiviert.

«Wandle dein sündhaftes Leben», sagte sie. «Reiße dich aus den Klauen von Mrs. Jepp.»

«Du weißt nicht, was Sünde ist», verteidigte er sich; «genauso wenig, wie du den Unterschied zwischen Gut und Böse kennst ... wirfst Gott mit den Staatsabgaben in einen Topf und Gott weiß was.» Und im selben Augenblick erinnerte er sich an verschiedene Beispiele von Georginas verschwommenen Moralbegriffen; er dachte wieder an die Fehler und Irrtümer in seinem Leben, an seine verlorene künstlerische Begabung und seine Ehen, an den Tag, da er sich auf schlüpfrigem Parkett den Eckzahn abbrach und an eine andere, nicht lange zurückliegende Begebenheit, als er seine Reiseschecks vermißte, nachdem er in Boulogne eine halbe Stunde mit einem zufällig dort getroffenen Jugendbekannten zusammengesessen hatte. Zu all dem kam noch ein Magengeschwür, eine Folge dieser Fehler und Irrtümer. Er dachte an Ernest Manders, an das Schweigegeld. Er setzte sich wieder und rüstete sich, Georgina Trotz zu bieten.

«Ich will dir erzählen, was dank deiner Einmischung in meine Angelegenheiten geschehen ist: die Manders sind auf unserer Spur.»

«Die Manders? Die wagen nichts zu unternehmen. Als ich Lady Manders wegen meines Verdachtes aufsuchte, war sie sehr, sehr in Angst wegen ihrer Mutter.»

«Du hast es Lady Manders erzählt? Da bist du ja sehr emsig gewesen. Kein Wunder, daß die Angelegenheit schon fast Allgemeingut geworden ist.»

«Sie war mehr ängstlich als bekümmert, muß ich leider sagen», erklärte Georgina. «Sie wagt nichts zu unternehmen, weil ihre Mutter in die Sache verwickelt ist.»

«Die alte Frau spielt nur eine sehr kleine Rolle in unserem System. Glaubst du, daß wir uns auf Gedeih und Verderb diesem senilen alten Weib ausliefern würden?»

«Die ist nicht senil, die nicht.»

«Mrs. Jepp hat sehr wenig mit unseren Geschäften zu tun. Fast nichts. Hinter uns sind die Manders her; uns wollen sie die Hölle heiß machen – öffentlich. Erkennst du nicht ihren Plan? – Schamlose Ausnutzung einer wehrlosen alten Dame. Diese Richtung hat Ernest Manders jedenfalls angedeutet, als ich ihn heute traf.»

«Ernest Manders», sagte Georgina, «du hast dich mit diesem perversen Kerl getroffen?»

«Ja; er erpreßt uns. Dank deiner Einmischung. Aber ich lasse mich nicht einschüchtern. Ein paar Jahre im Gefängnis machen mir nach all dem, was ich durchgestanden habe, auch nichts mehr aus. Andrew wird wahrscheinlich auf Grund seines Zustandes freikommen. Ich nehme an, daß er bedingt begnadigt und in eine spezielle Bewährungsanstalt eingewiesen wird. Er würde sich einen Dreck daraus machen. Natürlich käme unser richtiger Name dabei heraus, und dich würde man als Zeugin vernehmen. Andrew macht sich nichts daraus. Erst neulich hat er gesagt: ‹Mir ist das alles völlig schnuppe.›»

«Du hast Andrew zugrunde gerichtet», lautete ihre stereotype Entgegnung.

«Ich wollte gerade mit Andrew eine Wallfahrt zum Kloster Einsiedeln unternehmen», sagte er, «aber dank deiner Einmischung mußten wir unser Vorhaben aufgeben.»

«*Du* und auf eine Wallfahrt gehen!» rief sie aus. «Das glaube ich einfach nicht, kein Wort glaube ich dir davon.»

Sir Edwin Manders hatte sich seit zwei Wochen zur Ausübung seiner Exerzitien zurückgezogen.

«Edwin ist seit zwei Wochen in den Exerzitien», sagte Helena.

Ernest, der mit ihr dinierte, stellte fest, daß sie diese Bemerkung schon dreimal seit seiner Ankunft gemacht hatte, fast als spräche sie zu sich selbst. ‹Ich glaube, sie liebt ihn sehr›, dachte er und wunderte sich gleichzeitig über die Eigenart dieser Liebe. Dabei war sein Bruder nicht etwa unliebenswert, wenn man das Wort Liebe in seiner ganzen, umfassenden Bedeutung auslegte; aber es war schwer zu verstehen, daß eine Frau für den Edwin dieser letzten Jahre Zärtlichkeit empfinden konnte, so sehr hatte er sich seiner Umwelt entfremdet, wenngleich er stets liebenswürdig, immer liebenswürdig und gleichbleibend freundlich war.

Ernest brachte es in unerträgliche Verlegenheit, mit einem Anliegen an seinen Bruder heranzutreten. Er hatte beschlossen, daß sein jüngster Versuch auch der letzte bleiben sollte.

«Eine vorübergehende Geldknappheit, Edwin. Wir haben kostspielige Umbauten im Studio vornehmen lassen. Unglücklicherweise versteht Eleanor nichts von Geschäften. Sie war überzeugt, daß Baron Stocks finanzielles Interesse an der Schule keinerlei persönliche – ich meine, keine persönlichen – verstehst du, dabei waren die Verpflichtungen des Barons in Wirklichkeit *völlig* unverbindlich, lediglich eine Art Protektion. Glaubst du nicht, daß es für dich lohnenswert sein könnte, ich meine, dir eine persönliche Befriedigung verschaffen würde, Eleanors und meine Bemühungen zu unterstützen?» und so weiter.

Edwin hatte ganz freundlich geantwortet: «Wenn ich aufrichtig sein soll, Ernest, mich reizt wirklich nichts an der Idee, Geld in Tanzschulen zu investieren. Aber ich will dir einen Scheck ausschreiben. Über eine Rückzahlung brauchst du dir keine Gedanken zu machen. Ich bin sicher, daß dies der beste Weg ist, eure Schwierigkeiten zu beheben.»

Er reichte Ernest den Scheck, den er inzwischen unterzeichnet und sauber und ordentlich zusammengefaltet hatte. Offensichtlich fühlte er sich dabei völlig frei und ungezwungen; *nichts* an dieser Transaktion war möglicherweise dazu angetan, Ernest zu verletzen, aber Ernest fühlte sich trotzdem entsetzlich unbehaglich und ohne jeden vernünftigen Grund regelrecht entnervt.

Überschwenglich begann er: «Ich weiß nicht, wie ich dir danken soll, Edwin, ich kann dir nicht sagen, wie froh Eleanor ...» Dabei hatte er in Wirklichkeit sagen wollen: ‹Wir möchten kein Geschenk – wir wollen ein Geschäft mit dir machen›; aber der Anblick seines lächelnden Bruders löschte diese Worte einfach aus.

«Aber wieso denn, denk nicht mehr daran» – Edwin blickte überrascht, als hätte er den Scheck, längst vergessen, vor zwanzig Jahren ausgeschrieben.

Ernest fummelte das Geschenk in seine Tasche, und in seiner Nervosität übertrieb er dabei seine femininen Bewegungen. Höflich begann sein Bruder über Ballett zu sprechen, über die berühmten Tänzerinnen, die er gesehen hatte; dies, um seinen guten Willen zu bezeugen. Ernest wußte, daß sein Bruder schon seit vielen Jahren ein zurückgezogenes, von stillem Philosophieren erfülltes Leben führte, wenn man es so nennen konnte; die schönen Künste interessierten Edwin nicht mehr. Es war reizend von ihm, über Ballett zu sprechen, aber das brachte Ernest nur noch mehr außer Fassung; er mußte nach Hause gehen und sich ins Bett legen. Am nächsten Morgen erinnerte er sich an den Scheck, sah ihn sich an und brachte ihn Eleanor.

«Fünfzig Pfund! Wie geizig! Dein Bruder ist reich genug, wirklich zu investieren!» Ernest war verstimmt über ihren Ton.

«Sei bitte ein wenig sparsamer mit deinen Ausrufezeichen», entgegnete er. «Er hat nicht die Absicht, sich an unserer Schule zu beteiligen, verstehst du das nicht? Er war so reizend, hat sich so viel Mühe gegeben. Fünfzig Pfund sind ein großzügiges Geschenk.»

Eleanor kaufte sich ein Kleid aus grob gerippter schwarzer Seide mit einer bezaubernden, raschelnden kleinen Schleppe, das so gut zu ihrem unbeständigen, schwer zu fassenden Wesen paßte, daß Ernest sich wieder besser fühlte. Das restliche Geld verwendete Eleanor als Anzahlung für ein Bernsteinarmband.

«Wäre dein Bruder nicht entsetzt, wenn er wüßte, wie ich sein geheiligtes Geld angelegt habe?»

«Nein, er würde sich nicht ärgern», meinte Ernest, «nicht einmal überrascht würde er sein.»

Zum vierten Mal murmelte Helena: «Edwin ist seit zwei Wochen in den Exerzitien.»

«Wenn er zurückkommt», sagte Ernest, «mußt du ihm die ganze Geschichte erzählen, das ist wirklich am besten.»

«Zuerst werden wir die Sache in Ordnung bringen. Ich erzähle Edwin nie von meinen Sorgen, ehe sie nicht vorüber sind.»

«Ich habe das Gefühl, daß du dir keine Sorgen mehr zu machen brauchst. Hogarth war wirklich sehr verängstigt, der komische mürrische kleine Kauz. Ich habe einen großartigen Bluff ausgespielt.»

«Wenn er verängstigt war, muß etwas an unserem Verdacht dran sein. Laurence hatte recht.»

«Spielt es denn eine Rolle, ob wir genau wissen, was deine Mutter getrieben hat, solange wir dem Spiel nur einen Riegel vorschieben können?»

«Ich würde gern etwas mehr wissen», entgegnete Helena. «Aber Mutter ist sehr schwer zu durchschauen, Ernest. So unergründlich und doch so unschuldig in ihrer Art. Ich muß gestehen, daß ich es für eine Unzulänglichkeit meinerseits halte, ihre Unschuld nicht akzeptieren zu können, ohne wissen zu wollen, worauf sie sich gründet. Woher stammen zum Beispiel diese Diamanten im Brot, und woher bezieht sie ihr Einkommen? Es ist eine große Schwäche von mir, Ernest, aber ich muß einfach neugierig sein, es liegt in meiner Natur.»

«Völlig natürlich, meine Liebe», sagte Ernest, «und kein Grund zu Vorwürfen.»

«Oh, das mußt du nicht denken, dir macht wirklich niemand Vorwürfe, Ernest, Lieber.»

Ernest hatte damit natürlich sagen wollen: ‹*Ich an deiner Stelle* würde mir keine Vorwürfe machen›, berichtigte aber ihren Irrtum nicht. Ein leichter Regen hatte gegen die Scheiben zu klopfen begonnen.

«Laß uns eine Privatdetektei mit der Sache beauftragen, und wir werden alles erfahren», schlug er vor.

«Nur das nicht, wer weiß, was die aufdecken würden», wehrte sie allen Ernstes ab.

Ernest, der sehr ungern naß wurde, brach sehr bald nach dem Abendessen auf, aus Furcht, der leichte Schauer könne sich zu einem kräftigen Dauerregen auswachsen.

Etwa eine halbe Stunde nach seinem Fortgehen – es war neun Uhr dreißig, und Helena dachte gerade daran, den Rosenkranz zu beten und mit einer Wärmflasche ins Bett zu gehen, da es recht kühl war – klingelte es an der Haustür. Kurz darauf steckte die Haushälterin, eine Frau in mittleren Jahren, ihren Kopf ins Wohnzimmer.

«Wer ist es, Eileen?»

«Mrs. Hogg. Ich habe sie in die Diele gesetzt. Sie möchte Sie sprechen. Sie sagt, sie habe noch Licht im Wohnzimmer gesehen.» Diese Eileen kannte Mrs. Hogg; sie war diejenige, deren Heirat von Laurence vor langer Zeit durch das Lesen ihrer Liebesbriefe so überstürzt herbeigeführt wurde. Obgleich sie erst kürzlich und nach vielem Herumgestoßenwerden in der Welt den Dienst bei den Manders wieder aufgenommen hatte, waren ihr die Tage ihrer Küchenmädchenzeit und besonders Mrs. Hogg lebhaft genug in Erinnerung geblieben, um das Erscheinen dieser Frau und ihre Wohnzimmerkonferenzen mit Lady Manders übel aufzunehmen.

«Ich wollte gerade Schluß machen, Eileen. Ich dachte, einmal früh zu Bett –»

«Ich werd's ihr sagen», versicherte Eileen im Verschwinden.

«Nein, schicken Sie sie herauf», rief Helena hinterher.

Eileen steckte ihr Gesicht wieder durch die Tür, mit einem Ausdruck, als erwarte sie eine endgültige klare Entscheidung.

«Schicken Sie sie herauf», wiederholte Helena, «aber sagen Sie ihr, daß ich gerade zu Bett gehen wollte.»

Eine närrische Idee fuhr Helena durch den Kopf, als sie die Schritte die Treppe heraufkommen hörte. Sie dachte: ‹Wie herrlich ist es doch, ich selbst zu sein›; und alles, was die Gunst des Schicksals ihr hatte zuteilwerden lassen, zuckte durch ihre Gedanken, als betrachte sie eine andere Person: ihre guten Umgangsformen und Eigenschaften, ihre gute Gesundheit und ihre Genauigkeit in allen Dingen, ihre Bescheidenheit und Wohltätigkeit – sie sah dem Besuch von Mrs. Hogg mit freudiger Spannung entgegen. Sie spürte ihre Kraft; ein feines Gefühl der Überlegenheit, der Freiheit, sich ganz auf die Seite ihrer Mutter zu stellen, sollte es sich als notwendig erweisen, durchströmte sie.

Es erwies sich kaum als notwendig. Mrs. Hogg war leicht zu behandeln. Sie begann, indem sie sich für ihren vorhergegangenen Besuch wegen Laurences Brief entschuldigte. «Ich war völlig mit den Nerven herunter. St. Philumena hatte mich zu sehr angestrengt. Hundertunddreißig Pilger an manchen Tagen –»

«Aber natürlich, Georgina», sagte Helena.

Georgina fuhr fort und erklärte, daß sie sich die Dinge noch einmal habe durch den Kopf gehen lassen. Ganz offensichtlich habe sie den Brief des jungen Herrn Laurence falsch gedeutet. Sie sähe jetzt ein, daß alles nur ein Scherz gewesen sei.

«Sie hätten ihn am besten gar nicht erst lesen sollen. Er war nicht an Sie adressiert.»

«Ich hab' es doch nur gut gemeint», antwortete Mrs. Hogg und betupfte ihre Augen. Sie reichte Helena den Brief.

«Was ist das?» fragte Helena.

«Der Brief von Laurence. Sie können selbst sehen, wie sehr ich irregeführt wurde.»

Helena riß ihn in der Mitte durch und warf ihn in den brennenden Kamin.

«Ich hoffe, Sie werden nichts mehr in der Sache unternehmen», sagte Georgina.

«In welcher Sache? Der Brief ist verbrannt. Was sollte ich noch unternehmen?»

«Ich meine, wegen Ihrer Mutter. Die arme alte Dame, ich bin überzeugt, daß sie eine fromme Seele ist», erklärte Georgina und fügte hinzu, als sie Helenas Gesicht sah, «in ihrem Innersten.»

Die Unterhaltung dauerte eine halbe Stunde, ehe Helena erkannte, wie verzweifelt die Frau sich bemühte, alle weiteren Nachforschungen zu unterbinden. Es war kaum einen Monat her, seit Mrs. Hogg das Landhäuschen aufgesucht hatte und über ihre Mutter hergefallen war. Dieser Sinneswechsel verblüffte Helena, doch ihr Argwohn wurde durch den Anblick von Mrs. Hogg, die ihre von Tränen überquellenden Augen betupfte, gemildert.

«Ich bin froh, daß Sie wieder zu Verstand gekommen sind, Georgina.»

«Ich habe wirklich nur das Beste gewollt, Lady Manders.»

«Wie ich weiß, haben Sie meine Mutter aufgesucht. Warum?»

Georgina zuckte zusammen. Helena sah eine ihrer Befürchtungen bestätigt: etwas mehr als sie wußte war zwischen ihrer Mutter und Mrs. Hogg vorgegangen.

«Ich dachte, sie würde eine Gesellschafterin brauchen», antwortete Mrs. Hogg schwach. «Sie selbst haben das doch vor noch nicht langer Zeit vorgeschlagen.»

Helena fühlte ihre Zuversicht steigen. «Wollen Sie damit sagen, daß Sie Mrs. Jepp Ihre Dienste zu einer Zeit angeboten haben, da sie in Ihren Augen eine Verbrecherin war?»

«Ein Katholik kann unter Gottlosen viel Gutes wirken.»

«Meine Mutter ist kein gottloser Mensch, Georgina.»

«Nein, ich sehe das jetzt völlig ein.»

Es klopfte an der Tür. «Ihre Wärmflasche ist im Bett, Lady Manders.»

«Vielen Dank, Eileen.»

Mrs. Hogg erhob sich. «Ich darf also annehmen, daß Sie die Angelegenheit als erledigt betrachten», sagte sie.

«Was um Himmels willen bereitet Ihnen denn noch Sorgen? Selbstverständlich ist die Sache erledigt», versicherte Helena.

«Gott sei Dank! Dann kann ich mich endlich wieder ruhig fühlen.»

«Was machen Sie jetzt? Haben Sie eine Stellung?» fragte Helena aus lauter Gewohnheit.

«Nein, Lady Manders.»

«Haben Sie irgend etwas in Aussicht?»

«Nein. Es ist ein Jammer.»

«Besuchen Sie mich morgen nachmittag um fünf.»

Ehe sie zu Bett ging, läutete Helena Ernest an.

«Bist du noch auf, Ernest?»

«Nein, im Bett.»

«Oh, habe ich dich geweckt? Das tut mir leid.»

«Nein, ich war noch wach.»

«Ich wollte dir nur erzählen, Ernest, daß Mrs. Hogg kurz nach deinem Fortgehen zu mir gekommen ist. Aus irgendeinem Grund ist sie sehr ängstlich darauf bedacht, alle weiteren Nachforschungen zu unterbinden. Sie hat sich für ihre Verdächtigungen entschuldigt.»

«Nun, dann ist ja alles in bester Ordnung, nicht wahr?»

«Ja, ich weiß. Aber findest du nicht, daß ihr plötzlicher Gesinnungswechsel ausgerechnet jetzt recht merkwürdig ist?»

«Bist du sicher, daß sie nichts mit Hogarth zu tun hat?» fragte Ernest, hellhörig geworden.

«Wieso, ich habe den Namen nie von ihr gehört. Ist er katholisch?»

«Ich glaube nicht.»

«Dann würde sie jedenfalls nie etwas *für* den Mann unternehmen, sollte sie ihn überhaupt kennen. Sie hat einen religiösen Tick.»

«Glaubst du nicht, daß sie einen Erpressungsversuch beabsichtigt? Diese Erpresser schlagen manchmal die merkwürdigsten Umwege ein, weißt du.»

«Bestimmt nicht. Sie hat mir sogar den Brief von Laurence gebracht. Ich habe ihn vor ihren Augen verbrannt. Ich habe die Sache zu einem guten Ende gebracht, Ernest.»

«Sehr schön. Nun, dann haben wir also von Mrs. Hogg nichts mehr zu befürchten.»

Für das ‹wir› war sie ihm dankbar. «Das mag stimmen. Ich habe ihr gesagt, sie solle mich morgen wegen einer Stellung aufsuchen. Ich möchte sie gern im Auge behalten.»

«Gute Idee.»

«Aber im stillen beginne ich zu denken», sagte Helena, «daß Georgina nicht ganz richtig im Oberstübchen ist.»

Um diese Zeit lag Mr. Webster in seinem Bett über der Bäckerei und ging im Geiste noch einmal den sehr zu seiner Zufriedenheit ausgefallenen Tag durch. Obwohl er nach seiner Rückkehr aus London rechtschaffen müde war, hatte er unverzüglich Mrs. Jepp aufgesucht und ihr mit minutiöser Genauigkeit seine Unterhaltung mit dem Baron berichtet; danach hatten sie gemeinsam wie immer die Zahlung und ihren Profit aufgerechnet.

«Ich bin froh, daß ich ihm Heringsrogen geschickt habe», hatte Louisa gesagt. «Beinahe hätte ich Früchte dazu genommen, aber der Rogen ist eine Abwechslung für Baron Stock. Fisch ist Gehirnnahrung.»

«Welch ein Tag!» hatte Mr. Webster gesagt und lächelnd in die Runde geblickt, bevor er sich verabschiedete.

Auch für Baron Stock war es ‹ein Tag› gewesen. Er haßte das Geschäftliche des Geldverdienens, aber man kam nicht daran vorbei. Die Buchhandlung war zwar eine glanzvolle Betonung seiner Persönlichkeit, kostete ihn jedoch fast mehr, als er daran verdiente.

Nachdem der reizende alte Webster gegangen war, schloß Baron Stock für diesen Tag seine Buchhandlung und ging heim, Louisa Jepps Dose mit Heringsrogen in der Tasche. Zu Hause angekommen, öffnete er die Dose, entleerte den Inhalt in eine Schale und betrachtete kritisch die schichtweise gepackten, feucht glitzernden hellen Streifen Fischeier. Er nahm ein Messer zur Hand, und indem er vorsichtig einen Streifen nach dem andern abhob, zog er mit spitzen Fingern zwischen jeder Lage ein zusammengedrehtes Stückchen weißes Pergamentpapier hervor; alle diese Papierkügelchen sammelte er auf einer Untertasse. Bevor er sie jedoch öffnete, trug er sie an den Kamin und setzte sich bequem in seinem Sessel zurecht. Die Diamanten blitzten berückend, ihr eiskaltes, dynamisches Funkeln trieb ihn ans Fenster, um sie besser sehen zu können.

«Blau wie der Himmel», sagte er eine Stunde später, als er im hinteren Teil eines hohen Raumes in Hatton Garden saß.

Der Juwelier gab darauf keine Antwort. Er hatte ein Auge fest zusammengekniffen, mit dem anderen begutachtete er durch seine Lupe die Edelsteine, eine kleine Schönheit nach der andern. Hinterher dachte der Baron wie jedesmal: ‹Ich muß mit jemand anders Kontakt aufnehmen. Dieser Mann betrügt mich.› Doch gleich fiel ihm wieder ein, wie unerschütterlich und kurz und bündig der Juwelier war, so ganz anders als diese Edelsteinhändler, die einander auf den Bürgersteigen von Hatton Garden trafen und nicht zwei Sekunden lang ihren Krämergeist im Zaum halten oder davon Abstand nehmen konnten, ihre kostbaren winzigen Waren zum Vergleich sehen zu lassen, die sie in Seidenpapier gewickelt in den Westentaschen trugen. Es war unausdenkbar, dem schweigsamen Partner des Barons jemals auf der Straße zu begegnen; möglicherweise ging er nie nach Hause, besaß vielleicht gar kein Zuhause, sondern saß wachsam und fastend von

Dämmerung zu Dämmerung in seinem Zimmer, wortkarg seine Geschäfte abschließend mit Leuten, die ihm Diamanten zum Kauf anboten.

Später an diesem Abend saß der Baron bei einem Gläschen Curaçao in seiner Wohnung und kam zu dem Schluß, daß solcherart Geschäfte sehr anstrengend seien. Dieser Gang nach Hatton Garden und das laue Feilschen mit dem Juwelier, alle drei Monate einmal, erschöpften ihn. Ausruhend ließ er sich von seinen Gedanken tragen wie von einer Hängematte, die leise über dem vergangenen Tag hin- und herschwang; und ehe er zu Bett ging, begann er einen Brief an Louisa zu schreiben:

‹Von Ihrem Heringsrogen, meine liebe Mrs. Jepp, habe ich mir ein überaus exquisites Souper nach einem sehr *erschöpfenden* (jedoch zufriedenstellenden) Tag bereitet. Ich habe ihn auf Toast gelegt und unter den Grill geschoben – köstlich! Ich bewundere Ihre Konservierungsmethoden. Der Inhalt Ihrer Dose war delikater als Austern, vorzüglicher als ...› Aber seine Gedanken schweiften ab zu anderen, für ihn nicht minder köstlichen Genüssen, zu dem mysteriösen Mervyn Hogarth und den so interessanten schwarzen Künsten.

‹Welch ein Tag› war es auch für Mervyn Hogarth gewesen; bei seiner Rückkehr nach Ladle Sands hatte er Andrew in einer seiner garstigen Stimmungen vorgefunden. Wenn er sich in einer solchen Laune befand, pflegte Andrew jedermann buchstäblich anzufauchen. Eine Frau aus dem

Dorf hatte seine Betreuung in Abwesenheit von Mervyn übernommen, aber Andrew hatte sie so oft böse angefahren, daß sie lange vor der vereinbarten Zeit fortgegangen war und den gelähmten jungen Mann allein in der aufkommenden Dunkelheit sitzen ließ. Als Mervyn endlich ins Bett gehen konnte, versuchte er sich in den Schlaf zu lesen, aber die ‹Irrtümer› und ‹Fehler› des vergangenen Tages begannen sich zu melden; er lag im Dunkeln, ärgerte sich über die Verschlagenheit von Ernest Manders, den unschmackhaften Lunch und die Erpressung; und noch lange nach Mitternacht murmelte er trübselig vor sich hin: ‹Was für ein Tag, was für ein Tag!›

Und welch ein Tag auch für Mrs. Hogg, dieses phantastische Wesen, die zu ihrem trüben Zimmer in Chiswick emporkletterte, wo bei ihrem Eintreten zwei Mäuse rasch hintereinander in ihr Loch neben der Gasuhr schlüpften und verschwanden.

Doch sobald Mrs. Hogg über die Schwelle ihres Zimmers getreten war, verschwand auch sie; sie war einfach nicht mehr da. Sie besaß nicht das geringste Privatleben. Gott allein weiß, was sie trieb, wenn sie allein war.

ACHTES KAPITEL

Es ist sehr zu bezweifeln, daß Mervyn Hogarth in seinem Leben jemals mehr als einen flüchtigen Gedanken an schwarze Künste oder okkulte Wissenschaften verschwendet hat. Gewiß aber war er über jeden Verdacht erhaben, sich seit langem für Teufelsanbeterei, Zauberei, Dämonenglauben oder ähnliche Kulte zu interessieren, geschweige denn sie auszuüben. Baron Stock allerdings war vom Gegenteil überzeugt.

Doch es sollte Neujahr werden, bis der Baron seine letzten Beweise sammeln konnte. Er vertraute sich oft Caroline an, denn seit ihrer Rückkehr nach London trafen sie sich fast so oft wie in früheren Tagen. Sie lebte jetzt in einer Wohnung in Hampstead, ganz in der Nähe des Barons, und nur noch vor regnerischen Tagen erinnerte sie ein leichtes Ziehen im Bein an ihren Bruch und überraschte sie jedesmal wieder mit dem Gedanken, daß sie einen schweren Unfall gehabt hatte.

«Es ist merkwürdig», sagte der Baron, «wie Eleanor mich verlassen hat. Was für Gründe sie wohl gehabt haben mag? Weißt du etwas?»

«Ich weiß nur, daß sie dich im Verdacht hat, an der Schwarzen Messe teilzunehmen und dergleichen.»

«Das überrascht mich nicht», erwiderte der Baron. «Eine Frau mit der begrenzten Intelligenz von Eleanor ist unfähig, zwischen dem Interesse an einer Tätigkeit und der Teilnahme daran zu unterscheiden. Ich bin zum Beispiel an Religion, Dichtkunst, Psychologie, Theosophie, allem Okkulten und natürlich Dämonologie und Teufelsanbetung interessiert, übe jedoch nichts davon selbst aus, nehme an nichts davon teil.»

«Und dein Hauptinteresse ist der Teufelsanbetung gewidmet», bemerkte Caroline.

«O ja, absolut. Wie ich Eleanor seinerzeit zu erklären versuchte, betrachte ich meine Studien in dieser Richtung als eine ernsthafte Beschäftigung für einen Erwachsenen; selbst an diesen vernunftwidrigen Riten teilzunehmen, wäre jedoch kindisch.»

«Durchaus», stimmte Caroline zu.

«Natürlich habe ich ein paar Schwarze Messen und die Zeremonien anderer Kulte besucht, aber lediglich als Beobachter.»

«Hm», machte Caroline.

Es war ein windzerzauster Tag, und aus den Fenstern von Carolines Dachgeschoßwohnung konnte man nur den von kleinen, sich jagenden Wolken bedeckten Himmel sehen. Es war ein Tag, an dem man es genoß, im warmen Zimmer zu sitzen, wie geschaffen dazu, den Nachmittag mit einem Freund in vertrautem Gespräch über intelligente Themen vor den zwei glühenden Stäben des elektrischen Ofens zu verbringen.

«Mit Eleanor konnte man ja nicht vernünftig darüber reden», fuhr der Baron fort. «Und irgendwie war ihr wohl die Idee zuwider, mit einem Manne zusammenzuleben, dessen Freizeitbeschäftigung Schwarze Magie ist. Aber es ist doch komisch, ausgerechnet danach habe ich entdeckt, daß ihr früherer Mann, Mervyn Hogarth, ein *leidenschaftlicher* Teufelsanbeter ist, meine liebe Caroline. Offensichtlich ist das der Grund, warum sie ihn verlassen hat.»

«Mach dir nichts draus, Willi. Du bist ohne sie genauso gut dran, und für sie ist es auch besser ohne dich.»

«Ich bin darüber hinweg. Und für dich», sagte er, «ist es ohne Laurence auch besser.»

«Mit uns ist das etwas ganz anderes», entgegnete sie gereizt. «Laurence und ich lieben einander immer noch, aber zwischen dir und Eleanor kann von Liebe wohl kaum die Rede sein.»

«Vielleicht hast du recht», meinte er, «aber doch schmerzt es, wenn ich an sie denke.»

«Das glaube ich gern», sagte sie versöhnlich.

«Aber nicht genug, liebe Caroline», sagte er, «um mich zu veranlassen, diese Untersuchungen einzustellen. Die Leute sind unberechenbar. Barbarei und Unglaube findet man oft dort, wo man es am wenigsten vermutet. Diese Leute sind es, die mich so brennend interessieren. Im Augenblick habe ich meine Aufmerksamkeit fast ausschließlich auf diesen Mervyn Hogarth gerichtet. Ich versichere dir, Caroline, er ist der hervorragendste Diabolist im ganzen Königreich. Ich scheue nicht einmal davor zurück, Spitzel zu beschäftigen. Ich lasse ihn ständig beobachten.»

«Also, weißt du!» sagte Caroline.

«Wirklich», bekräftigte der Baron, «ich lasse

ihn beobachten. Ich erhalte Berichte. Ich habe ein Dossier angelegt. Ich gebe ein Vermögen dafür aus. Die Erforschung der Geistesverfassung dieses Mannes ist meine Hauptbeschäftigung.»

«Du liebe Güte. Du mußt Eleanor doch mehr vermissen, als ich dachte.»

«Was meinst du damit?»

«Offensichtlich ist deine Bindung an Eleanor die Ursache deiner fixen Idee, die dich hinter ihrem früheren Liebhaber hertreibt. Du suchst in ihm etwas, das in ihr verborgen ist, verstehst du! Offensichtlich folgst du diesem Mann, weil du Eleanor nicht folgen kannst, da sie sich dir entzogen hat, verstehst du? Offensichtlich –»

«Arzt, hilf dir selber!» warf der Baron schlagfertig, wie er dachte, ein.

«Oh, ich mag mich natürlich irren», meinte Caroline nachsichtig. Die Vorstellung des häuslichen Nachmittags vor dem elektrischen Ofen verlor an Farbe, und sie erinnerte sich an ihre Unklugheit, wie sie dem Baron bei seinen Besuchen im Krankenhaus ihre Geistesverfassung offenbart hatte. Sie wußte, daß er ihre vertraulichen Mitteilungen genauso wenig für sich behalten würde, wie sie die seinen.

Aber sie konnte sich nicht bezwingen, die Sache auf sich beruhen zu lassen. «Warum kümmerst du dich nur so darum, selbst *wenn* Hogarth Teufelsanbeter sein sollte? Ich könnte deinen Fanatismus verstehen, wenn du eine Religion zu verteidigen hättest. Vielleicht aber bist du innerlich sehr religiös veranlagt, ohne es zu wissen.»

«Ich habe keine Religion», erwiderte er, «und ich verurteile den Teufelskult auch nicht. Ich verfolge kein sittliches Anliegen, sondern lediglich eine intellektuelle Leidenschaft.»

Sie wollte ihn aufziehen, achtete dabei aber nicht auf ihre Worte. «Du erinnerst mich an einen afrikanischen Zauberdoktor, der einer Hexe auf der Spur ist. Vielleicht hast du die Neigung dazu aus dem Kongo mitgebracht – bist du nicht dort geboren?» Im gleichen Moment erkannte sie ihren Fehler, sah die merkwürdige Färbung im Weiß seiner Augen, über die sie schon manchmal gerätselt hatte, ob der Baron vielleicht Eingeborenenblut in seinen Adern habe. Ihre Bemerkung verstimmte ihn sehr.

«Zumindest», begann er langsam und betont, «verfolge ich ein verstandesmäßig erfaßbares Ziel. Der Teufelskult existiert; die Tatsache läßt sich anhand der Kartei jeder wissenschaftlichen Bibliothek beweisen. Teufelsanbetung wird betrieben: ich kann es dir beweisen, wenn du dir die Mühe machen willst, mich in gewissen Nächten nach Notting Hill Gate zu begleiten – natürlich nur, falls du dich nicht zu sehr durch die abergläubischen Regeln deiner Kirche gebunden fühlst. Mervyn Hogarth existiert. Er ist Teufelsanbeter; diese Tatsache kann jedermann nachprüfen, der sich die Mühe macht, Ermittlungen über sein Privatleben anzustellen. Du dagegen», fuhr er fort, «hast lediglich eine Anzahl unüberprüfbarer Versicherungen zu bieten. Dieser Sprechchor», sagte er, «wer außer dir hat ihn gehört? Deine Theorien – deine Spekulationen über die Herkunft der Geräusche ... Ich glaube, meine liebe Caroline, daß du selbst mehr von einem Zauberdoktor an dir hast als ich.»

Dies wiederum verstimmte Caroline, worauf sie sich mit dem Teegeschirr zu schaffen machte, Tassen und Untertassen zurechtrückte, Teelöffel klappern ließ und sich auf diese Art abreagierte.

Während sie sich so beschäftigte, protestierte sie schwach und unklar: «Der Beweis wird sich in dem Buch finden.»

Als der Baron sie eines Tages im Krankenhaus besuchte, hatte Caroline ihm nämlich erklärt: «Diese Stimmen, Willi – seit ich im Krankenhaus liege, habe ich sie immer wieder gehört. Aber von einem bin ich inzwischen überzeugt» – dabei deutete sie auf ihr Bein, das unter dem Gipsverband leicht angeschwollen war und daher ziemlich schmerzte – «diese physischen Schmerzen haben mich überzeugt, daß ich nicht *nur* eine Romanfigur bin. Ich besitze ein selbständiges Leben.»

«Du liebe Güte», erwiderte der Baron, «hast du jemals daran gezweifelt?»

Da erzählte sie ihm, im Vertrauen, von ihrer Theorie. Er war fasziniert. Ein Gefühl der Verschwörung, angeregt durch den gedämpften Ton ihrer Unterhaltung – acht Betten standen in ihrem Zimmer – ergriff sie und ließ sie warm werden.

«Bin ich auch eine Figur in diesem mysteriösen Buch, Caroline?» fragte er.

«Ja, Willi, das bist du.»

«Sind alle andern auch Romanfiguren? – Diese Leute da zum Beispiel?» Er deutete auf die Betten mit den sieben anderen Patienten und auf die lebhaft mit ihnen schwatzenden Besucher.

«Das weiß ich nicht», antwortete Caroline. «Ich weiß nur, was die Stimmen angedeutet haben, verrückte kleine Bruchstücke eines Romans. Vielleicht gibt es noch Charaktere, von denen ich keine Ahnung habe.»

Der Baron kam sie jedes Wochenende besuchen. Jedesmal besprachen sie Carolines Theorie. Und obwohl sie zuinnerst ganz genau wußte, daß man ihm kein Geheimnis anvertrauen konnte, sagte sie sich bei seiner Ankunft und wenn er wieder gegangen war: ‹Aber er ist schließlich ein alter Freund.›

Eines Tages teilte sie ihm mit: «Der maschinenschreibende Geist hat keine lebendige Beschreibung dieses Krankenzimmers gegeben. Der Grund ist, daß der Autor nicht weiß, wie er ein Krankenzimmer schildern soll. Dieser Abschnitt in meinem Leben ist nicht Teil des in Entstehung begriffenen Buches.» Mit aufregenden Bemerkungen dieser Art griff Caroline Rose weiterhin ständig in den Ablauf der Handlung ein.

Die anderen Patienten langweilten Caroline und regten sie auf. Sie sehnte sich danach, ihre körperlichen Beschwerden in Ruhe erdulden zu können. Die aufreibende Gegenwart der sieben Frauen in ihren Betten, ihr Geschwätz und ihre Klagen sowie das Glucken und Schnattern der

Schwestern machten Caroline ihre Schmerzen unerträglich.

«Der ständige Reiz, der sich zwischen uns und unsere Leiden schiebt, ist am schwersten zu erdulden. Wenigstens unsere Leiden sollten wir unvermischt genießen können», erklärte Caroline dem Baron.

Ein regelmäßig das Krankenhaus besuchender Priester riet ihr bei passender Gelegenheit, ihre Leiden der Erlösung einer armen Seele im Fegefeuer zu weihen.

«Das tue ich bereits», antwortete Caroline, «und mit dem Ergebnis, daß meine Schmerzen sich verstärken und nicht im geringsten vermindern. Aber ich werde es trotzdem weiter tun.»

«Aber, aber, wir wollen doch nicht gleich so heftig werden», sagte der jugendliche, blauäugige und bebrillte, frisch vom Seminar gekommene Priester.

«Was ich Ihnen sage, entspricht nur meiner persönlichen Erfahrung», entgegnete Caroline.

Er sah ein wenig erschrocken drein und hielt sich in Zukunft nie lange an Carolines Bett auf.

Diese Samstagnachmittage mit dem Baron schienen Caroline einen Teil der ihr angemessenen vertrauten Lebensweise zu bringen, und während der sechs Wochen ihres unfreiwilligen Aufenthaltes in dem Landkrankenhaus schirmte sie sich mit der Redensart ‹er ist ein alter Freund› gegen die Gewißheit ab, daß der Baron, ohne den geringsten Gedanken an einen Treubruch, ihre Erzählungen und Spekulationen mit seinen eigenen Ausschmückungen versehen zur Unterhaltung seiner Bekannten in der Charing Cross Road verwenden würde. Viel wurde in jenen Wochen im Hinterzimmer der Buchhandlung des Barons an Caroline herumpsychoanalysiert, während sie in ihrem Achtbettenzimmer lag und das Buch bekrittelte. Das Zimmer gehörte zur orthopädischen Abteilung und war entsprechend ungemütlich und unaufgeräumt; überall lagen abgenommene Gipsverbände herum, über den Betten wölbten sich Bestrahlungskästen und am Fenster stand ein unordentlich mit einem weißen Tuch zugedeckter fahrbarer Tisch mit der Gipsausrüstung und einer gewaltigen, an ein Gärtnerwerkzeug erinnernden Verbandsschere; und zu bestimmten Zeiten kamen Physiotherapeuten, um ihre Patienten zu behandeln, Bewegungsübungen mit ihnen zu machen und sie aufzumuntern.

Nun muß man dem Baron allerdings zugute halten, daß er während der Diskussionen mit Caroline über ‹das Buch› nicht im geringsten an den nächsten Montag dachte, an dem er diesem und jenem erzählte: «Caroline ist in eine psychische Allegorie verwickelt, die sie zu entwirren versucht, während sie mit ihrem gebrochenen Bein in diesem trostlosen, trostlosen Krankenhaus liegt. Ich habe Ihnen doch schon von ihrem Erlebnis mit den Stimmen und der Schreibmaschine erzählt. Jetzt hegt sie die Vorstellung, daß diese Stimmen die Gedanken eines entkörperten Schriftstellers sind – wenn Sie mir folgen können – der auf seiner Schreibmaschine ein Buch verfaßt. Anscheinend ist Caroline eine Figur in diesem Buch, und ich, meine Lieben, bin es auch.»

«Ein reizvoller Gedanke. Aber sie glaubt es doch nicht etwa wirklich?»

«Buchstäblich. In jeder anderen Hinsicht ist ihr Verstand jedoch völlig klar.»

«Ausgerechnet Caroline!»

«Oh, gerade logisch veranlagten Menschen passieren diese Dinge häufig. Ich mag Caroline furchtbar gern. Wahrscheinlich ist die ganze Sache völlig harmlos. Zuerst dachte ich, daß sie sich am Rande einer ernsthaften Geistesstörung befände. Aber seit ihrem Unfall hat sie sich mit dieser Phantasterei abgefunden, und ich sehe keinen Grund, warum sie sie nicht weiter pflegen soll, wenn es sie glücklich macht. In dieser oder jener Hinsicht sind wir schließlich alle ein bißchen verrückt.»

«Wie recht du hast, Willi!»

Laurence wurde ein paar Wochen vor Caroline aus dem Krankenhaus entlassen.

«Was hast du dir bloß dabei gedacht», sagte er, als er schließlich soweit war, daß er sie besuchen konnte, «ausgerechnet den Baron ins Vertrauen zu ziehen. Mich hast du gebeten, deine phantastischen Vorstellungen geheimzuhalten, und natürlich habe ich alle Gerüchte abgestritten. Das ist jetzt ziemlich peinlich für mich.»

«Was für Gerüchte?»

«Ach, die verschiedensten. Alles in allem redet man schon davon, daß du vom Katholizismus abgefallen bist und eine neue Religion angenommen hast.»

«Was für eine neue Religion?»

«Science Fiction.»

Sie lachte, mußte aber gleich stöhnen, denn die geringste Erschütterung ließ ihr Bein schmerzen.

«Entschuldige», sagte Laurence, der versprochen hatte, sie nicht zum Lachen zu bringen.

«Ich habe nie erwartet, daß der Baron über irgendeine Sache Schweigen bewahren kann», meinte sie; «aber ich rede gern mit ihm, es macht mir Spaß. Ich fühle mich hier so einsam, und krank bin ich schließlich auch.»

Sie sah Laurence an, daß die Aufmerksamkeiten des Barons ihn mehr reizten als der Inhalt ihrer Unterhaltungen mit ihm.

Doch zurück zu jenem Nachmittag im neuen Jahr, an dem Caroline den Baron unabsichtlich verletzte, indem sie ihn mit einem afrikanischen Zauberdoktor verglich.

Nach dem Tee, den sie in zwei Kannen bereitete – grün für den Baron und Ceylon für sich selbst – versuchte der Baron seine Entgleisung wiedergutzumachen. Unter dem Siegel der strengsten Verschwiegenheit erzählte er ihr eine Geschichte, die sie jedoch Laurence weitererzählte, ehe der Tag zu Ende war.

«Kurz nach Eleanors Scheidung von ihrem dämonischen Hogarth bin ich in ihrem Auftrag einmal nach Ladle Sands gefahren, um eine finanzielle Regelung für sie mit ihm zu besprechen. Ich hatte ihn nicht vorher von meinem beabsichtigten Besuch in Kenntnis gesetzt, weil ich glaubte, er würde mich dann nicht empfangen wollen. Ich hoffte, ihn mit ein wenig Glück zufällig anzutreffen. – Viele solche Dienste, Caroline, habe ich Eleanor geleistet, das versichere ich dir. Ich ging also zu seinem Haus, einem ziemlich großen Gebäude, dessen Vorderfront eine gewisse Eleganz aufweist, Queen-Anne-Stil; es ist ein gutes Stück von der Straße zurückgebaut, verborgen hinter einem Halbkreis von Platanen in einer hohen Hecke, die seit Monaten nicht beschnitten war. Der Garten machte einen sehr vernachlässigten Eindruck. Das Haus war leer. Ich spähte durch den Briefkastenschlitz und konnte eine Anzahl Postwurfsendungen sehen, die auf einem Tischchen in der Diele lagen. Daraus schloß ich, daß die Hogarths seit einigen Wochen abwesend sein und Vorsorge getroffen haben mußten, daß ihre persönliche Post ihnen nachgeschickt wurde. Ich ging um das Haus herum zur Rückseite. Ich war neugierig. Zu jener Zeit, mußt du wissen, liebte ich Eleanor sehr, und das Haus, in dem sie mit Hogarth gelebt hatte, interessierte mich, weil es mir eine Art physischen Kontakt mit einer Periode aus Eleanors Vergangenheit vermittelte, die ich nur aus dem wenigen kannte, das sie mir zu erzählen für richtig gehalten hatte.

Der rückwärtige Teil des Grundstückes war sogar noch unordentlicher als die Vorderseite. Die Pflanzen im Küchengarten waren versamt und verkrautet, aber die wichtigste Beobachtung, die ich machte, war folgende: vor der Tür eines Schuppens befand sich ein Abfallhaufen – leere Schachteln, verrostete und zerbrochene Gartengeräte, alte Schuhe. Und dazwischen lag eine große Anzahl zerbrochener Gipsfiguren – religiöse Sujets, ganz gewöhnliche Figuren, wie sie zu Tausenden in den Verkaufsständen an den geheiligten Stätten der Christenheit angeboten werden. Sie waren auf merkwürdige Weise zerhackt worden. Bei vielen waren die Köpfe abgetrennt, und in manchen Fällen waren von ganzen Figuren nur noch kleine Bruchstücke übrig. Für einen zufälligen Bruch lagen jedenfalls viel zu viele von diesen Gipsfragmenten herum. Selbst damals – ich wußte noch nichts von Hogarths okkulter Betätigung – mußte ich annehmen, daß es sich um einen Fall absichtlichen, zügellosen Bildersturms handelte. Bei den Figuren, von denen nur Köpfe oder Gliedmaßen abgetrennt und die Körper ganz geblieben waren, stellte ich fest, wie glatt die Bruchstellen waren, wie von einem scharfen Instrument durchgeschnitten, gewiß aber nicht durch einen Fall verursacht, ganz bestimmt nicht.

Aber ich muß dir erzählen, Caroline, was weiter passierte, während ich damit beschäftigt war, diese ungewöhnlichen Gipsfragmente zu untersuchen. Der rückwärtige Teil des Grundstückes wurde von einem Streifen Wald begrenzt, der ungefähr dreißig Meter hinter dem Schuppen begann, bei dem ich stand. Das Knurren eines Hundes aus dieser Richtung ließ mich dorthin schauen, und gleich darauf sah ich das Tier aus dem Gehölz und auf mich zu kommen. Es war ein schwarzer, gut gepflegter Spaniel. Für den Fall, daß er mich angreifen würde, hob ich einen Stock zu meiner Verteidigung auf. Er stürzte sich jedoch nicht auf mich. Sobald er bis auf etwa fünf Meter an mich herangekommen war, begann er in einem Kreis um mich herumzugehen. *Er umkreiste mich dreimal,* Caroline. Dann sprang er zu dem Haufen mit den zerbrochenen Gipsfiguren und setzte sich, setzte sich einfach davor, als wolle er mich daran hindern, ihn zu berühren.

Natürlich ging ich fort, langsam dahinschlendernd, um den Hund nicht zum Nachsetzen zu verleiten. Aber was ich dir damit sagen will, Caroline, ist folgendes: der schwarze Hund war Mervyn Hogarth.»

«Was sagst du da?» fragte Caroline.

«Es ist mir damals nicht gleich aufgegangen», erwiderte der Baron, seinen grünen Tee umrührend. «Ich hielt das Tier lediglich für einen Hund, der sich etwas sonderbar benahm. Natürlich erzähle ich dir das alles nur streng vertraulich; man kann solche Dinge seinen Bekannten, wenn man sie auch noch so gut persönlich kennt, eigentlich nicht erzählen. Aber ich fühle, daß du Verständnis für derartige Geschehnisse hast, weil du ja selbst außergewöhnlich veranlagt bist, gewissermaßen hellhörig, und –»

«Was hast du da eben über den Hund gesagt?» unterbrach Caroline ihn.

«Der Hund war Mervyn Hogarth. Auf magische Art verwandelt, natürlich. Es ist nicht unbekannt –»

«Du bist verrückt, Willi», sagte Caroline freundlich.

«Wirklich», entgegnete der Baron steif, «das bin ich nicht.»

«Oh, ich meine natürlich nicht *wahnsinnig,* das weißt du doch», erklärte Caroline begütigend. «Nur ein bißchen verrückt, ein klein wenig verrückt. Natürlich halte ich es für eine wunderbare Geschichte; sie hat die Qualitäten einer Münchhausiade.»

«Ich hätte nie gedacht, daß ausgerechnet du mir keinen Glauben schenken würdest.»

«Wirklich, Willi, hast du etwas anderes erwartet?»

Er meinte es völlig ernst. «Und was hältst du von den zerstörten Heiligenfiguren?» fragte er.

«Vielleicht hatten sie das Haus voll davon, konnten sie eines Tages nicht mehr ausstehen und warfen sie hinaus. Vielleicht macht es ihnen einfach Spaß, die Figuren zu zertrümmern. Schließlich sind die meisten dieser Gipsheiligen vom künstlerischen Standpunkt betrachtet abscheulich; ihr Vorgehen wäre also sehr verständlich.»

«Aus Spaß», wiederholte der Baron. «Und wie erklärst du dir den Hund?»

«Hunde gibt es nun einmal. Man braucht die Existenz von Hunden nicht zu erklären. Der Hund muß den Hogarths gehört haben –»

«Er gehörte nicht den Hogarths. Ich habe mich erkundigt. Sie besitzen keinen Hund.»

«Dann hat er bestimmt einem Nachbarn gehört. Oder es war ein herumstreunendes Tier, das etwas zu fressen gesucht hat.»

«Und was sagst du dazu, daß er mich *drei Mal* umkreist hat?»

«Mein lieber Willi, ich bin sprachlos.»

«Das stimmt», sagte der Baron, «denn *darauf* weißt du keine Antwort. Aber ich bin nicht etwa nur auf Grund des Erlebnisses, das ich dir eben beschrieben habe, zu der Ansicht gekommen, daß Hogarth der Schwarzen Kunst huldigt. Ich habe dir noch nicht von den Brieftauben und vielen anderen späteren merkwürdigen Erscheinungen erzählt. Hast du Zeit, heute abend mit mir essen zu gehen? Wenn ja, kann ich dir die ganze Geschichte erzählen, und dann, meine liebe Caroline, wirst du nicht mehr sagen, Willi ist verrückt.»

«Wir sind alle ein bißchen verrückt, Willi. Das macht uns ja gerade so anziehend, Lieber. Nein, heute abend bin ich leider nicht mehr frei. Ich hätte mich wirklich sehr gefreut, aber ...»

Er drückte ihr einen freundschaftlichen Kuß auf die Wange, als er sich verabschiedete. Sobald Caroline den altersschwachen Lift mit ihm nach unten gleiten hörte, ging sie in ihr Badezimmer, nahm eine Flasche mit einem Desinfektionsmittel und goß einen kräftigen Schuß davon in einen Becher mit warmem Wasser. Dann tauchte sie einen Wattebausch in diese starke Lösung und betupfte ausgiebig die Stelle ihres Gesichts, die der Baron mit seinem Kuß beehrt hatte.

«Der Baron hat einen Klaps.»

Laurence hörte Carolines Feststellung mit tiefinnerlichem Vergnügen, denn die neuerliche Freundschaft zwischen Caroline und dem Baron hatte ihn in letzter Zeit ein wenig außer Fassung gebracht.

«Der Baron», erklärte sie, «hat reinweg den Verstand verloren. Er war heute nachmittag bei mir zum Tee und hat mir die verrückteste Geschichte erzählt, die ich je gehört habe.»

Und sie wiederholte Laurence, was ihr der Baron berichtet hatte. Zuerst amüsierte er sich nur darüber, doch dann verwandelte sich seine milde Heiterkeit plötzlich in wirkliche Freude. «Das hat der Baron gut gemacht!» sagte er. «Er ist tatsächlich auf eine Spur gestoßen, eine sehr wichtige Spur, glaube ich.»

«Was für eine Spur?» fragte sie.

«Meiner Großmutter», antwortete er.

«Was hat der schwarze Hund mit deiner Großmutter zu tun?»

«Die Spur liegt in den zerbrochenen Figuren. Warum habe ich bloß nicht schon früher daran gedacht?»

«Deine Großmutter würde nie irgend etwas zertrümmern. Was ist nur los mit dir, lieber Mann?»

«Nein, Großmutter nicht, aber Hogarth.»

«Du bist genau so ein hoffnungsloser Fall wie

der Baron», sagte sie, «mit deiner fixen Idee über Hogarth.»

Seit ihrem Autounfall war Laurence sehr zurückhaltend gegenüber Caroline geworden. Sie sah, daß er nicht von ihr lassen konnte, weil er sich um sie ängstigte, aber es widersprach ihrer ganzen Veranlagung, diese neue Anziehungskraft auf ihn weiter zu nähren. Seine Furcht deprimierte sie. Aus diesem Grunde hörte sie völlig auf, über das persönliche Geheimnis in ihrem Leben mit ihm zu sprechen. Nur, wenn er sie unvermutet im Gespräch überraschte, gab sie ihm eine offene Antwort.

Und dies war jetzt der Fall, als Laurence sich unschuldig erkundigte: «Wie geht's mit deinem Buch voran?» womit er ihre Arbeit über den Aufbau des modernen Romans meinte.

«Ich glaube, es nähert sich dem Ende», antwortete sie.

Er war überrascht, denn erst vor ein paar Tagen hatte sie verkündet, daß sie nur langsam mit der Arbeit vorankäme.

Noch etwas anderes hatte ihn überrascht.

Sie hatten geplant, gemeinsam in den beiden letzten Märzwochen Ferien im Ausland zu machen.

Zuerst hatte Caroline ihm entgegengehalten, daß die Jahreszeit dafür noch zu früh sei. Laurence war jedoch auf dieses Datum festgelegt; er hatte bereits um Urlaub nachgesucht, bevor er Caroline gefragt hatte. Sie hielt es auch für reichlich verrückt, als er verkündet hatte, daß sie nach Lausanne fahren würden.

«Lausanne im März! Was soll das?»

«Du mußt mir vertrauen», entgegnete er. «Bin ich dein guter Freund gewesen oder nicht?»

«Ja, ja, aber Lausanne im März.»

«Dann glaub mir, daß ich meine Gründe habe. Bitte.»

Sie hatte ihn im Verdacht, daß seine Wahl von Zeit und Ort mit seinem intensiven Interesse für das Tun seiner Großmutter zusammenhinge. Ernest und Helena waren zu der festen Ansicht gekommen, daß die Gefahr vorüber sei. Ein ungesetzliches Unternehmen, an dem die alte Frau beteiligt gewesen war, hatte Ernest durch seine Einmischung und mit seinem geschickten Bluff beendet. Sie machten sich kaum die Mühe, daran zu denken, daß die Sache Grund zu ernstlicher Besorgnis gewesen war. Laurence jedoch, der während des vergangenen Winters mehrere Wochenendfahrten zu dem Landhäuschen gemacht hatte, schien überzeugt zu sein, daß die Abenteuer seiner Großmutter unvermindert weitergingen. Als er kürzlich am Abend eines Wochentages unerwartet eintraf, hatte Laurence ihre kleine ‹Bande› versammelt gefunden wie früher, kartenspielend wie ehedem, Louisa gelassen wie immer. Aus ihrem eigenen Munde hatte er erfahren, daß die Hogarths seit Januar zweimal im Ausland gewesen waren.

Für sein Unvermögen, eine rasche dramatische Lösung des Geheimnisses seiner Großmutter herbeizuführen, machte Laurence den Autounfall verantwortlich. Hauptsächlich darum machte er sich wegen des Autounfalls bittere Vorwürfe. Gleichzeitig fühlte er sich jedoch von der Entdeckung angespornt, daß Ernest und Helena die Bande mit ihren Bemühungen nur gewarnt hatten. Ihm verblieb weiterhin die Aufgabe, der alten Frau hinter die Schliche zu kommen. Das war es, was Laurence keine Ruhe ließ; er gab sich nicht damit zufrieden, ihre Tätigkeit zu beenden, er wollte alle Einzelheiten kennenlernen.

Den ganzen Winter hindurch bereiteten ihm die kurzen Ausflüge zum Häuschen seiner Großmutter Tantalusqualen. Ohne jedes Ergebnis schnüffelte er in Ladylees und Ladle Sands herum; seine Gewißheit stieg, daß die Bande sich abwartend verhielt. Ernest hatte ihm sein Vorhaben verpatzt. Am meisten aber ging Laurence die Offenheit seiner Großmutter auf die Nerven. Sie tat nie geheimnisvoll, weder in ihren Reden noch in ihrem Benehmen, sah sich aber entschieden vor, ihr Geheimnis dabei zu enthüllen. Er hatte nicht mehr herausbekommen als die Information, daß die Hogarths für die beiden letzten Märzwochen eine Reise nach Lausanne planten.

«Die Hogarths fahren recht oft ins Ausland, Großmutter.»

«O ja, sie reisen wirklich furchtbar gern, nicht wahr!»

Mehr konnte er nicht aus Louisa herausquetschen. Er beantragte einen vierzehntägigen Urlaub, beginnend am fünfzehnten März.

Helena war durch ihren Sohn inzwischen so weit von ihren Vorurteilen befreit, daß sie nichts Anstößiges darin sah, ihm vorzuschlagen: «Wie wäre es, wenn du Caroline mitnähmest? Sie brauchte dringend eine Erholung und kann es sich nicht leisten, das arme Mädchen. Ich werde die Kosten für sie tragen.»

Und damals hatte Caroline ihm zuerst entgegengehalten: «Lausanne im März! Warum Lausanne? Es wird noch viel zu kühl sein.»

Doch als er sagte: «Bin ich nicht immer dein guter Freund gewesen? Bitte, sag dieses eine Mal nicht nein», erklärte sie sich einverstanden.

Das war Mitte Februar gewesen. Zwei Wochen später machte sie ihr Einverständnis rückgängig.

«Ich bin in der Priorei gewesen und habe Vater Jerome besucht», begann sie.

«Ausgezeichnet!» sagte Laurence. Sie hatte in letzter Zeit amüsiert beobachtet, daß Laurence sie in allen religiösen Angelegenheiten mit großem Eifer zu fördern suchte, und es amüsierte sie um so mehr, als er sich auch weiter unverändert zu seinem fröhlichen Skeptizismus bekannte. Als sie kürzlich an einem Sonntag beschlossen hatte, wegen Halsschmerzen nicht in die Kirche zu gehen, hatte er sich sehr besorgt gezeigt, Gurgelwasser für sie bereitet und ihr vorgeschlagen, einen warmen Schal umzunehmen und sie in seinem neuen Wagen zur Kirche und wieder zurück zu fahren, damit sie ja nicht ihre Pflicht versäumte. «Ausgezeichnet!» sagte Laurence also, als er hörte, daß sie den alten Mönch besucht hatte, den er seit seiner Kindheit kannte.

«Er meint», verkündete Caroline, «daß ich nicht mit dir nach Lausanne fahren dürfte.»

«Aber er kennt mich doch! Er weiß genau, daß man uns beiden Vertrauen schenken kann, daß es sich ganz einfach um einen gemeinsamen Urlaub in guter Kameradschaft handelt. Du meine Güte, selbst Leute, die in diesen Dingen höllisch genau auf Anstand halten, tun das täglich. Herr im Himmel, ich habe ihn immer für einen vernünftigen, weitherzigen Priester gehalten!»

«Er hat nur gesagt, daß wir in Anbetracht unseres früheren Verhältnisses zueinander nicht unter Umständen gesehen werden dürften, die zu Gerede Anlaß geben könnten.»

«Aber Sünde steht dabei doch überhaupt nicht zur Debatte. Selbst ich weiß das. Vergiß nicht, daß ich in dem katholischen Verein aufgewachsen und unterrichtet worden bin.»

«Natürlich steht Sünde nicht zur Debatte, aber er sagt, es würde erniedrigend wirken», entgegnete Caroline.

«Wir brauchen ja niemandem zu erzählen, daß wir zusammen fahren. Außerdem ist es kaum wahrscheinlich, daß wir im März von jemand in Lausanne gesehen werden.»

«Eine heimliche Reise wäre schlimmer als eine offene. Noch viel erniedrigender. Ich kann nicht mitkommen. Tut mir schrecklich leid.»

Ihre Absage ging Laurence näher, als sie erwartet hatte. Er hatte es ihr zwar nicht erzählt, aber sie hatte erraten, daß sein fester Entschluß, im März nach Lausanne zu fahren, mit seinem heftigen Verlangen zusammenhing, seiner Großmutter nachzuspüren. Sie hatte nicht damit gerechnet, daß ihre Mitwirkung ihm ein inneres Bedürfnis war, und je mehr er sie zu überreden versuchte, um so mehr machte sie sich in Gedanken von der Vorstellung ihrer Teilnahme frei. Es erinnerte sie zu sehr an den Gang der Ereignisse vor dem Autounfall.

Laurence drängte sie nicht zu sehr. Er akzeptierte ihre Entscheidung mit jener merkwürdigen Furcht, die er neuerdings davor empfand, Caroline zu nahe zu treten und womöglich einen unbedachten Streit auszulösen. Bei dieser Gelegenheit also ergab es sich, daß er sie freundschaftlich fragte: «Wie geht's mit deinem Buch voran?»

Und sie, in Gedanken ganz woanders, antwortete: «Ich glaube, es nähert sich dem Ende.»

«Wirklich? Erst neulich hast du doch gesagt, du hättest noch eine Menge zu schreiben.»

Sie erkannte rasch ihr Mißverständnis, doch Laurence ebenfalls. Er blickte ziemlich hilflos drein, wie in einem Netz gefangen. Sie sah sich äußerst ungern in der Rolle eines geistigen Tyrannen und sehnte sich danach, ihn von der übertriebenen Furcht vor den ihr so vertrauten, ihm so fremden Gedankengängen zu befreien.

«Natürlich sehne ich das Ende des Buches herbei», erklärte sie, «sozusagen, um endlich ein wenig zur Ruhe zu kommen.»

«Ich meinte selbstverständlich das Buch, an

dem du schreibst», fuhr Laurence gereizt auf, «nicht das ‹Buch›, in dem du dir einbildest, eine Rolle zu spielen.»

«Ich weiß, was du gemeint hast», sagte sie sanftmütig. Und um das ungute Gefühl zwischen ihnen zu zerstreuen, schenkte sie ihm ihr artiges, wohlerzogenes Lächeln und sagte: «Erinnerst du dich an die Stelle bei Proust, wo er den problematischen Gebrauch des Wortes ‹Buch› behandelt, und wo er schreibt –?»

«Zum Teufel mit Proust!» sagte Laurence.

«Hör zu», meinte sie, «ich erkundige mich nicht nach deinen phantastischen Angelegenheiten. Laß meine also auch in Ruhe. Und außerdem scheint mir», fuhr sie fort, «daß wir beide uns heute abend nichts mehr zu sagen haben. Ich gehe nach Hause. Und zwar zu Fuß.»

Sie aßen in einem kleinen Restaurant, das nur ein paar Minuten von Carolines Wohnung entfernt lag; daher reizte Laurence dieses ‹und zwar zu Fuß›, das in seiner Kälte nur wenig hinter der beabsichtigten Aussage zurückblieb, umso mehr.

«Mit dir ist in diesen Tagen wirklich nicht leicht auszukommen.» Und um sie wieder friedlich zu stimmen, fügte er rasch hinzu: «Wieso meinst du, daß sich das ‹Buch› seinem Ende nähert?»

Sie antwortete ihm darauf nur ungern, fühlte sich aber durch seine höfliche Art dazu verpflichtet.

«Aufgrund verschiedener Ereignisse innerhalb unseres Wahrnehmungsbereichs, und aufgrund ihrer Reihenfolge. Hauptsächlich aber wegen dieser Neuigkeit über einen der Freunde deiner Großmutter.»

«Über welchen Freund?» fragte Laurence.

«Hast du noch nichts davon gehört? Helena hat mich heute morgen ganz aufgeregt angeläutet, und soweit ich daraus schlau geworden bin, ist es äußerst bemerkenswert –»

«Über welchen Freund?»

«Einer von denen, die du mit deinem albernen Verdacht verfolgst. Andrew Hogarth. Offenbar ist er gelähmt gewesen, und sein Vater hat ihn an irgendeinen kleinen Wallfahrtsort Unserer Lieben Frau in den französischen Alpen gebracht. Jedenfalls sind sie gestern zurückgekommen, und er hat tatsächlich begonnen, seine gelähmten Glieder zu bewegen. Helena sagt, es sei ein Wunder. Darüber will ich mir kein Urteil erlauben, aber der Vorfall scheint mir ganz dazu angetan, den Knoten einer Handlung zu schürzen und ein Buch zum Abschluß zu bringen. Mir soll's nicht leid tun.»

«Aber seit Januar sind sie nicht mehr im Ausland gewesen. Sie wollten nicht vor Mitte März wieder fahren, wenigstens habe ich das so verstanden. Ich habe allen Grund zu glauben, daß die Hogarths Diamantenschmuggler sind, begreifst du das denn nicht?»

«Frag deine Mutter», entgegnete Caroline. «Sie weiß alles darüber. Sie läuft förmlich über davon.»

«Demnach hat es wohl kaum noch Zweck»,

sagte Laurence, «im März nach Lausanne zu fahren.»

«... absolut perfekt ... ein Paß zurück in die eigenen Reihen – ein Foul, und schon pfeift der Schiedsrichter ... die Sonne ist durchgekommen, und die roten Mützen der Kapelle bieten einen herrlichen Anblick ... ein Gefühl ... ein Gefühl der Spannung liegt über dem Platz ... und da ist der Pfiff zur zweiten Halbzeit ... der erste dramatische Mo- ... *absolut perfekt* ... es gibt eine Ecke ... Tor für Manchester City ... ein wunderbar herausgespieltes, absolut perfektes ...»

Louisa Jepp saß neben dem Radioapparat und gab sich ganz der einschmeichelnden Wirkung von Laurences Stimme hin.

Etliche Zeit später am selben Tage – Laurence war mit lautem Bremsen in seinem neuen Wagen vor dem Häuschen vorgefahren und saß jetzt bei einer frisch geöffneten Flasche Bier auf dem Stuhl neben dem Küchenherd – fragte er: «Stimmt das mit dem jungen Hogarth?»

«Er befindet sich in physiotherapeutischer Behandlung», antwortete sie mit peinlicher Genauigkeit, denn wenn sie ein ungebräuchliches Wort anwenden mußte, sprach sie es entweder richtig aus oder überhaupt nicht.

«Und er hat tatsächlich angefangen, seine Beine zu gebrauchen?»

«Ja. Er macht ein paar unsichere Schritte. Man kann noch nicht sagen ‹er geht›.»

«Aber er war doch völlig gelähmt.»

«O ja. Die Reisen ins Ausland haben ihm gut getan. Ich hab's ja immer gewußt.»

«Ich nehme an», meinte Laurence, «daß die Hogarths nun ihre Ferienreise nach Lausanne abgeblasen haben?»

«O ja. Sie brauchen nicht ausgerechnet im März auf Wanderschaft zu gehen. Das Wetter ist viel zu unangenehm. Viel schöner zu Hause. Andrew befindet sich außerdem in Behandlung.»

«Dann darf ich also annehmen», sagte Laurence, «daß sie sich im Frühsommer wieder auf die Reise begeben werden?»

«Nicht ins Ausland», entgegnete die alte Dame. «Somerset oder Cornwall, würde ich sagen, falls der Junge dann soweit ist.»

«Ich nehme an», sagte Laurence, «das bedeutet, daß ihr euer Spiel aufgegeben habt, Großmutter?»

«Wirklich, Lieber», erklärte sie, «als ich dir heute nachmittag am Radio zuhörte, dachte ich, wie sehr ich es dir gegönnt hätte, uns auf frischer Tat zu ertappen. Du mußt sehr enttäuscht sein, Liebling. Aber mach dir nichts draus, wir alle erleben unsere Enttäuschungen, und du warst wundervoll im Radio, du warst *absolut perfekt.*»

«Ich hatte alle Fäden in der Hand, Großmutter. Mir fehlte nur noch die Zeit, das Knäuel zu entwirren. Wenn ich nicht im letzten Herbst den Unfall gehabt hätte, würde ich euch damals schon erwischt haben.»

«Nun ja, nimm's nicht tragisch.»

«Aber du befindest dich in Gefahr. Einer von

unseren Bekannten ist dir auf die Spur gekommen. Ich hab's durch Zufall von Caroline erfahren. Sein Name ist Willi Stock, ein angeblicher Baron –»

«Nein, sein Titel ist absolut authentisch.»

«Ach, du kennst also Baron Stock?»

«Ich habe den Baron einmal getroffen», erwiderte sie.

«Na schön», meinte er; «also, Caroline hat mir kurz vor unserem Unfall im November erzählt, daß der Baron im vorigen Jahr mit dir zusammengekommen ist. Er beschrieb einen Hut, den du bei dieser Gelegenheit getragen hättest. Caroline erkannte ihn und schloß daraus –»

«Das war sehr töricht von dem Baron, aber typisch für ihn, wenn er auch sonst reizend –»

«Aber ich hatte nicht viel Zutrauen zu Carolines Angaben», sagte Laurence. «Ich dachte, daß sie sich da etwas einbildete.»

«Nun, du kannst eben nicht alles besser wissen.»

«Es war ein guter Anhaltspunkt», sagte Laurence. «Ich hätte ihm mehr Beachtung schenken müssen. Vielleicht hätte ich euch dann gleich erwischt. Hast du irgendwelche Befürchtungen wegen des Barons? – Denn dann würde –»

«Nein, nein. Er ist mein Partner in London. Beziehungsweise war es.»

«Der *Baron* hat mit euch unter einer Decke gesteckt?! Und ich dachte, ihr wäret nur zu viert gewesen.»

«Wir sind auch nur zu viert. Der Baron war lediglich unser Londoner Mittelsmann.»

«Ihr habt das Spiel also endgültig aufgegeben?»

«Von was für einem Spiel sprichst du eigentlich?» fragte sie, ein Lächeln aufsetzend, als wolle sie ihn ermutigen, ihr eine Lektion zu erteilen.

«Diamanten durch den Zoll zu schmuggeln», sagte er, «versteckt in Gipsfiguren.»

«Und manchmal in Rosenkranzperlen», ergänzte Louisa. Ihr ganzer Körper schien sich vor Vergnügen zu strecken, und um die Bedeutung dieser Stunde noch zu unterstreichen, reichte sie Laurence ein Glas und eine Flasche dunkles Starkbier, damit er sie für sie öffne. Sie sah zu, wie er den braunen Saft einschenkte, und betrachtete aufmerksam den hohen, sich selbst regulierenden Schaumpilz, wie jemand eine Szene beobachtet, die er im Gedächtnis behalten möchte.

«Auch du bist ein Risiko eingegangen, Großmutter.»

«Das Risiko war sehr gering», erwiderte sie, «und auch das haben, soweit ich es übersehe, die Hogarths auf sich genommen.»

Sie zog ihren Stuhl näher an den Herd und nahm genußvoll einen Schluck.

«Ich habe oft schmunzeln müssen», sagte sie, «wenn ich daran dachte, wie sie die Ware über die Grenze gebracht haben.»

«Und das ein paar Mal im Jahr, schätze ich», meinte Laurence.

«Das war verschieden», erwiderte sie. «Manchmal war das Ergebnis der Reisen in diesen vier Jahren und acht Monaten besser, manchmal nicht so gut. Zum größten Teil hing das von unseren

Partnern auf dem Festland ab. Sie hatten es nicht leicht, die richtigen Gußformen für die Figuren zu beschaffen. Mit den Perlen war das einfacher. Aber Andrew zog die Figuren vor.»

«Ich würde angenommen haben, daß der Zoll bei diesem vielen Hin und Her Verdacht geschöpft hätte. Sehr riskant», sagte Laurence.

«Alles ist riskant», meinte sie. «Wie hab' ich gelacht, wenn Mervyn mir erzählte, was die Zöllner für Bemerkungen gemacht haben. *Mervyn* hat allerdings nicht gelacht, er mochte diesen Teil unseres Unternehmens nicht. Sie reisten als Pilger, die Heilung suchten, mußt du wissen; Andrew in seinem Rollstuhl – du kannst ihn dir vorstellen, wie er mit langem scheinheiligem Gesicht seine kleinen Statuen an sich preßte. Nur um den Zoll zu täuschen, verstehst du. Jedesmal fuhren sie zu irgendeinem Wallfahrtsort der Jungfrau Maria, und unser Verbindungsmann – ich glaube, es war ein Mann – traf mit ihnen in der dortigen Stadt zusammen. Aber ich habe Mervyn und Andrew veranlaßt, die heiligen Stätten auch wirklich und angemessen aufzusuchen, für den Fall, daß man sie beobachtete. Mit der Polizei auf dem Festland kann man nicht vorsichtig genug sein, ein listiges, durchtriebenes Pack.»

«Sind die Hogarths Katholiken?»

«O nein. Überhaupt nicht religiös. Alles nur Pose, verstehst du. Eine Menge Spaß hat's mir gemacht, Lieber.»

«Mutter hat von Andrew Hogarths Heilung gehört», sagte Laurence.

«Ja, ich hab's ihr geschrieben. Ich dachte, es würde sie interessieren, daß der junge Mann, da er ein Nachbar von mir ist, an einem katholischen Wallfahrtsort geheilt worden ist. Sie liebt solche Geschichten.»

«Glaubst du denn, daß es ein Wunder ist?»

«O ja», antwortete sie, «ich glaube an glückbringende Orte, man muß nur rechtzeitig den richtigen erwischen. Andrew hat in der Tat vorher Unglück gehabt. Vor zwei Jahren hat er sich in Lourdes die Blase erkältet; aber Myans, wo meines Wissens eine *schwarze* Madonna steht, hat ihm Glück gebracht. Und ich kannte übrigens auch einmal einen sehr feinen Herrn, der sehr in der Geschichte bewandert war und für die alten Zeiten schwärmte – er verlor sein Stottern im Tower von London.»

«Das scheint mir einen psychologischen Grund zu haben», meinte Laurence.

«Oh, ich nenne so etwas Glück», entgegnete Louisa.

«Du bist also nicht davon überzeugt, daß Andrews Fall ein Wunder ist?»

«Oh, natürlich ist Andrew ein Wunder, wenn man ihn jetzt so sieht. Wenn er in seinem Stuhl sitzt, kann er die Beine in den Knien bewegen. Vorher hat er das nicht gekonnt.»

«Was sagen die Ärzte?»

«Sie sagen, daß er physiotherapeutische Behandlung haben muß. Er macht seitdem schon Fortschritte.»

«Und wie erklären sie es?»

«Sie sagen, es sei verblüffend, aber von einem *Wunder* sprechen sie nicht. Sie haben einen Haufen Studenten ins Krankenhaus geholt, damit sie sich Andrew ansehen. Andrew hat dem jedoch ein Ende gemacht, indem er geflucht und sie beschimpft hat. Er ist so jähzornig.»

«Hat er gut gemacht!» sagte Laurence. «Ich nehme an, daß er ganz aus dem Häuschen ist, seine Beine bewegen zu können?»

«Ich glaube schon. Aber jähzornig ist er», erwiderte sie, und indem sie ihm eine Schachtel Zigaretten reichte: «Steck dir eine bulgarische an.»

Laurence lächelte, während er in Gedanken diese Schilderung von Andrew mit dem Bild verglich, das seine Mutter sich von dem jungen Mann und seiner wunderbaren Heilung gemacht hatte. In Helenas Augen rechtfertigte dieses Ereignis vollkommen die zweideutige Tätigkeit der Hogarths. Es rechtfertigte ihre Mutter. Sie war zufrieden, nur vage über Louisas Machenschaften der letzten Zeit Bescheid zu wissen, und überzeugt, daß Ernest durch sein forsches Verhalten gegenüber Mervyn Hogarth letztes Jahr beim Lunch den Grund aller Sorgen, wie geartet er auch gewesen sein mochte, beseitigt hatte.

Als sie Laurence von Andrews Heilung an dem Wallfahrtsort in den Alpen erzählte, hatte er bemerkt: «Demnach betreiben sie also immer noch ihren ‹Handel›.»

«Unsinn», hatte Helena geantwortet. «Im schlimmsten Fall haben die Hogarths vielleicht ihre Geschäfte, oder was sie getrieben haben, endgültig zum Abschluß gebracht. Ich nehme an, daß sie beide zum katholischen Glauben übertreten werden. Der junge Mann aber bestimmt.»

«Helena möchte aus der Geschichte ein Aushängeschild für die Kirche machen», erzählte Louisa ihrem Enkel. «Aber das wird ihr nicht gelingen. Es tut mir leid für sie, aber die Hogarths interessieren sich für keine Kirche.»

«Wie ich», meinte Laurence.

«O nein. Sie sind einfach desinteressiert, das ist etwas ganz anderes.»

Die alte Frau hatte nur in langen Abständen kleine Schlucke aus ihrem Glas genommen. Dennoch registrierte Laurence fasziniert, wie wenig sie getrunken hatte und dabei gleichzeitig den Anschein erweckte, als hielte sie kameradschaftlich Schritt mit ihm.

«Ich nehme an», sagte er, «ihr habt einen ganz schönen Reibach gemacht.»

«Ja. Ich hatte sowieso die Absicht, in diesem Jahr aufzuhören.»

Helena hatte eine unerschütterliche neue Theorie über die Motive ihrer Mutter entwickelt: «Ich bin sicher, daß sie all diese Unannehmlichkeiten nur auf sich genommen hat, um dem jungen Mann helfen zu können. Meine Mutter ist überaus verschwiegen. Ihr ist absolut zuzutrauen, daß sie ihn mit Vorbedacht an die Wallfahrtsorte gesandt und den finanziellen Lohn nur als Lockmittel verwendet hat.»

Laurence berichtete dies seiner Großmutter.

Sie rümpfte die Nase und nahm einen kleinen Schluck aus ihrem Glas. «Selbstverständlich habe ich gewußt, daß die Reisen Andrew gut tun würden. Psychologisch gesehen. Sie stellten ihm eine Aufgabe und verschafften ihm Abwechslung. Und mir hat die geschäftliche Seite auch gut getan. Psychologisch gesehen. Es wird mir sehr fehlen, Lieber, es war ein herrlicher Spaß. Du meine Güte, ist Helena sentimental!»

«Was für eine Rolle hat Mr. Webster gespielt, Großmutter?»

«Oh, der gute Mann hat das Brot gebacken, und manchmal ist er für mich nach London gefahren.»

«Jetzt erzähl mir mal genau, was es mit dem Brot für eine Bewandtnis hatte», forderte Laurence sie auf.

«Du hast Diamanten im Brot gefunden und Caroline davon geschrieben. Das hat eine Menge Ärger verursacht.» – Laurence, den die Wärme und das Bier nach der Arbeit des Tages schläfrig gemacht hatten, war nicht ganz sicher, ob er diese Worte gehört oder sich nur eingebildet hatte.

«Was hast du eben gesagt, Großmutter?»

Sie trank gerade einen Schluck. «Nichts, Lieber», sagte sie, nachdem sie das Glas abgesetzt hatte.

«Erzähl mir von dem Brot. Wer hat die Diamanten hineingebracht? Du weißt, daß ich sie einmal gesehen habe.»

«Mr. Webster», antwortete sie. «Ich wollte die Ware nämlich nach der Rückkehr der Hogarths so rasch wie möglich haben, und zwar wegen der

Londoner Abnehmer. Zu Anfang gab es manchmal eine kleine Verzögerung, weil Andrew nach der Reise kränklich war und Mervyn nach seiner Pfeife tanzen ließ. Wir einigten uns, daß Mervyn seine Heiligen und Rosenkranzperlen unverzüglich nach seiner Rückkehr, was jeweils am frühen Morgen der Fall war, aufbrechen sollte. Mervyn telephonierte Mr. Webster an – sie benutzen nämlich das Telephon, während ich bei meinen Tauben bleibe – und Mr. Webster sprach dann bei den Hogarths vor, um das Brot zu liefern.»

«Scheinbar», sagte Laurence.

Louisa schloß die Augen. «Er brachte ihnen Brot, damit es unverfänglich aussah. Man kann nie vorsichtig genug sein. Und er ließ sich das Geld dafür geben.»

«Zusammen mit den Diamanten.»

«Ja, du merkst aber auch alles, mein Lieber. Mr. Webster hat uns unschätzbare Dienste geleistet. Am darauffolgenden Morgen brachte er mir die Ware in meinem Brot. Ich hielt es nicht für schicklich, daß er mir die kleinen Dinger verstohlen in die Hand drückte, als handele es sich um eine heimliche oder gar zweideutige Angelegenheit.»

«Wunderbar ausgedacht», sagte Laurence.

«Es hat Spaß gemacht», meinte Louisa.

«Aber völlig unnötig, die Sache mit dem Brot», fügte Laurence hinzu.

«Nein, das war notwendig. Ich wollte auf keinen Fall, daß die Diamanten lose herumgetragen würden.»

«Ich kann mir denken, warum», warf Laurence rasch ein. «Die Polizei.»

«Natürlich», bestätigte sie. «Ich traue der Polizei nicht. Der Wachtmeister hier im Ort ist ja kein übler Bursche, aber wenn's drauf ankommt, halten alle Polizisten in der ganzen Welt zusammen.»

Laurence lachte. Louisas Abneigung gegen die Polizei war ein Familienwitz. ‹Das kommt von ihrem Zigeunerblut›, pflegte Helena zu erklären.

«Ich hätte angenommen», meinte Laurence, «daß so ausgeklügelte Vorsichtsmaßnahmen überflüssig seien, wenn die Sachen erst einmal sicher über die Grenze und im Lande sind.»

«Man kann nie wissen. Jedenfalls hat's Spaß gemacht», entgegnete Louisa.

Nach einer Weile sagte Laurence: «Ich glaube, Mrs. Hogg hat dir einige Schwierigkeiten bereitet.»

«Überhaupt nicht», antwortete sie, «und sie wird's auch in Zukunft nicht.»

«Glaubst du denn, daß sie sich noch einmal sehen lassen wird? Hat sie irgendwelche Beweise gegen dich in der Hand, Großmutter?»

«Das weiß ich nicht. Aber sie wird mich nicht mehr belästigen, das weiß ich sicher. Vielleicht versucht sie's noch mal, aber das soll mich nicht stören.» Und sie fügte hinzu: «Es gibt Dinge in Mrs. Hoggs Leben, die du nicht kennst.»

Als Laurence zu späterer Zeit von der Verwandtschaft zwischen Mrs. Hogg und den Hogarths hörte, fiel ihm diese Bemerkung seiner

Großmutter wieder ein, und er dachte, daß sie dies wohl damit gemeint haben mußte.

«Und du kannst mir glauben, Caroline», sagte der Baron, «an einem Seitenaltar und in vollem liturgischem Ornat stand Mervyn Hogg alias Hogarth und schenkte Cocktails aus.» Mit diesen Worten beendete er seine Schilderung der Schwarzen Messe, die er kürzlich in Notting Hill Gate besucht hatte.

«Das hört sich kindisch an», sagte Caroline, unversehens in die katholische Gepflogenheit verfallend, Dinge, die man im stillen fürchtete, zu verharmlosen.

«Du als Katholikin», entgegnete er, «mußt es für böse halten. Ich persönlich richte nicht über Gut und Böse. Mein Urteil richtet sich danach, ob etwas interessant ist oder nicht.»

«Mir scheint eher das letztere der Fall zu sein», meinte Caroline.

«Du hast wirklich recht. Vom Finstern her gesehen war es eine armselige Darbietung. Für eine wirklich eindrucksvolle Schwarze Messe braucht man einen abtrünnigen Priester. Heutzutage, wo der Glaube so schwach ist, findet man sie selten. Aber Hogg ist es, der mich interessiert. Den Namen Hogg führt er, bildlich gesprochen, auf der Schattenseite seines Lebens und Hogarth bei Tageslicht. Ich bereite eine Monographie über Teufelskult und Schwarze Magie vor.

Meine Informanten haben mir übrigens berichtet, daß Hogarth kürzlich seinen Sohn entzaubert hat, einen Mann anfang der zwanziger Jahre, dessen Unterkörper seit frühester Kindheit infolge eines Zauberspruchs gelähmt war. Dies beweist, daß Hogarths magische Kräfte nicht ausschließlich auf Böses gerichtet sind, es beweist –»

«Sag mal», unterbrach Caroline ihn, «hast du jemals persönlich mit Mervyn Hogarth gesprochen?»

«Nicht in seiner natürlichen Gestalt. Aber das wird demnächst geschehen. Eine private Zusammenkunft wird arrangiert werden. Aber inoffiziell, glaube ich, ist er bereits in der Gestalt einer Frau in meiner Buchhandlung gewesen.»

«Ich bin überzeugt, Willi», sagte Caroline, «daß du unter den emotionellen Nachwirkungen von Eleanors Fortgehen leidest. Ich bin überzeugt, Willi, daß du unbedingt einen Psychiater aufsuchen solltest.»

«Wenn das, was du sagst, wahr sein würde», entgegnete er, «wäre es furchtbar taktlos von dir, es auszusprechen. Aber wie die Dinge nun einmal stehen, halte ich dir deine eigene Geistesstörung zugute.»

«Ist denn die ganze Welt ein Irrenhaus? Sind wir denn alle höfliche Verrückte, die insgeheim jedem andern Zugeständnisse wegen seiner Geistesgestörtheit machen?»

«Im großen und ganzen schon», antwortete der Baron.

«Ich lehne diese Zumutung ab», sagte Caroline.

«Das ist eine intolerante Haltung.»

«Es ist die einzige Alternative, wenn man sich nicht selbst dieser Zumutung unterwerfen will», erklärte Caroline.

«Ich weiß wirklich nicht», sagte der Baron, «warum ich dich weiterhin an meinen Gedanken teilhaben lasse.»

Bei verschiedenen Gelegenheiten hatte der Baron Caroline beschrieben, wie er nach und nach zu dem endgültigen Schluß gekommen war, daß Mervyn Hogarth ein Teufelsanbeter und Zauberer sei. Die erste Anspielung darauf hatte ihn über Eleanor erreicht: «Sie erzählte mir, daß er in jüngster Vergangenheit eine Art Ehe mit einer Hexe geführt habe. Eleanor hatte die Hexe gesehen, ein abstoßendes Weib. Als sie dem Haus in Ladle Sands häufige Besuche abzustatten begann, hat Eleanor Hogarth verlassen.»

«Ich würde nicht viel darauf geben, was Eleanor sagt. Sie dramatisiert alles sehr», meinte Caroline und konnte sich kaum enthalten, hinzuzufügen, daß Eleanor sich während ihrer Universitätszeit selbst Liebesbriefe zu schicken pflegte. Caroline hielt nur mit dieser Information zurück, weil sie nicht ganz sicher war, ob sie auch stimmte.

«Meine eigenen späteren Erfahrungen haben ihre Darstellung bestätigt. Meine Nachforschungen haben bewiesen, daß Hogarth der hervorragendste Teufelsanbeter im ganzen Königreich ist. Man soll mit seinen Erfahrungen und Entdeckungen nicht hinterm Berg halten. Du, Caroline, bist keine Ausnahme. Deine merkwürdigen Erfahrungen sind nicht so gut zu erklären wie meine; ich habe die Beweise dafür: die zertrümmerten Gipsfiguren – eine wohlbekannte diabolische Handlung – der schwarze Hund. Wenn du dich nur ein wenig ernsthafter mit den Tatsachen befaßtest, würdest du erkennen, daß ich recht habe.»

Auf diese Weise versuchte er, Carolines Anteilnahme zu erzwingen. Er erschien ihr mehr und mehr wie ein fordernder Gläubiger. ‹Das habe ich davon›, sagte sie sich, ‹daß ich ihn im letzten Herbst mit meinen Nöten aufgesucht habe. Er gab sich den Anschein eines alten Freundes, und nun möchte er, daß ich das gleiche tue, aber das ist unmöglich.›

Und sie erklärte ihm: «Du verlangst von mir, mich mit unmöglichen Dingen zu befassen; was du behauptest, mag wahr sein oder nicht: ich habe meine Zweifel, ich kann dir nicht beipflichten. Dagegen verlange ich von niemandem, daß er meinen Erlebnissen Glauben schenkt. Meinetwegen kannst du sie ruhig Einbildungen nennen. Ich habe lediglich meine Entdeckungen aufgeführt.»

Caroline hatte in letzter Zeit über den Fall Laurence und über seine phantastische Überzeugung nachgedacht, daß seine Großmutter seit Jahren die Anführerin einer Bande von Diamantenschmugglern sei. Sie hatte sich auch mit dem Fall des Barons und seinem überspannten Glauben an die magischen Kräfte Mervyn Hogarths befaßt. Der Baron begann eine krankhafte Ähnlichkeit mit Eleanor zu entwickeln. Sie dachte an Eleanors Gewohnheit, spontan mit abwegigen und unverantwortlichen Verdächtigungen herauszuplatzen. Caroline fand die wahren Tatsachen überall verschleiert. Sie wußte, daß das Buch, in dem sie eine Rolle spielte, immer noch im Werden war. Wenn sie jetzt Vermutungen über die Handlung anstellte, tat sie das nur für sich, registrierte die Fakten, wie sie sich ansammelten. Sie besaß inzwischen eine große Anzahl Notizen, Aufzeichnungen der Stimmen, und diese studierte sie sorgfältig. Das Gefühl, in einen Roman verarbeitet zu werden, war schmerzlich. Ihre ständige Einwirkung auf seinen Verlauf blieb ihr verborgen, und jetzt wartete sie ungeduldig auf sein Ende: sie wußte, daß ihr die Handlung erst dann ganz verständlich werden würde, wenn sie endlich aus ihr entlassen und gleichzeitig abschließend darin verwoben war.

Schließlich erklärte sie dem Baron, daß sie sich ganz einfach nicht für schwarze Magie interessierte. Sie verbat sich das Thema.

«Es fällt mir auf die Nerven, Willi. Ich nehme keinen Anteil an deinen okkulten Interessen. Sprich in Zukunft über etwas anderes.»

«Du bist verloren für die Welt der Ideen», sagte er betrübt. «Du hattest das Zeug zu einer interessanten Persönlichkeit, Caroline, glaub mir. Nun, sei's drum!»

Eines Morgens bekam Caroline unerwarteten Besuch. Ohne jeden Argwohn hatte sie die Wohnungstür geöffnet, da sie die Paketpost erwartete. Einen Augenblick lang hatte Caroline den Eindruck, daß niemand da war, doch dann erblickte sie unvermittelt die breit vor ihrer Schwelle stehende Frau und erkannte das unverschämte Lächeln von Mrs. Hogg, wie sie es zuletzt in St. Philumena gesehen hatte.

«Darf ich Sie einen Augenblick sprechen, Miss Rose?» Und schon stand die Frau in der kleinen rechteckigen Diele, die sie zum größten Teil ausfüllte.

«Ich habe zu tun», erwiderte Caroline. «Ich arbeite vormittags gewöhnlich. Ist es etwas Dringendes?»

Mrs. Hoggs kleine Augen funkelten. «Es ist wichtig», sagte sie.

«Wollen Sie bitte nähertreten?»

Sie setzte sich in Carolines Sessel und blickte neugierig auf das geöffnete Notizbuch, in dem Caroline geschrieben hatte. Es lag auf einem Beisetztischchen. Caroline beugte sich vor und ließ das Buch zuschnappen.

«Es handelt sich um den Baron Stock», begann Mrs. Hogg. «Er war heute bis nach ein Uhr früh in Ihrer Wohnung. Am Mittwoch war er bis nach zwei Uhr früh in Ihrer Wohnung. Sie waren in der vorletzten Woche zweimal bis nach Mitternacht in seiner Wohnung. Wenn Sie glauben, daß Sie sich mit diesem Benehmen Laurence Manders schnappen können –»

«Sie sind unverschämt», sagte Caroline. «Bitte gehen Sie.»

«Bis nach zwei am Mittwochmorgen. Baron Stock ist zweifellos anziehender als Laurence Manders, aber ich halte Ihr Betragen für gemein und jeder andere würde dasselbe –»

«Verschwinden Sie!» versetzte Caroline.

Schwer und pathetisch wie ein Orakel schritt sie hinaus. Caroline griff wütend nach dem Telephonhörer und läutete Helena an.

«Würdest du bitte so freundlich sein und deine Mrs. Hogg abberufen. Sie war gerade hier und hat völlig haltlose Anspielungen auf mein Privatleben gemacht, wobei sie Willi Stock anführte. Sie muß seit Wochen vor meinem Haus Wache gestanden haben. Hast du denn überhaupt keine Gewalt über das Weib? Ich glaube, du faßt sie viel zu sanft an, Helena. Das Weib ist eine Bestie. Wenn sie mich noch einmal belästigt, rufe ich einfach die Polizei, sag ihr das.»

«Du meine Güte! Ich habe Mrs. Hogg seit Monaten nicht mehr gesehen. Es tut mir *wirklich* leid, Caroline. Willst du nicht zum Lunch herüberkommen? Ich habe Mrs. Hogg im letzten Herbst in eine Stellung nach Streatham empfohlen. Seitdem habe ich nichts mehr von ihr gehört. Wir haben heute ein neues Reisgericht, eine Art Risotto, ganz einfach und viel zuviel. Edwin kommt nicht zum Lunch. Hast du in letzter Zeit Laurence gesehen?»

«Du solltest Mrs. Hogg für keine Stellung empfehlen. Sie ist eine niederträchtige Person.»

«Ach, man versucht nur, Gutes zu tun. Ich werde ein ernstes Wort mit ihr reden. Hat sie dich sehr außer Fassung gebracht, Caroline?»

«Nein, das nicht. Das heißt doch, ja. Aber es kommt nicht darauf an, was sie sagt, sondern was sie ist.»

«Sie ist nicht ganz richtig im Kopf», sagte Helena.

Kurz darauf sprühte Caroline ihr Zimmer mit einem Mittel zur Vernichtung von Bakterien und Insekten aus.

«Wunderbar, so einen ganzen Tag ohne Vorausplanung zu haben», sagte Caroline. «Das ist wie ein leeres Blatt Papier, das man ganz nach seinen Eingebungen ausfüllen kann.» Es war Sommer und ein Tag, den Laurence als absolut perfekt für ein Picknick am Fluß erachtete. Sie suchten sich einen geeigneten Platz aus und holten die Proviantkörbe aus dem Wagen. Laurence hatte seinen freien Tag. Auch Helena hatte beschlossen, sich einen Tag freizumachen.

«Ich habe so hart in den Ausschüssen gearbeitet, und Edwin ist in den Exerzitien – ein Tag auf dem Lande wäre einfach herrlich», gestand sie, als Laurence sie zum Mitfahren einlud. «Aber ich möchte mich auf keinen Fall aufdrängen. Amüsiert euch nur allein, du und Caroline.»

Doch als Caroline auch auf ihrem Mitkommen bestand, gab sie bereitwillig nach.

«Also schön. Aber ihr zwei fahrt schon voraus. Ich bin dann zum Lunch bei euch, ihr müßt mir nur sagen, wo ich euch finde.»

Sie beschrieben ihr das Gebiet, wo sie zu parken gedachten; am Ufer des Medway, wo er die Grenze zwischen Kent und Sussex bildet.

Hier waren sie nun, ließen sich genußvoll von der Mittagssonne bescheinen und hielten ab und zu Ausschau nach Helenas Wagen.

Sie kam gegen halb eins, und während ihr Wagen über den ausgefahrenen Landweg auf sie zu holperte, sahen Caroline und Laurence, daß sie zwei Leute mitgebracht hatte: einen Mann, der vorn neben ihr saß, und eine Frau mit einem schwarzen Hut auf dem Rücksitz.

Das Paar erwies sich als der Baron und Mrs. Hogg.

Helena, ungewiß ob sie willkommen seien und außergewöhnlich nervös, redete sofort drauflos: «Wie spaßig. Ihr wart kaum fort, als Willi mich anrief, und was glaubt ihr: er hatte sich schon lange vorgenommen, bei nächster Gelegenheit hierherzukommen. Er möchte sich eine Abtei in dieser Gegend ansehen, nicht wahr, Willi? Daher habe ich ihn überredet, mitzukommen. Und die arme Georgina habe ich auch mitgebracht, ich habe sie überredet. Es war eine wunderschöne Fahrt, nicht wahr? Die arme Georgina hatte Neuralgie. Sie kam mich zufällig besuchen, als ihr gerade abgefahren wart, und da habe ich sie überredet, mitzukommen. Ein Tag auf dem Lande wird Ihnen unsagbar gut tun, Georgina. Wir werden keineswegs eure Pläne stören, Laurence. Wir haben uns selbst Lunch mitgebracht, und ihr könnt gern losziehen, wenn ihr allein sein wollt, während wir uns hier in die Sonne setzen.»

Helena sah etwas mitgenommen aus. Während sie die Vorbereitungen zum Lunch trafen, ergriff sie die Gelegenheit, mit Caroline allein zu sprechen.

«Ich hoffe, es stört dich nicht zu sehr, daß ich Georgina mitgebracht habe, meine Liebe», sagte sie. «Sie tauchte so niedergeschlagen bei mir auf, und ich machte gerade so unverkennbar den Picknickkorb fertig. Ganz impulsiv fragte ich sie, und natürlich griff sie mit beiden Händen zu. – Hinterher hat es mir dann ziemlich leid getan, als ich daran dachte, wie unsympathisch du sie findest. Versuch einfach, sie zu ignorieren, und wenn sie dir irgendwie dumm kommt, schüttle sie einfach ab. Ich weiß, was du über Georgina denkst, denn manchmal kann ich ihren Anblick auch nicht ertragen; aber man versucht, Nächstenliebe zu üben.»

«Meinst du nicht», entgegnete Caroline, «daß du das Wort Nächstenliebe falsch auslegst?»

«Nun, Nächstenliebe beginnt zu Hause», sagte Helena. «Und Georgina *hat* in unserem Hause gelebt.»

«Mrs. Hogg ist kein Teil des Zuhause», stellte Caroline fest.

«Ach je, hätte ich sie doch nur nicht aufgefordert zu kommen. Das war dumm von mir, ich habe euch den Tag verdorben.»

«Der Tag ist noch nicht zu Ende», sagte Caroline herzlich, denn das Wetter war wirklich prächtig.

«Aber ich wünschte doch, ich hätte sie nicht mitgebracht, und zwar noch aus einem anderen Grunde. Auf dem Weg hierher ist etwas geschehen, Caroline. Es war beängstigend.» Caroline sah, daß sie sehr bedrückt war.

«Komm mit nach drüben und hilf mir, die Flaschen herauszuholen», sagte Caroline; «dabei kannst du mir erzählen, was geschehen ist.»

«Ehe wir abfuhren, gab ich Georgina eine Tablette gegen ihre Neuralgie», begann Helena, «und dann verstaute ich sie bequem auf dem Rücksitz des Wagens. Bevor wir die Stadt hinter uns gelassen hatten, fragte ich über die Schulter: ‹Geht es Ihnen gut, Georgina?› Sie antwortete, daß sie sich schläfrig fühle. Ich plauderte weiter mit Willi und dachte nicht mehr an Georgina hinter uns. Ich nahm an, daß sie eingeschlafen sei, denn ich konnte sie ziemlich schwer atmen hören.»

«Sie schnarcht», fiel Caroline ein. «Ich erinnere mich, daß ich sie in St. Philumena noch über eine Entfernung von sechs Türen schnarchen hören konnte.»

«Nun ja, sie schnarchte», fuhr Helena fort. «Und ich dachte, daß der Schlaf ihr gut tun würde. Nach einer Weile hörte sie auf zu schnarchen. Ich sagte zu Willi: ‹Sie schläft ganz fest.› Kurz darauf versagte Willis Feuerzeug, und er bat mich um Streichhölzer. Ich meinte, daß hinten im Wagen welche liegen müßten, wollte aber Georgina nicht wecken. Daher hielt ich an. Und als ich mich umdrehte, um nach den Streichhölzern zu langen, konnte ich Georgina nicht sehen.»

«Ach, was war denn geschehen?»

«Sie war einfach nicht da», erklärte Helena. «Ich sagte zu Willi: ‹Himmel, wo ist Georgina?› und Willi rief aus: ‹Mein Gott! Sie ist verschwunden!› Doch gerade als er das sagte, sahen wir Georgina wieder. Sie erschien plötzlich vor unseren Augen auf dem Rücksitz des Wagens, saß genau in derselben Haltung wie vorher und blinzelte, als sei sie eben aufgewacht. Es war, wie wenn im Kino der Film gerissen ist. Ich würde sicher gedacht haben, daß ich mir die ganze Geschichte nur eingebildet hätte, aber offensichtlich hatte Willi dasselbe Erlebnis. Er fragte: ‹Wo sind Sie gewesen, Mrs. Hogg? Sie waren verschwunden, nicht wahr?› Sie blickte ganz überrascht drein und antwortete: ‹Ich habe geschlafen, Sir.›»

«Es kann eine auf Gedankenübertragung beruhende gleichzeitige Sinnestäuschung bei dir und Willi gewesen sein», meinte Caroline. «Ich würde mir deswegen keine Sorgen machen.»

«Vielleicht hast du recht. Ich hatte noch keine Gelegenheit, mit Willi allein darüber zu sprechen. Eine äußerst merkwürdige Angelegenheit – ich wünschte wahrhaftig, ich hätte Georgina nicht mitgebracht. Manchmal fühle ich, daß ich leicht mit ihr fertigwerden kann, ein andermal aber scheint sie mir über zu sein.»

«Vielleicht ist es bei ihr etwas ganz Selbstverständliches, daß sie verschwindet, wenn sie schläft», sagte Caroline mit einem trockenen Lachen, damit Helena sie nicht zu ernst nehmen sollte.

«Was für eine grauenhafte Vorstellung. Ich könnte wirklich beschwören, daß sie offensichtlich verschwunden war. Als ich mich umdrehte, sah ich zuerst nur den leeren Sitz.»

«Vielleicht hat sie überhaupt kein Privatleben», sagte Caroline kichernd, um ihren Worten die grausame Schärfe zu nehmen.

«Oh, sie hat wirklich kein Privatleben, die Arme», stimmte Helena zu und meinte damit, daß die Frau keine Freunde besaß.

Mrs. Hogg griff beim Lunch herzhaft zu. Caroline setzte sich so weit entfernt von ihr wie möglich, um nicht ihren gewaltigen Mund kauen sehen zu müssen und um die Erinnerung an diesen Anblick zu bannen, als sie Mrs. Hogg zum erstenmal in St. Philumena am Speisetisch des Refektoriums gegenübersaß und sie beobachtete: kauen – Pause – kauen – Pause. Mrs. Hogg sprach wenig, aber ihre Gegenwart war sehr fühlbar.

Nach dem Lunch, Caroline verstaute gerade einen leeren Proviantkorb im Kofferraum des etwas abseits stehenden Wagens von Helena, näherte sich ihr der Baron.

«Der Sommer steht dir gut, meine Caroline», sagte er. «Dein Sonnenanzug ist reizend. Grün steht dir, und du bist voller geworden. Du botest ein köstliches Bild beim Lunch, mit deinem verschlossenen, selbstbewußten Wesen und deinem wachen, aufmerksamen Blick.»

Caroline schätzte Schmeicheleien, und um so mehr, wenn sie offensichtlich übertrieben und formvollendet dargeboten wurden, denn dann spürte sie, daß der Schmeichler sich wirklich Mühe gegeben hatte, ihr Freude zu machen. Sie setzte also ein gelangweiltes Lächeln auf und wartete auf den Rest, nicht im geringsten daran zweifelnd, daß diese Bemerkungen nur ein Vorspiel zu einer jener ‹vertraulichen Mitteilungen› waren, die zu machen es den Baron so sehr verlangte. Denn seit sie sich jedes Gespräch über schwarze Magie verbeten hatte, war der Baron ganz offensichtlich unglücklich. Sie war sich darüber klar, daß der Baron sie gerade wegen ihrer scharfen und spröden Reaktion als sicheren Hort für seine geheime Besessenheit ausgewählt hatte. Wenn sie wie seine anderen Freunde seine dunklen Interessen nur auf die leichte Schulter genommen und als fröhliches Unterhaltungsspiel betrachtet hätte – «Bitte, Willi, verrate uns die Zauberformel, wie man sich in eine Fliege verwandeln kann. Man könnte alle seine Freunde heimlich beobachten ... Stell dir vor, man bliebe in einem Marmeladenglas kleben!» – wenn sie sich dem Baron gegenüber nur heiter und unbekümmert hätte aufspielen können, würde er sie nie mit seinen ‹vertraulichen Mitteilungen› heimgesucht haben.

Nachdem er sich so mit seiner Einführung den Weg geebnet hatte, fuhr er auch unverzüglich fort: «Ich muß dir unbedingt erzählen, Caroline, was für eine merkwürdige Geschichte sich auf der Herfahrt in unserem Wagen ereignet hat. Diese Frau, diese Mrs. Hogg –»

Caroline gab sich Mühe, freundlich zu bleiben. «Helena hat mir den Zwischenfall schon berichtet, Willi. Offensichtlich hast du Helena mit deinen Phantastereien angesteckt. Offensichtlich –»

«Aber ich versichere dir, Caroline, ich habe niemals über irgendein okkultes Thema mit Helena gesprochen. Ich bin sehr vorsichtig in der

Auswahl der Leute, denen ich mich in diesen Dingen anvertraue. Es gibt keine andere Erklärung für das merkwürdige Phänomen im Auto, als die Tatsache zu akzeptieren, daß diese Frau eine Hexe ist.»

«Nicht unbedingt», erwiderte Caroline, «selbst wenn sie tatsächlich verschwunden war. Ich glaube, sie ist zu dumm und ungebildet, um eine Hexe zu sein.» Und sie fügte hinzu: «Das soll aber nicht heißen, daß ich persönlich an Hexen glaube.»

«Und eine merkwürdige Entdeckung habe ich gemacht», fuhr der Baron unerbittlich fort. «Es wird dir sicher einleuchten – diese Mrs. Hogg ist, dessen bin ich ganz sicher, die Hexe, mit der Mervyn Hogarth verheiratet war. Die Tatsachen fügen sich ineinander – man *weiß*, daß er den Namen Hogg benutzt hat, wie ich dir bereits erzählt habe. Meine Informanten behaupten, daß er ihn in seinen jungen Jahren stets getragen hat. Diese Georgina Hogg ist seine Hexenbraut.»

«Unsinn. Sie ist eine alte Dienerin der Manders. Ich glaube, sie hat einen Vetter geheiratet. Irgendwo lebt noch ein verkrüppelter Sohn von ihr.»

«Tatsächlich? – Dann ist es gewiß, sie ist die Hexe, seine Frau! Es ist ihr Sohn, den Hogarth vor ein paar Monaten mit seiner Zauberkraft geheilt hat. Es muß derselbe junge Mann sein!»

«Sehr weit hergeholt,» entgegnete Caroline. «Und außerdem, Willi, langweilt mich dieses Thema.» Doch wie er sehen konnte, regte es sie in Wirklichkeit auf. ‹Dieses Hogarthsche Wappen auf Eleanors Zigarettenetui›, dachte sie. ‹Laurence hat es als dasselbe wie Mrs. Hoggs erkannt ...› Sie nahm sich vor, später mit Laurence darüber zu reden.

In diesem Augenblick rief Helena herüber: «Caroline, bringst du mir bitte mein Buch mit – ich habe es zusammen mit meinem kleinen Kopfkissen hinten in den Kofferraum geworfen. Bringst du mir das bitte auch mit?»

«Teufel!» fluchte Caroline unterdrückt.

Das bedeutete, daß sie den ganzen Inhalt des Kofferraums auspacken mußte. Der Baron half Caroline, die Gegenstände aus dem engen Behältnis herauszuziehen; dabei redete er so schnell er konnte, als müsse er so viele seiner kostbaren vertraulichen Mitteilungen wie nur möglich in die nächsten paar Minuten hineinpressen.

«Es ist derselbe junge Mann,» sagte er, «und du wirst sehen, daß ich recht habe.»

«Du mußt dich irren», erwiderte Caroline, ganz außer Atem von der Anstrengung, Kästen, alte Benzinkanister und anderes Gerümpel beiseitezuheben. Sie erinnerte sich daran, wie Helena ihr erst neulich erzählt hatte: «Stell dir vor, ich habe doch Mrs. Hogg von dem erstaunlichen Wunder berichtet, das an dem jungen Hogarth geschehen ist. Ich dachte, es würde ihr etwas Hoffnung für ihren eigenen verkrüppelten Sohn geben. Aber denk dir, sie wollte nicht an ein Wunder glauben – sie sagte, wenn es ein wirkliches Wunder gewesen wäre, würde der junge Mann katholisch geworden sein. Unglücklicherweise ist dieser junge Hogarth mit irgendeiner Frau davongelaufen – einer reichen Theosophin, soviel ich weiß. Vielleicht hätte ich Georgina dieses letzte nicht erzählen sollen.»

«Du mußt dich irren», erklärte Caroline dem Baron. «Helena weiß über Georgina Hoggs Angelegenheiten Bescheid. Frag Helena, sie wird dir bestätigen, daß Mrs. Hogg nichts mit Hogarth zu tun hat.» Und wieder wunderte sie sich im stillen über das Wappen.

«Helena weiß *nicht* Bescheid», entgegnete der Baron. «Und noch etwas, Caroline. Es ist so aufregend, Caroline. Heute nachmittag werde ich Mervyn Hogarth gegenübertreten. Man hat mich informiert, daß er sich in einer Abtei aufhält, nur ein paar Meilen von diesem Fleck hier entfernt. Nun sag mir, warum ausgerechnet er sich an einem kirchlichen Ort aufhält? Er muß sich als Katholik in den Exerzitien ausgeben. Ich möchte behaupten, daß dies das Mittel ist, mit dessen Hilfe er die geweihten Gegenstände für das Zeremoniell der Schwarzen Messe stiehlt. Irgendwoher muß er sie ja schließlich bekommen –»

Caroline packte ihn am Ärmel und deutete mit dem Kopf auf die Buschreihe ein paar Meter hinter dem geparkten Wagen. Er blickte in die angegebene Richtung. Der schwarze Hut war gerade außer Sicht getaucht.

«Mrs. Hogg hat gelauscht», sagte Caroline mit lauter Stimme.

«Haben Sie mich gerufen, Miss Rose?»

Mrs. Hogg tauchte auf, als wäre sie nie versteckt gewesen.

«Herrliche Gegend hier», stellte sie mit ihrem bewußten Lächeln fest. «Haben Sie mich gerufen? Ich meine ich hätte Sie ‹Mrs. Hogg› rufen gehört.»

Caroline ging rasch fort, gefolgt von dem Baron, während Mrs. Hogg sich auf dem Treidelpfad am Ufer davonmachte.

Caroline gab Helena das Buch. «Es war ganz nach hinten gerutscht», sagte sie. «Ich mußte alles ausräumen. Ich bin so erschöpft, als hätte ich einen Tag lang schwer gearbeitet.»

«Oh, du hättest doch nicht – ich dachte, Willi würde all die schweren Stücke heben. Willi, warum hast du nicht die schweren Stücke gehoben?»

«Ich habe es getan, meine liebe Helena», antwortete der Baron.

«Mrs. Hogg hat sich hinter die Büsche geschlichen, um unsere Unterhaltung zu belauschen», sagte Caroline.

«Ich betrachte körperliche Arbeit vom orientalischen Standpunkt aus», warf Laurence ein. Er lag ausgestreckt im Halbschatten eines Baumes, überrieselt von lauter Sonnenfleckchen.

«Sie hat nichts, was ihr Leben ausfüllt», sagte Helena, «das ist ihr Kummer. Sie war schon immer ein neugieriger Typ. Einfach, weil sie kein richtiges eigenes Leben führt. Es tut mir leid, daß ich sie hergebracht habe. Mir graut schon davor, sie wieder nach Hause zu fahren.»

«Finde ich großartig!» gluckste Laurence. Helena hatte ihm nichts von ihrem unheimlichen Erlebnis mit Georgina am Vormittag erzählt.

«Ich habe sie spazieren geschickt», sagte Helena und blickte in die Runde. «Ich möchte wissen, ob es ihr wieder besser geht.» Georgina war nirgends zu sehen.

«Georgina ist nirgends zu sehen», sagte sie besorgt.

«Du hast sie fortgeschickt; nun, sie ist fortgegangen», erklärte Laurence. «Sei doch nicht so zappelig. Ruh dich aus und lies dein Buch. Ihr redet viel zuviel.»

«In welche Richtung ist sie gegangen?» fragte Helena.

«Flußabwärts, den Treidelpfad entlang», antwortete Caroline.

«Stille», sagte Laurence. «*Laß nichts dich verdrießen*», stimmte er an, «*nichts dich erschrecken, alles Irdische vergehet ...*»

«*Gott ändert sich nie*», fiel Helena ein, überrascht, daß er die Verse behalten hatte.

Der Baron studierte eine Landkarte. «Ich könnte kurz nach vier wieder zurück sein», sagte er. «Würde euch das passen?»

«Großartig», erwiderte Laurence. «Ziehe hin in Frieden.»

«Die Abtei liegt auf der anderen Seite des Flusses», sagte der Baron, «aber zwei Meilen weiter unten gibt es eine Brücke. Ich werde kurz nach vier wieder zurück sein.»

Sein Jackett über den Arm gehängt, machte er

sich auf den Weg. Faul beobachteten die anderen ihn, bis er hinter einer Wegbiegung verschwand.

«Ich möchte gern wissen, warum er die Abtei ansehen will», meinte Helena. «Da ist absolut nichts Besonderes dran, nichts architektonisch Interessantes.»

«Er sucht einen Mann, der sich seiner Ansicht nach in der Abtei aufhält. Einen Mann namens Mervyn Hogarth», sagte Caroline mit Vorbedacht.

Helena blickte überrascht. «Mervyn Hogarth! Kennt Willi ihn denn?»

«Vom Hörensagen», antwortete Caroline.

«Das ist der Vater des jungen Mannes, der geheilt wurde», sagte Helena. «Ist Mr. Hogarth womöglich zum katholischen Glauben übergetreten?»

«Der Baron glaubt», erzählte Caroline, «daß er ein Zauberer ist. Der Baron glaubt, daß Mervyn Hogarth der Anführer eines Kreises ist, welcher der Schwarzen Messe huldigt, und daß er vorgibt, sich zur Ausübung seiner Exerzitien in der Abtei aufzuhalten, während er in Wirklichkeit darauf aus ist, die geweihten Hostien zu stehlen.»

«Oh, wie entsetzlich, wie entsetzlich!»

«Der Baron hat einen Tick», warf Laurence ein.

«Genau», bestätigte Caroline.

«Die Geschichte hört sich wirklich ein wenig weit hergeholt an», sagte Helena. «Da ist sicher nichts dran, nicht wahr?»

«Absolut nichts», sagte Caroline. «Ich wäre

überrascht, wenn er Mervyn Hogarth in der Abtei fände. Und noch mehr wäre ich überrascht, wenn sein Verdacht sich als wahr erweisen sollte.»

«Es wäre schrecklich, wenn er recht hätte», meinte Helena. «Aber warum sollte Baron Stock sich deswegen Sorgen machen? Beabsichtigt er, den Mann bloßzustellen, wenn sein Verdacht sich als wahr erweisen sollte?»

«Nein, er beabsichtigt eine Monographie zu schreiben.»

Caroline drehte ihre Handflächen in die Sonne, um sie bräunen zu lassen.

«Er bildet sich ein, er stehe über dem Thema Schwarze Magie, sei lediglich daran interessiert. Dabei fühlt er sich in Wirklichkeit leidenschaftlich dazu hingezogen. ‹Mein Wesen›», zitierte sie, «‹ist durchtränkt von meinem Tun, gleich wie die Hand des Färbers. Beklage mich denn ...›»

«Willi ist immer exzentrisch gewesen», bemerkte Helena.

«Ein Teil seines kultivierten englischen Wesens», warf Laurence ein.

«Es wird interessant sein, zu hören», sagte Helena, «was er zu erzählen hat, wenn er zurückkommt.»

«Erwähnt bitte nicht, was ich euch erzählt habe», sagte Caroline. «Er ist so empfindlich, der arme Willi.»

Die Worte ‹der arme Willi› bereiteten ihr ein süßes Vergnügen. Sie besänftigten ihren Groll gegen des Barons ‹die arme Caroline›, womit er manche Nachmittagssitzung in der Charing Cross

Road beendet haben mochte. Besonders bei Helena machte es ihr Freude, den Baron in Mißkredit zu bringen. Helena hatte sie manchmal sehr zartfühlend gefragt, ob sie sich auch wohl fühle – ob nichts ihr Sorgen bereite? Woraus Caroline, empfindsam wie sie war, schloß, daß der Baron aus der Schule geplaudert hatte. In Wirklichkeit hatte Helena jedoch die Klatschsucht des Barons gedämpft.

Eines Tages im Vorfrühling hatte er sie rundheraus gefragt: «Ist zwischen Laurence und Caroline eigentlich alles aus?»

«Nein, ich glaube nicht. Sie warten noch.»

«Worauf? Die beiden sind doch keine Küken, meine Liebe», hatte er erwidert.

«Ich nehme an, Caroline möchte erst ihr Buch fertig sehen. Übrigens bin ich über ihre persönlichen Angelegenheiten auch gar nicht im Bilde. Ich wünschte, sie würden sich irgendwie endgültig entscheiden, aber so ist die Lage nun mal.»

«Carolines ‹Buch›», sagte der Baron; «meinst du das Buch, an dem sie schreibt, oder das Buch, in dem sie lebt?»

«Bitte, Willi! Caroline ist kein dummes kleines Mädchen. Sie *war* ein wenig aus dem Gleichgewicht und *hat* sich allerlei eingebildet, das weiß ich. Und dann kam dieser Unfall. Aber seitdem hat sie sich wieder wunderbar von allem erholt.»

«Meine *liebe* Helena, ich versichere dir, daß Caroline auch danach noch fortwährend Mitteilungen von ihrem Schreibmaschinengeist erhalten hat.»

«Unsinn. Caroline ist vollkommen normal. Was meinst du, Willi, wer wird in Lincoln gewinnen?»

Doch wenn Helena gelegentlich Caroline gefragt hatte: «Fühlst du dich auch wohl, Liebes?» oder «Macht dir irgend etwas Sorgen?» fühlte Caroline sich unglücklich und machte sich Sorgen wegen dieser Erkundigungen.

Daher war sie an diesem Ausflugstag besonders glücklich, mit Helena über das neueste Hirngespinst des Barons sprechen zu können.

«Er muß sich aus Gerüchten und Verdächtigungen eine Theorie gebildet haben», sagte Helena. Und mit ungewöhnlichem Nachdruck fügte sie hinzu: «Ich hasse Zweifel und Verdächtigungen!»

Caroline dachte: ‹Sie macht sich Sorgen wegen Mrs. Hogg. Der Zwischenfall im Wagen bedrückt sie. Arme Helena! Vielleicht würde es ihr gar nicht gefallen, wenn sie genau über die Dinge Bescheid wüßte.›

Laurence lag zufrieden da und ließ ihre Stimmen an seinem Ohr vorüberplätschern. Die Sonne hatte ihn zu schläfrig gemacht, um sich an ihrem Gespräch beteiligen zu wollen, gleichzeitig aber hatte der Sommertag seine Sinne so bezaubert, daß er ihn nicht mit Schlaf vergeuden mochte. Er beobachtete eine dicke junge Frau auf einem nahebei verankerten Hausboot. Ab und zu verschwand sie in der Kajüte, um irgend etwas zu holen. Zuerst ein buntes Tuch, um ihren Kopf gegen die Sonne zu schützen. Dann ein Kissen. Das nächste Mal blieb sie so lange unten, wie es Laurence schien, daß er dachte, sie käme überhaupt nicht mehr zurück. Doch schließlich tauchte sie mit einer Tasse Tee in der Hand wieder auf. Wie ein Fäßchen gegen die winzige Brücke des Bootes gelehnt, trank sie davon. Laurence registrierte in genußvollem Dösen die sich langsam hindehnenden Pausen zwischen jedem Schluck. Er wünschte, das Hausboot gehörte ihm. Er hätte gern gewußt, wo der dazugehörende Mann sei, denn er war sicher, daß es einen Mann gäbe, den Fäßchen als ‹mein Freund› bezeichnete. Laurence wünschte, er könnte weiter so vor sich hindösend am Ufer liegen und gleichzeitig in der Kajüte des Hausbootes herumschnüffeln, seine Nase in die Kombüse, die Kojen, den Maschinenraum stekken. Ein kleines längsseit liegendes Ruderboot weckte sein Interesse.

Carolines Stimme drang durch seine Überlegungen: «Ich setze jetzt den Teekessel auf.»

Als sie den Spirituskocher angezündet hatte, sagte Helena: «Gewitter.»

«Nein», sagte Laurence. «Kaum möglich. Ich dachte mir gerade», fügte er hinzu, «daß wir vielleicht das kleine Ruderboot leihen und auf die andere Seite hinüberrudern könnten.»

«Mir war auch so, als hätte ich ein Donnern gehört», erklärte Caroline.

«Nein.»

«Es ist Viertel nach vier», sagte Helena. «Wo Georgina nur bleibt?»

«Weggehext», bemerkte Laurence anzüglich.

Helena scheuchte ihn hoch, um nach Georgina zu suchen.

«Es wird bestimmt bald regnen», sagte sie.

Der Himmel hatte sich bewölkt, und trotz Laurences Protest ließ sich ein fernes Donnergrollen nicht leugnen.

«Das Gewitter ist meilenweit entfernt über dem Höhenrücken», sagte Laurence; «es wird an der Ebene vorbeiziehen.» Dennoch machte er sich auf den Weg, Mrs. Hogg zu suchen; beim Hausboot blieb er einen Augenblick stehen, um es sich näher anzusehen. Das dralle Mädchen war unter Deck gegangen.

Caroline und Helena begannen, Wolldecken und Teegeschirr in die Autos zu verfrachten.

«Selbstwenn das Gewitter vorbeizieht», meinte Helena, «wird es bestimmt in den nächsten zehn Minuten Regen geben.»

Plötzlich erblickten sie den Baron am gegenüberliegenden Ufer. Er rief etwas herüber, war aber zu weit entfernt, als daß sie ihn verstehen konnten. Indem er mit den Händen einen Kreis beschrieb, teilte er ihnen mit, daß er über die Brücke zurückkommen würde.

«Er wird völlig naß werden», sagte Caroline. «Armer Willi!» Doch ehe er wieder losging, winkte sie ihm zu, stehenzubleiben.

«Ich werde mir das Boot ausbitten und ihn herüberrudern», sagte sie.

«Das wäre *wirklich* reizend», meinte Helena. «Aber wirst du auch damit fertig werden?»

Doch Caroline hatte sich schon den Regenmantel von Laurence über die Schultern geworfen und lief zum Hausboot hinunter. Der Baron zögerte einen Augenblick verblüfft. Er sah, wie Caroline sich niederbeugte und an das kleine Fenster klopfte. Da erkannte er ihre Absicht und blieb stehen. Gleich darauf gab Caroline ihm ein Zeichen, daß sie die Erlaubnis des Eigentümers bekommen hatte, das Boot zu benutzen.

Der Regen hatte zu fallen begonnen, war aber nur leicht, und der Fluß blieb unbewegt. Caroline hatte rasch mit dem Boot das andere Ufer erreicht. Der Baron kletterte hinein und übernahm die Riemen.

«Ich habe Hogarth, alias Hogg, gesehen», begann er sofort zu erzählen, «aber er hatte sich unkenntlich gemacht. Eine völlig andere Erscheinung als der Mann, den ich die Schwarze Messe zelebrieren sah. Unter diesen Umständen habe ich ihn nicht angesprochen, es war zu beängstigend.»

«Woher wußtest du dann, daß es Mervyn Hogarth war?»

«Ich habe einen der Laienbrüder gefragt. Er bestätigte mir, daß Mervyn Hogarth zur Zeit dort wohnt und zeigte ihn mir. *Sie* glauben, daß er die Abtei zum Angeln aufgesucht hat.»

«Zum Angeln?»

«Offenbar stellt die Abtei gegen Entgelt einen Gewässerstreifen zum Angeln zur Verfügung. Die Angler sind in der Abtei untergebracht», erklärte der Baron. «Sie wissen wohl kaum, wen sie da beherbergen – Hogarth alias Hogg», sagte er.

«Ich glaube, du bist völlig durcheinander, Willi.» Caroline zog den Regenmantel über den Kopf und strich sich das Haar darunter glatt. «Der Mann bei der Schwarzen Messe muß ein anderer Hogarth gewesen sein.»

«O nein, er nannte sich nur Hogg. Hogarth ist sein Name bei Tage. Ich weiß mit Bestimmtheit, daß Mervyn Hogarth als Mervyn Hogg geboren wurde.»

«Der Mann bei der Schwarzen Messe muß ein anderer Hogg gewesen sein.»

«Ich übersehe das ganze Bild, du aber nicht», erwiderte der Baron. «Als ich heute nachmittag das Gelände der Abtei verließ, sah ich die Hexe, Mrs. Hogg, herankommen. Ich zog mich zurück und folgte ihr. Ich sah – *sah* es mit eigenen Augen, Caroline – wie Mrs. Hogg an Hogarth herantrat. Er hantierte gerade an einer Angelrute. Natürlich kannte er sie. Er machte einen sehr unglücklichen Eindruck. Sie wechselten ein paar Worte. Kurz darauf ging er fort und ließ sie stehen. Man konnte deutlich erkennen, daß die beiden gut miteinander bekannt sind.»

Das Boot stieß ans Land. Caroline bedankte sich bei der Frau, während der Baron das Boot festband.

«Von Georgina noch keine Spur», sagte Helena, als sie an ihren Wagen traten. «Laurence ist inzwischen zurückgekommen und wieder losgegangen, um nach ihr zu suchen. Wie dumm.»

«Sie war drüben bei der Abtei», erklärte der Baron. «Sie war noch dort, als ich vor einer halben Stunde fortging.»

«Wie ärgerlich. Nun, wir müssen eben warten. Wollen versuchen, inzwischen hinten im Wagen noch eine Tasse Tee zu trinken.»

Der Donner grollte immer noch in der Ferne; es war unwahrscheinlich, daß das Gewitter zu ihnen herüberzog, doch der Regen prasselte jetzt heftig.

«In welche Richtung ist Laurence gegangen?» fragte der Baron.

«Nach der Brücke zu.»

«Ich werde seinen Wagen nehmen und ihm nachfahren. Sicher werden wir Mrs. Hogg auf ihrem Rückweg treffen. Sie müßte inzwischen die Brücke erreicht haben.»

Er fuhr los. Alle paar Minuten steckte Helena den Kopf aus dem hinteren Seitenfenster ihres Wagens. «Hoffentlich verfehlen sie sich nur nicht», sagte sie, «Laurence hat bloß sein Jackett bei sich. Oh, da ist ja Georgina!»

Mrs. Hogg kam auf der anderen Seite des Flusses einen Fußweg zwischen den Bäumen herunter, der zum Ufer führte. Sie sah Helena und hob zum Zeichen des Erkennens die Hand.

Helena machte verzweifelte Gesten zu ihr hinüber. Mrs. Hogg stand abwartend und mit verständnislosem Gesicht da.

«Caroline», sagte Helena, «sei ein Engel.»

«Du möchtest, daß ich sie im Boot herüberhole», stellte Caroline fest.

«Zieh dir den Regenmantel über den Kopf und tu's, ja?» Helena war nervös. «Wir müssen sonst ewig hier warten, bis sie zur Brücke und wieder zurück gelaufen ist. Es sind jedesmal zwei Meilen. Ich möchte nach Hause, ich halt's einfach nicht mehr hier aus.»

Als Caroline nicht antwortete, schien Helena zu merken, daß sie mehr als einen gewöhnlichen Gefallen von Caroline verlangt hatte.

«Ich werde selbst gehen, Liebes», sagte Helena sofort. «Gib mir den Regenmantel. Mit dem Boot werde ich schon fertig.»

Caroline war überzeugt, daß sie es nicht schaffen würde. Sie sprang aus dem Wagen und rannte los, wie jemand, der gegen seine eigene Natur angeht.

Trotz des Regens und nur mit einer Wolljacke über dem Sommerkleid, lief Helena hinterher. Sie holte Caroline am Hausboot ein und bedankte sich ebenfalls herzlichst bei der Besitzerin.

Als Caroline die Leine loswarf, sagte sie: «Das ist wirkliche Nächstenliebe, Caroline. Die arme Georgina würde bis auf die Haut naß, wenn sie über die Brücke zurückkommen müßte.»

Caroline lächelte ihr freundlich zu, denn sie war zu stolz, ihre geradezu neurotische Furcht sehen zu lassen. Ihre Furcht beruhte eigentlich auf einer Nebensächlichkeit. Sie wußte, daß sie Mrs. Hogg zum Einsteigen die Hand würde reichen müssen. Die Vorstellung dieser körperlichen Berührung, ihrer Hand in Mrs. Hoggs Hand, und sei es auch nur für einen Augenblick, war Caroline entsetzlich. Wenn es auch nur eine Kleinigkeit war, so ging es ihr doch zutiefst gegen die Natur.

«Steigen Sie hier herunter, Mrs. Hogg. Dort auf den Stein. Geben Sie mir die Hand. Und seien Sie vorsichtig, der Fluß ist hier tief.»

Das Ufer war glitschig geworden, aber es gab mehrere fest ausgetretene Stellen, wo man sicher hinabsteigen konnte. Caroline hatte sich breitbeinig im Boot hingestellt, den Arm ausgestreckt und fest Mrs. Hoggs Hand gepackt. Hier den Fuß hingesetzt, dort den andern. ‹Ich mach' meine Sache gut›, dachte Caroline, während sie die Hand der Frau fest umklammert hielt. Der körperliche Kontakt machte sie innerlich gehemmt.

Mrs. Hogg trug Schuhe mit Gummisohlen, die ganz mit Lehm verschmiert waren. Trotz aller Vorsicht rutschte sie auf den Absätzen aus und taumelte zurück, die Hand immer noch fest in Carolines, so daß das Boot wild zu schaukeln begann. Im nächsten Augenblick klatschte sie mit lautem Aufprall ins Wasser und riß Caroline hinterher, die ihre Hand wie unter einem inneren Zwang, ihren Abscheu davor zu besiegen, nicht losgelassen hatte. Schreiend vor Angst schlug Mrs. Hogg wild um sich. Caroline machte sich von ihr los und packte die Bordkante des Bootes, wurde aber sofort wieder zurückgerissen; die Hände der Frau umklammerten ihren Hals – «Ich kann nicht schwimmen!»

Caroline schlug ihr ins Gesicht. «An meinen Schultern festhalten!» schrie sie. «Ich kann schwimmen!» Doch in ihrer wahnsinnigen Angst umklammerte die Frau nur noch fester Carolines Hals. Caroline sah das kleine Boot den Fluß hinabschaukeln. Dann wurde ihr die Sicht von einer von Mrs. Hoggs großen Händen genommen, die sich über ihre Augen krallten, während die andere ihr die Kehle zudrückte. Mrs. Hoggs Körper lastete schwer auf ihr, und sogar mit den Beinen umschlang sie Caroline, so daß sie sich kaum rühren konnte. Ihr wurde klar, daß sie beide ertrinken müßten, wenn es ihr nicht gelänge, sich aus Mrs. Hoggs Umklammerung zu lösen.

Sie tauchten unter Wasser und blieben eine Weile verschwunden. Helena sagte später, daß es nur wenige Sekunden gedauert hätte, bis Carolines Kopf wieder auftauchte. Aber in dieser kurzen Zeit spielte sich ein langer, erregender Kampf zwischen den beiden ab. Caroline hatte Übung im Unterwasserschwimmen, Mrs. Hogg jedoch war völlig hilflos. Bis zum letzten Augenblick umklammerte sie Carolines Hals. Erst als Mrs. Hogg in einer letzten verzweifelten Anstrengung den Mund aufriß und das Wasser hineinströmte, lockerte sich ihr Griff und Caroline war frei. Ihre Lungen brannten vor Schmerz beim ersten köstlichen Atemzug. Mrs. Hogg glitt von ihr fort. Gott weiß, wohin.

Ehe Caroline das Bewußtsein verlor, hatte sie noch das Gefühl, über eine holperige Oberfläche gezogen und mit einem dumpfen Plumps wie ein nach Luft schnappender Fisch aufs Trockne geworfen zu werden.

«Was für ein Glück, daß ich meinen Freund hier hatte. Ich kann nämlich nicht schwimmen.»

Caroline lag auf einer Koje des Hausbootes, ohne genau zu wissen oder sich überhaupt darüber Gedanken zu machen, wo sie sich befand. Sie erkannte Helena, dann die dicke Frau vom Hausboot und zuletzt einen fremden Mann, der seine tropfnassen Kleider auszog. Caroline fühlte sich wie in ihre Kindheit zurückversetzt und schloß die Augen.

«Von der anderen keine Spur», sagte der Mann. «Die hat's erwischt. Verwandt?»

«Nein», erwiderte Helenas Stimme.

«Der hier hat sie ganz schön mitgespielt», sagte wieder der Mann. «Seht euch nur ihr Gesicht an. Möchte wetten, daß sie Übung darin hat, den Atem unter Wasser anzuhalten. Wenn nicht, hätte sie's nämlich auch erwischt.»

Die Besitzerin des Hausbootes stützte Caroline und setzte ihr einen warmen Becher an die Lippen.

«Haben Sie etwas, das man auf die Schrammen streichen könnte?» Das war wieder Helenas Stimme.

Gleich darauf fühlte Caroline, wie etwas Weiches sanft über ihr Gesicht und über ihren Hals verteilt wurde. Der Hals tat ihr weh. Und wieder nippte sie an etwas Warmem, Süßem, während Helena ihren Rücken stützte.

Der Mann sagte: «Ich hab' nach der andern gesucht, so gut ich konnte. Es ist tief an der Stelle. Aber ich glaube, wir werden die Leiche finden. Vor fünf Jahren war hier im Sommer ein Unglücksfall; damals fanden wir die Leiche auch nach zwei Tagen.»

Helena murmelte: «Du warst wunderbar.»

Bevor sie einschlief, hörte Caroline die Stimme von Laurence irgendwo draußen, dann die des Barons, dann wieder Helena: «Da sind sie mit dem Arzt.»

Sir Edwin Manders hielt seine Herbstexerzitien ab. Man schrieb den vierundzwanzigsten Oktober, das Fest des Erzengels Raphael. Sir Edwin war im Laufe des Nachmittags im Kloster angekommen, rechtzeitig zur Segensandacht.

Vom Fenster seines Zimmers blickte er auf einen rasenbewachsenen Hof herab, auf dem verstreute Blätter lagen. Er ließ seine Augen auf diesem sonnenüberstrahlten Rechteck von Gras und Blättern ruhen und gab sich ganz den Gedanken über seine erstaunlichen Familienangelegenheiten hin.

Gewöhnlich pflegte dieser Mann, wenn er sich in den Exerzitien befand, unter der Anleitung eines geistlichen Ratgebers seine ganze Zeit der Betrachtung seiner seelischen Verfassung zu widmen. In den letzten Monaten hatte er Grund gefunden, sich zu überlegen, ob er sich nicht zu häufig zur Ausübung seiner Exerzitien zurückzöge. Überraschende Dinge ereigneten sich zu Hause; außerordentliche Vorfälle, die er stets erst erfuhr, wenn sie vorüber waren.

«Warum hast du mich nicht informiert, als es geschah, Helena?»

«Du warst in den Exerzitien, Edwin.»

Gewisse Zweifel wegen seiner häufigen Exerzitien begannen ihn zu plagen. Er sagte zu seinem geistlichen Ratgeber: «Ich hätte vielleicht besser daran getan, die Zeit zu Hause zu verbringen. Meine Familie hat mit Schwierigkeiten zu kämpfen gehabt ... mein Sohn ... mein Bruder ... meine Schwiegermutter ... eine unserer alten Dienerinnen ... ich hätte vielleicht besser daran getan, nicht so häufig in die Exerzitien zu gehen.»

«Vielleicht wäre es anders nur schlimmer gekommen», versetzte der scharfsinnige alte Priester in einem Ton, als meine er, was er sage. Ein demütigender Gedanke, der aber andererseits gut für die Seele war.

«Sie kommen allerdings bewundernswert gut ohne mich aus», gab Edwin Manders zu.

Und so befand er sich nun wieder in den Exerzitien. Er hatte diesmal wirklich nicht gehen wollen. Aber Helena hatte darauf bestanden. Selbst Ernest hatte in seiner scheuen Art gesagt: «Jemand muß doch für uns beten, Edwin.» Und Laurence hatte gesagt: «Deine Herbstexerzitien ausfallen lassen? Das kannst du nicht tun», ohne jedoch irgendeinen Grund dafür anzugeben. Caroline Rose hatte ihn zum Bahnhof gefahren.

Seit Jahren schon hatte er sich zu diesem kontemplativen Leben hingezogen gefühlt. Um noch tiefer darin aufgehen zu können, hatte er sich fast völlig von Manders' Feigen zurückgezogen, war nur noch nominell das Haupt der Firma. Helena war stolz auf seine regelmäßigen Klosteraufenthalte. Im Augenblick bereitete ihm die Erkenntnis, wie wirkungsvoll sie die Legende von seiner ‹frommen Unschuld› genährt hatte, ein gewisses Unbehagen. Mehr und mehr hatte er sich von dem asketischen Wesen angezogen gefühlt. Nur in diesem Herbst, als er zweifelnd gezögert hatte, fühlte er sich direkt hingestoßen.

Nach seiner Ankunft im Kloster quälten ihn jedoch keine Gewissensbisse mehr. Der Zauber des Ortes begann zu wirken. Seine strenge Zelle war wie ein Narkotikum. Das gleichmäßige Auf- und Abschwellen des Choralgesanges aus der Kapelle lud ihn ein zum Betreten dieser beständigen reinen Welt. Geräuschlos, zeitlos erfüllten die Laienbrüder verantwortungsvoll ihre Aufgaben, und Edwin Manders genoß voller Demut das Gefühl, in Gegenwart dieser Auserwählten weilen zu dürfen. Die Tatsache, daß in den Mönchsquartieren des Gebäudes helle Aufregung herrschte, weil ein Wasserrohr geplatzt war und die Hälfte der Schlafräume überschwemmt hatte, daß ein Laienbruder todkrank darniederlag, daß der Abt sich wegen des überzogenen Kontos ernste Sorgen machte, blieb Edwin in jenem Augenblick durch eine gnädige Fügung verborgen. Und deshalb konnte er, unbehindert von materiellen Ablenkungen, klar die Versuchung seines Geistes erkennen und schließlich zu dem Schluß kommen, daß er ihr würde widerstehen können – jener köstlichen Nostalgie, jenem Opiumrausch der Hingabe – denn mehr oder weniger war er sich darüber klar, daß er nicht über die rechten Anlagen zu einem Ordensbruder verfügte. Er wandte seine Gedanken einer rückschauenden Betrachtung seiner Familienangelegenheiten zu.

Zwei Fälle gehörten in die peinliche Rubrik, denn beide waren in die Zeitungen gekommen. Er war im Zweifel, welcher der unangenehmere Fall sei – Louisa Jepps oder Georgina Hoggs. Im großen und ganzen, entschied er, wohl doch Georginas. Und eine gute halbe Stunde lang konzentrierte er sich auf Georgina, deren Leiche jetzt der allgemeinen Ansicht nach im Schlamm des Medway festsaß, denn man hatte sie nicht gefunden. Ein Bericht in den Londoner Abendzeitungen hatte Helena, Laurence, Caroline, Baron Stock und das Paar auf dem Hausboot mit vollem Namen erwähnt. Eine gerichtliche Untersuchung hatte stattgefunden. Arme Helena. In früheren Tagen, so erinnerte er sich, hatte Georgina im Manderschen Haus nur ‹unser Kreuz› geheißen.

Wie er später erfuhr – denn zur Zeit dieser Ereignisse befand er sich in den Exerzitien – ließ Helena Laurence nach dem Sohn der armen Mrs. Hogg forschen. Wie sich herausstellte, war dies ein unglücklicher Mensch. Der Vater ein Bigamist. Helena stellte ihre Nachforschungen ein, sobald sie erfuhr, daß Eleanor Hogarth in die Affäre verwickelt war; zweifellos unschuldig, aber sie war Partnerin seines Bruders Ernest, eine weitere Peinlichkeit ... Helena vertuschte alles. Helena war wunderbar.

«Wir erlebten eine Art Vorankündigung von Mrs. Hoggs Tod. Willi Stock und ich waren unterwegs zu unserem Picknick, und Georgina saß auf dem Rücksitz ...»

Frauen waren natürlich immer sehr phantasievoll. Edwin zweifelte oft im stillen, ob an der Geschichte der wunderbaren Heilung von Mrs. Hoggs Sohn etwas Wahres war. Helena war davon überzeugt. Offiziell war nichts über diese Angelegenheit bekannt geworden. Eine reiche Frau, eine Theistin oder Theosophin, hatte den jungen Mann unter ihre Fittiche genommen. Die letzte Nachricht jedoch besagte, daß er das Haus dieser Frau verlassen hatte und nach Kanada abgereist war, um dort Vorträge über seine Heilung zu halten.

‹Dessenungeachtet›, dachte Edwin, ‹mag der junge Hogarth ein wertvollerer Mensch sein als ich.›

Und als er seine Gedanken Baron Stock zuwandte, murmelte er: «Miserere mei, Deus.» Der Baron, wahrscheinlich ein besserer Mensch als er, befand sich in einem privaten Nervensanatorium in Behandlung, und wie berichtet wurde, gefiel es ihm dort großartig. Er dachte an seinen Bruder Ernest, so weltlich eingestellt und doch stets so knapp an Geld und vielleicht in Wirklichkeit gar nicht so begeistert von jener Tänzerin. Er zwang sich, über Eleanor nachzudenken ... ‹Alle diese Leute haben gelitten, während ich mich am Fasten gütlich getan habe.› Er meinte ehrlich, was er sagte, und demnach konnte er in seinem Einsichtsvermögen nicht so beschränkt sein, wie es den Anschein hatte.

Und nun seine Schwiegermutter! Fest entschlossen, nicht auszuweichen, wandte er sich dem Fall Louisa Jepp zu. Wieder konnte er es nicht ganz fassen ... Diamantenschmuggel, eine Bande ... wie in einem Abenteuerroman. Und dann war da Louisas wirkliche Torheit, die er ziemlich peinlich fand. Heroisch zwang er sich, an jenen Zeitpunkt im September zurückzudenken, als Helena ihm beim Frühstück mit hilfloser Geste einen Brief reichte. Der Brief kam von Louisa. Ein Ausschnitt aus einer Lokalzeitung lag bei. Die Überschrift der Zeitungsnotiz lautete: ‹Hochzeit an der Neige des Lebens.› Es war ein langer Bericht. Er begann: ‹An ihrem Lebensabend haben zwei alte Leute aus Ladylees im heiligen Ehestand zueinandergefunden. Am letzten Sonnabend reichten sich in der Allerheiligenkirche Mrs. Louisa Jepp, 78, aus der ‚Schmugglerhöhle' in Ladylees, und Mr. J. G. L. Webster, 77, aus der ‚Alten Mühle' in Ladylees, die Hände zum Ehebund ... Die Braut versprach, ihrem Manne ‚Gehorsam' ...› Danach folgte ein alles Wesentliche enthaltender Bericht über Webster und seine Laufbahn in der Handelsmarine, und die Spalte endete: ‹Mrs. Jepp (jetzt Webster) hat eine Tochter, Lady Manders, die Gattin von Sir Edwin Manders, dem Besitzer der berühmten Firma ‚Manders' Feigen in Saft'. Pfarrer R. Socket, der den Ehebund schloß, sagte: ‚Dies ist ein sehr glückliches und einmaliges Ereignis.

Wenn Mrs. Jepp auch nicht zu den regelmäßigen Kirchgängern gehört, so ist sie doch eine sehr geachtete und geschätzte Persönlichkeit unserer Gemeinde.'›

Der Begleitbrief war kurz. Darin bemerkte Louisa: ‹Es entspricht nicht ganz den Tatsachen, zu behaupten, daß ich keine regelmäßige Kirchgängerin sei, da ich regelmäßig am Remembrance Day in die Kirche gehe.›

«Es steht uns nicht an, über die Weisheit ihrer Handlungsweise zu richten», hatte Helena resigniert.

Edwin starrte hinaus auf das grüne Rechteck, die hingestreuten Blätter. Miserere nobis ... erbarme dich.

Laurence und Caroline hatten Louisas Heirat fabelhaft gefunden, waren fast stolz darauf gewesen. Von Laurence war das ja zu erwarten gewesen. Er hatte seine Großmutter stets heiß verehrt; sie war aber auch wirklich charmant, wirklich.

Edwin fragte sich, ob Caroline sich überhaupt für die Ehe interessierte.

«Sie wartet darauf, daß Laurence zur Kirche zurückkehrt», sagte Helena.

Er zweifelte. Caroline war eine merkwürdige Sorte Katholik, sehr wenig mit dem Herzen dabei, nur mit dem Verstand.

«Das schreckliche Erlebnis mit der armen Georgina im Fluß hat keine nachteiligen Auswirkungen auf Caroline gehabt», sagte Helena. «Sie muß eine sehr starke Natur besitzen. Sie ist seitdem tatsächlich viel heiterer geworden. Es scheint, als amüsiere sie sich im stillen über etwas, von dem ich keine Ahnung habe.»

Caroline hatte ihr Buch über den Roman beendet. Kürzlich hatte sie verkündet, daß sie eine lange Ferienreise antreten würde. Sie wolle einen Roman schreiben.

«Das nenne ich nicht Ferien», sagte Helena, «nicht, wenn du währenddessen einen Roman schreiben willst.»

«Eigentlich ist es auch mehr ein Arbeitsurlaub», erwiderte Caroline.

«Wovon soll der Roman denn handeln?»

«Von Personen in einem Roman», antwortete Caroline.

Und Edwin hatte gesagt: «Schreib eine unkomplizierte, altmodische Geschichte, nicht so verwirrend problematisch, wie das heute üblich ist. Ende mit dem Tod des Schurken und der Hochzeit der Heldin.»

Caroline hatte gelacht und geantwortet: «Ja, so wird es wohl enden.»

Ein paar Wochen später schnüffelte die Romanfigur namens Laurence Manders in Caroline Roses Wohnung herum. Sie hielt sich in Worcestershire auf, wo sie ihren Roman schrieb, und er war in die Wohnung gegangen, um ein paar Bücher zu holen und ihr zu schicken, um die sie gebeten hatte.

Er ließ sich Zeit. Die Bücher waren in der Tat das letzte, wonach er sich umsah.

‹Wonach suche ich eigentlich?› dachte er und strich mit der Hand über die Kleider in ihrem Schrank.

Er fand die Bücher, die Caroline wünschte; aber ehe er fortging, setzte er sich an Carolines Schreibtisch und schrieb ihr einen Brief.

‹Ich habe 2 Stunden und 28 Minuten in Deiner Wohnung verbracht›, begann er. ‹Ich habe die Bücher für Dich gefunden und mich ein wenig umgesehen. Warum hast Du die rechte Schublade im Wandschrank abgeschlossen? Ich hatte Mühe, sie zu öffnen, und letzten Endes fand ich nichts weiter als eine Schachtel mit Lockenwicklern, eine andere mit Halstüchern und Deine weißen Handschuhe. Ich kann sie nicht wieder abschließen. Gerade habe ich die überraschende Entdeckung gemacht, daß ich nicht weiß, wonach ich eigentlich suchte.

Ich habe im Wandschrank in dem Karton mit der Aufschrift ‚An einem kühlen Ort aufbewahren' einen enormen Stoß Notizen von Dir für Deinen Roman gefunden. Warum hast Du sie nicht mitgenommen? Was hat es für einen Sinn, Notizen zu machen, wenn Du sie nicht beim Schreiben des Buches verwendest?

Soll ich Dir die Notizen schicken?

Oder hast Du sie vielleicht absichtlich zurückgelassen, damit ich sie lesen sollte?

Doch mir fällt gerade ein, Du hast einmal gesagt, daß Du stets eine Menge Notizen für ein Buch machst, sie aber später nie wieder ansiehst. Ich komme mir sehr zum besten gehalten vor.

Ich will Dir sagen, was ich von Deinen Notizen halte:

1. Du stellst uns alle unrichtig dar.

2. Augenscheinlich bist Du die Märtyrerfigur. ‚Martyrium durch Mißverstehen.' Aber in Wirklichkeit verstehst Du selbst niemanden; der Baron zum Beispiel, mein Vater, ich selbst, wir alle sind Märtyrer Deines Mißverstehens.

3. Ich liebe Dich. Ich glaube, Du bist hoffnungslos selbstsüchtig.

4. Es ist mir unangenehm, eine Figur in Deinem Roman zu sein. Wie wird das alles enden?›

Laurence schrieb einen langen Brief, las ihn noch einmal durch, steckte ihn in einen Umschlag und klebte ihn zu. Er steckte ihn in die Tasche, tat Carolines Notizen in den Karton und verstaute ihn wieder an seinem Platz im Wandschrank.

Der Herbstnachmittag ging zur Neige, und es dunkelte bereits, als er Hampstead erreichte und in die Heide einbog. Die Religion hatte Caroline so verändert. Eine Zeitlang hatte er gedacht, das Leben würde dadurch für sie, und indirekt auch für ihn, leichter werden. «Man muß ein persönliches Verhältnis dazu haben», hatte Caroline bei einer Gelegenheit gesagt; der überlegene, allwissende Unterton ihrer Worte hatte ihn wütend gemacht. ‹Wenigstens ich›, dachte er, ‹bin ehrlich; ich verstehe Caroline nicht.› Sein Brief konnte seine Einwände, seine Bedenken nicht übermitteln. Er nahm ihn aus der Tasche, zerriß ihn in kleine Stückchen und ließ sie vom Wind über die

Heide davontragen. Er sah die Fetzen niedergehen, einige im niederen Gestrüpp, andere im hohen Unkraut, und einer verfing sich in einem Dornbusch; und er sah nicht seine spätere Verwunderung voraus, sein neugierig heiteres Kopfschütteln darüber, wie der Brief in das Buch gekommen sein mochte.

Muriel Spark im Diogenes Verlag

»Diese Mischung von spannender Unterhaltung und ernsteren Erörterungen, die an Graham Greene erinnert, gelingt nur wenigen Autoren.« *FAZ*

Muriel Spark, geboren in Schottland, ist Autorin von Romanen, Theaterstücken, Kinderbüchern und Gedichten. Zahlreiche ihrer Bücher wurden verfilmt. Sie lebt in Italien.

Memento Mori
Roman. Aus dem Englischen von Peter Naujack

Junggesellen
Roman. Deutsch von Elisabeth Schnack

Die Ballade von Peckham Rye
Roman. Deutsch von Elisabeth Schnack

Robinson
Roman. Deutsch von Elizabeth Gilbert

Die Tröster
Roman. Deutsch von Peter Naujack

Vorsätzlich Herumlungern
Roman. Deutsch von Hanna Neves

Portobello Road
Erzählungen. Deutsch von Peter Naujack und Elisabeth Schnack

Die Blütezeit der Miss Jean Brodie
Roman. Deutsch von Peter Naujack

Das einzige Problem
Roman. Deutsch von Otto Bayer

Mädchen mit begrenzten Möglichkeiten
Roman. Deutsch von Kyra Stromberg

Das Mandelbaumtor
Roman. Deutsch von Hans Wollschläger

Päng päng, du bist tot
Erzählungen. Deutsch von Matthias Fienbork

Hoheitsrechte
Roman. Deutsch von Mechtild Sandberg

»Ich bin Mrs. Hawkins«
Roman. Deutsch von Otto Bayer

Bitte nicht stören
Roman. Deutsch von Otto Bayer

»Töte mich!«
Roman. Deutsch von Matthias Fienbork

Das Treibhaus am East River
Roman. Deutsch von Otto Bayer

Symposion
Roman. Deutsch von Otto Bayer

Übernahme
Roman. Deutsch von Mechthild Sandberg

In den Augen der Öffentlichkeit
Roman. Deutsch von Christian Ferber

Die Äbtissin von Crewe
Roman. Deutsch von Gisela Petersen

Brian Moore im Diogenes Verlag

»So unterschiedlich die Handlungsorte und -zeiten seiner Bücher sind, immer beschreibt Moore den Einbruch des Unheimlichen ins Alltagsleben. Mal ist es der Terror der IRA, mal die Konfrontation mit Wertvorstellungen einer ganz anderen Kultur, mal ein Traum, der plötzlich Realität wird. Dafür stand der große Argentinier Jorge Luis Borges Pate, den Moore zu seinen wichtigsten Einflüssen zählt. Und wie bei Borges scheint auch Moores Schreiben die Frage ›Was wäre wenn?‹ zugrunde zu liegen, die klassische Frage des wissenschaftlichen Experiments.«
Denis Scheck/Deutschlandfunk, Köln

Brian Moore, geboren 1921 in Nordirland, wanderte 1948 nach Kanada aus, wo er bis 1952 für die ›Montreal Gazette‹ als Reporter arbeitete. Heute lebt Moore mit seiner Familie als freier Schriftsteller in Kalifornien.

Katholiken
Roman. Aus dem Englischen von Elisabeth Schnack

Die Große Viktorianische Sammlung
Roman. Deutsch von Helga und Alexander Schmitz

Schwarzrock – Black Robe
Roman. Deutsch von Otto Bayer

Die einsame Passion der Judith Hearne
Roman. Deutsch von Hermann Stiehl

Die Farbe des Blutes
Roman. Deutsch von Otto Bayer

Die Antwort der Hölle
Roman. Deutsch von Günter Eichel

Ich bin Mary Dunne
Roman. Deutsch von Hermann Stiehl

Dillon
Roman. Deutsch von Otto Bayer

Die Frau des Arztes
Roman. Deutsch von Jürgen Abel

Kalter Himmel
Roman. Deutsch von Otto Bayer

Ginger Coffey sucht sein Glück
Roman. Deutsch von Gur Bland